Boxen

Boxen
Crônicas de infância antes de Nárnia

C. S. LEWIS

Edição *especial* |  THOMAS NELSON
BRASIL

Copyright © 1985 por C.S. Lewis Pte Ltd. Todos os direitos reservados.
Copyright da tradução © 2025 por Vida Melhor Editora LTDA.
Todos os direitos reservados.

Título original: *Boxen: Childhood Chronicles before Narnia*

Todos os direitos desta publicação são reservados à Vida Melhor Editora Ltda.
Nenhuma parte desta obra pode ser apropriada e estocada em sistema de banco de
dados ou processo similar, em qualquer forma ou meio, seja eletrônico, de fotocópia,
gravação etc., sem a permissão dos detentores do copyright.

As citações bíblicas sem indicação da versão *in loco* são da Nova Versão Internacional.

TRADUÇÃO	Marília Chaves
Tradução da Introdução	Guilherme Mazzafera
COPIDESQUE	Daniela Vilarinho
REVISÃO	Jean Xavier
DESIGN DE CAPA	Rafael Brum
DIAGRAMAÇÃO	Sonia Peticov

Dados Internacionais de Catalogação na Publicação (CIP)
(Câmara Brasileira do Livro, SP, Brasil)

L673b   Lewis, C.S., (Clive Staples), 1898-1963
1. ed.   Boxen/ C. S. Lewis; tradução Marília Chaves. – 1.ed. – Rio
de Janeiro: Thomas Nelson Brasil, 2025.
384 p.; il.; 13,5 x 20,8 cm.

Título original: Boxen.
ISBN 978-65-5217-169-6

1. Boxen (Mundo imaginário). 2. Ficção inglesa. I. Chaves,
Marília. II. Título.

03-2025/120   CDD-823

Índice para catálogo sistemático:
1. Ficção: Literatura inglesa   823
Bibliotecária responsável: Aline Graziele Benitez – CRB-1/3129

Os pontos de vista desta obra são de responsabilidade de seus autores e colaboradores diretos, não refletindo necessariamente a posição da Thomas Nelson Brasil, da HarperCollins Christian Publishing ou de suas equipes editoriais.

Thomas Nelson Brasil é uma marca licenciada à Vida Melhor Editora LTDA. Todos os direitos reservados à Vida Melhor Editora LTDA.

Rua da Quitanda, 86, sala 601A - Centro,
Rio de Janeiro/RJ - CEP 20091-005
Tel.: (21) 3175-1030
www.thomasnelson.com.br

Boxen

Clive Staples Lewis (1898–1963) foi um dos gigantes intelectuais do século 20 e provavelmente o escritor mais influente de seu tempo. Foi professor e tutor de Literatura Inglesa na Universidade de Oxford até 1954, quando foi unanimemente eleito para a cadeira de Inglês Medieval e Renascentista da Universidade de Cambridge, posição que manteve até a aposentadoria. Lewis escreveu mais de trinta livros, o que lhe permitiu alcançar um vasto público, e suas obras continuam a atrair milhares de novos leitores a cada ano.

SUMÁRIO

Introdução	9
TERRANIMAL	13
O anel do rei	15
Homem contra homem	29
O alívio de Alegrete	32
História da Terra dos Ratos: da Idade da Pedra ao Bolhozo Primeiro (História Antiga)	34
História da Terranimal (Nova História)	37
A monografia xadrês	49
A geografia da Terranimal	54
BOXEN	61
Boxen	63
A porta trancada e Obri-Gad	99
O marinheiro	179
Littera Scripta Manet	237
Tararo	262
A vida de lorde João Grande de Grandevila	279
ENCICLOPÉDIA BOXONIANA	335
A História de Boxen	353

plate X

*General Chutney.   Lieutenant James Bar.

Ink drawing of scene in the stokehold of
the yacht "Cygnet", on a memorable
occasion, by C.S. Lewis.   1910
                                               1908
* Then, Colonel Chutney.

INTRODUÇÃO

As histórias que compõem *Boxen* não foram realmente escritas para crianças. Na verdade, elas não foram realmente escritas para nenhum de nós; essas histórias foram escritas por dois garotos, Clive Staples Lewis e Warren Hamilton Lewis, quando tinham por volta de 8 e 11 anos de idade, cada um escrevendo para um público de uma única pessoa – seu próprio irmão.

As histórias foram quase todas escritas em um quartinho dos fundos no andar do sótão de uma casa vasta e desajeitada em um subúrbio interno da cidade norte-irlandesa de Belfast. E elas foram escritas nos primeiríssimos anos do último (o vigésimo) século. Ora, naquela época Belfast era um lugar insalubre para se viver e as crianças frequentemente morriam de doenças que hoje raramente contraem, e outras que a maioria das crianças não parece dar a mínima importância. Hoje temos o benefício das vacinas e medicamentos que tornam nossa vida bem mais segura e sadia do que jamais fora, e costumamos nos esquecer de que nem sempre foi assim.

Em 1906 (quando os dois irmãos começaram a escrever estas histórias), a Irlanda era um lugar sujo, úmido, frio e frequentemente molhado. Havia pouco ou nenhum saneamento confiável, o saber médico moderno ainda estava em sua infância, e mesmo coisas como aquecimento e refrigeração

BOXEN

eram primitivas ou não existentes. A maior parte das casas era aquecida durante os longos e depressivos invernos irlandeses, e por vezes também na primavera, no verão e no outono, com fogueiras queimando carvão para aqueles que podiam bancar e turfa para os que não podiam. (Não tenho ideia dos danos que a inalação contínua da fumaça e dos vapores daquelas fogueiras causaram às pessoas, mas devem ter sido bastante funestos.)

C. S. Lewis, cujo apelido escolhido por ele mesmo era "Jack", e seu irmão "Warnie" (apelido que Jack lhe impusera) tinham pais diligentes e amorosos que se preocupavam intimamente com os filhos. Mantinham-nos dentro de casa quando o clima estava agitado e úmido, ou calmo e tenuemente úmido ("suave" como dizem os irlandeses), de modo que os garotos tinham de encontrar alguma forma de se entreter. A casa, chamada de "Little Lea", era repleta de livros, e os garotos aprenderam precocemente a ler e começaram a devorar os livros tão rápido quanto podiam. Muitos eram de fato histórias de aventura adequadas para garotos, mas muitos eram também livros para adultos.

Jack e Warnie, porém, não eram restritivos e desbastavam continuamente cada prateleira que podiam alcançar. Eles principiaram, tal como muitos de nós, com os deliciosos contos de Beatrix Potter sobre animais e suas tribulações, mas seus pais jamais haviam "escutado as trompas da Terra dos Elfos" e em nada estimavam os contos de fadas das penas de luminares como George MacDonald, os Irmãos Grimm e Hans Christian Andersen. Tampouco apreciavam o conjunto de contos folclóricos e lendas irlandesas que sua ama Lizzi Endicott havia lhes inculcado na cabeça: contos dos Daoine Sidhe, dos Tuatha da Danaan e dos Milesianos (para a desaprovação explícita tanto da mãe como do pai deles,

Introdução

que ressoa fortemente nas atitudes de Miraz em *Príncipe Caspian*). Havia, portanto, uma espécie de lacuna emocional e intelectual na experiência literária de Jack e Warnie.

Mais tarde eles leram obras de Júlio Verne, H.G. Wells, H. Rider Haggard, John Buchan, Sir Walter Scott, Alexandre Dumas, Robert Louis Stevenson e Rudyard Kipling, entre muitos outros, mas, para começo de conversa, eles gozaram muito pouco de Feéria ou de qualquer um dos deleites infantis disponíveis unicamente nos livros. De certo modo, os dois garotos leram os livros da casa que eram demasiado velhos para eles, escutaram a torrente de discussão política na qual os mais velhos se compraziam e logo estavam intelectualmente à beira de um abismo que ameaçava separá-los para sempre dos prazeres de ser criança.

Mas não dá para passar o tempo todo lendo, mesmo se você for o mais dedicado rato de biblioteca e não puder brincar fora de casa sempre que houver risco de ficar encharcado de chuva, granizo ou neve, de modo que todas as informações e aventuras emocionantes que os irmãos Lewis estavam absorvendo tinham de criar algum tipo de pressão criativa na imaginação deles.

Tal pressão começou a emergir em 1906, quando começaram a escrever sua própria ponte sobre o abismo, de volta à infância que, de outro modo, poderiam ter perdido cedo demais. Então, em 1908, aconteceu uma coisa que ameaçou sua habilidade de ser criança de forma muito mais séria que o mais adulto dos livros ou a mais adulta das conversas que constantemente os circundavam. A mãe deles, Flora, adorada por ambos, faleceu. Os meninos ficaram arrasados com sua morte repentina e buscaram consolo no único lugar seguro que lhes restava, sua própria imaginação, e muita coisa foi acrescida a *Boxen* no inverno daquele ano.

BOXEN

Ao desenvolver o mundo de *Boxen*, Jack se apropriou dos "animais vestidos" de Beatrix Potter e daquela parte do mundo ficcional deles que chamavam de Terranimal, enquanto Warnie (cujos interesses eram sempre um pouco mais prosaicos que os de Jack) criou sua contraparte "Índia". À medida que a escrita e a imaginação deles floresciam, esses elementos foram combinados na terra de Boxen, uma terra impregnada de história, política, guerra e aventura. É verdadeiramente notável quando consideramos que Jack tinha apenas 8 anos ao escrever de forma tão arguta sobre o poder e a ascensão e queda das nações no seu esboço "História de Terra dos Ratos" (encontrado na página 34), e apenas 9 ou 10 quando escreveu o luminoso ensaio sobre a sociedade boxoniana, abordando tópicos como opressão e emancipação em "A monografia xadrês" (página 49). Igualmente notável é a habilidade artística e imaginativa de seu irmão; Warnie não podia ter mais de 11 quando desenhou o corte esquemático do N.S.M. [Navio de Sua Majestade] *Galgo* que aparece nas páginas 185.

O que você tem agora em mãos são as primeiras efervescências palpáveis e legíveis das nascentes da literatura que, mais tarde, viriam a ser a fonte de um grande rio para Jack e de um vigoroso afluente para Warnie, tendo ambos desaguado no mundo a partir daquele quartinho dos fundos de Little Lea, em Belfast, tantos anos atrás. Ambos deram grandes contribuições ao mundo literário da humanidade, Jack com mais de trinta títulos em muitos gêneros (tendo a todos dominado) e Warnie no campo da História Francesa, assunto sobre o qual escreveu não menos do que sete livros. Tudo teve início aqui – em *Boxen*.

Douglas Gresham
Malta, 2008

Terranimal

DRAMATIS PERSONÆ

SIR PETER-MOUSE .. .. knight in waiting on king.

BUNNY .. .. king of animal-land

Ic-THIS-ORESS .. .. son to Deab taper, singer

TOM-MOUSE } .. .. .. sons to icthus-
BOB-MOUSE } .. .. .. oress.

TOM-MOUSE .. .. a spinner

BOB-MOUSE .. .. a priest

MR GOLD-FISH .. .. general to king

SIR-BIG .. .. .. a foxy fielding-thel

GOLLYOG .. .. .. his servant

SIR-GOOSE .. .. rich baron, spy

DORIMIE .. .. a page

HIT .. .. a thief

BROWNIE-BAND.

MR BLUE .. .. conducter.

MR YELLOW .. .. drumer.

MR. J. MAUVE .. .. .. trumpeter

MR. B. MAUVE .. .. .. bugler

MR BEAD .. .. .. clapper.

HARBOUR-MASTER'S JUGD'S
SAILORS ETC.

O anel do rei

(Uma comédia)

❈ ❈ ❈

Personajens[1] interessantes. Famosos. Por exemplo, Sir Grande, um cavalheiro mundialmente famoso. Um coro muito bom e um belo cenário. (Ligeiras nuances cômicas aqui e ali.[2])

PREFÁCIO

A peça se passa no ano de 1327, o reinado do rei Coelhinho I. Antes de seu reinado, o país era chamado de Bolhozo e estava sob o governo do rei Bolhozo. Foi durante o seu reinado que o sr. Ichthussauro[3] fez fortuna tocando harpa; ele recebeu esse nome por lutar contra um Ichthussauro; seu pai, um açougueiro, morreu em 1307.

---

[1] Em diversos momentos os autores escrevem palavras em inglês "errado", afinal, são histórias escritas por crianças. Assim, os textos transparecem a sonoridade das falas infantis, com erros de escrita e vocábulos e modo de falar irlandês. A tradução optou por adaptar ao contexto brasileiro de sonoridade, quando possível, sem perder o sentido do texto. (N. T.)
[2] Por exemplo… "Mas isso não me agrada", Ato III, Cena I.
[3] No original, "Icthus-oress". Ichtus é o termo grego para o símbolo cristão de dois arcos que formam o perfil de um peixe e para o qual não há tradução em português. O som do nome composto fica similar a "Ichtusaures", e, adaptado para português, Ichtussauro. (N. T.)

Boxen

Personagens

SIR PEDRO RATO   Cabaleiro-de-companhia do rei
COELHINHO   Rei da Terranimal
ICHTHUSSAURO   Filho do açougueiro morto, cantor
TOM RATO   Filho de Ichthussauro, um fiador
BOB RATO   Filho de Ichthussauro, um padre
SR. PEIXINHO DOURADO   General do rei
SIR GRANDE   Um sapo marichaldecampo
BONECA DE PANO[4]   Sua serva
SIR GANSO   Barão rico, espião
DORIMIE   Um pagem
GOLPINO   um ladrão.

BANDA BROWNIE
   SR. AZUL   Maestro
   SR. AMARELO   Baterista
   SR J. MALVA   Trompetista
   SR B. MALVA   Corneteiro
   SR. VERMELHEO   Chocalho
   Juízes, Capitães dos Portos, Marinheiros etc.

LUGARES
   O CASTELO DE BIP é o palácio do rei Coelhinho.
   ALEGRETE, uma cidade em Terra dos Ratos
   COLINAS DE PESAR, colinas atrás de Alegrete
   AVENIDA RATO, estrada entre o Castelo de Bip e
   Alegrete

---

[4] No original, "Golliwog", um brinquedo antigo e popular entre os países do Reino Unido que hoje é considerado racista. É um boneco negro de pano, semelhante à versão brasileira da boneca "nega maluca". (N. T.)

O anel do rei

A ESTALAGEM DO GANSO, uma estalagem em Alegrete
JEMIMA, um rio onde a cidade de Alegrete foi construída
VIRA-MEXE, um porto na foz do rio Jemima.
CANHÓPOLIS, uma cidade na Terra dos Coelhos.

ATO I

❈ ❈ ❈

Cena I: A Estalagem do Ganso
(REI COELHINHO *e* PEDRO RATO *encontrados
bebendo.* HOMEM DO BAR *atrás do balcão*)

REI COELHINHO: Esse vinho é bom.

HOMEM DO BAR: E eu beberei um cálice forte em nome da saúde de rei Coelhinho.

REI COELHINHO: Por este brinde muitos obrigados.

SIR PEDRO: A hora do jantar vem chegando então, pofavor sua Megestade.

REI COELHINHO: Corre pedir pros mestres-cuca-biruta esperarem.

(Sai SIR PEDRO)

HOMEM DO BAR: E agora sua Megestade. O relógio já bateu uma.

REI COELHINHO: Eu aposto meu sapato que vou te despachar pra casa. É isso que você quer dizer?

HOMEM DO BAR: Sim, é isso.

(*Cortina*)

Cena II: Um quarto no Castelo de Bip
(SIR GRANDE, BONECA DE PANO *etc.*, REI COELHINHO, SIR PEDRO *etc.*, *comendo o jantar*)

SIR PEDRO: (*para* REI COELHINHO) Você sabe o nome do Homem do Bar?
REI COELHINHO: Seu nome é Golpino.
PEIXINHO DOURADO: É estranho na verdade, como que pode você saber disso, sua Megestade?

REI COELHINHO: Ouvi gente chamar ele assim de Golpino. (*Entra um* SERVO.)
SERVO: Um Rato está no portão e quer falar com a sua Megestade.
SIR GRANDE   }
REI COELHINHO} Deixe ele entrar.
SIR PEDRO   }
   (*Sai* SERVO)
SIR PEDRO: Quem pode ser? O que ele pode querer?
   (*Entra novamente o* SERVO *com o* GOLPINO)
SERVO: Este é o Rato.
REI COELHINHO: Como-agora está Golpino, bem?

O anel do rei

GOLPINO: Estou bem. Espero encontrá-lo bem também. Como é apertado vosso anel.

(REI COELHINHO *tira o anel. Vai para a janela e olha a marca no dedo*)

GOLPINO: (*à parte*) Eu sou um Rato sortudo.
(*Pega o anel. Sai*)

REI COELHINHO: (*se vira*) Ooo, onde está o meu anel e onde está Golpino?
(*Cortina*)

CENA III: Casa do senhor Ichthussauro
(SR. ICHTHUSSAURO, BOB, TOM *e* BONECA DE PANO)

SR. ICHTHUSSAURO: Vamos jogar um jogo de cartas?
BONECA DE PANO } Sim
TOM }
BOB: A lei da minha ordem não me permite tais prazeres ociosos.
SR. ICHTHUSSAURO: Vossa senhoria não precisa jogar, então.
(*Entra* SIR PEDRO RATO)

19

Boxen

SIR PEDRO: Viram o anel do rei? Ele sumiu.

SR. ICHTHUSSAURO: Sumiu!! Nenhum de nós o viu.

SIR PEDRO: Precisa ser encontrado.
   (*Sai*)

SR. ICHTHUSSAURO: Isso é ruim.

BOB: Que sejamos salvos do ladrão que roubou o anel do rei
   Coelhinho.

TOM: Tua cabeça careca e sem cérebro não há de servir de
   nada.

SR. ICHTHUSSAURO: Xiu, eu escuto passos.
   (*Entra* GOLPINO *usando o anel do* COELHINHO *disfarçado para parecer um anel comum*)

GOLPINO: Te vendo um anel por um ducado.

SR. ICHTHUSSAURO: (dá o ducado) Eu vou comprá-lo.
   (*Cortina*)

ATO II

❧ ❧ ❧

Cena I: Alegrete. Casa do SIR GRANDE
(*Entram* SIR GRANDE, SIR PEDRO,
BONECA DE PANO etc.)

SIR GRANDE: Boneca de pano.

BONECA DE PANO: Meu senhor.

SIR GRANDE: Traga-me a minha armadora. Eu e o bom
   Sir Pedro pretendemos encontrar o anel do rei.
   (*Sai* BONECA DE PANO)

SIR PEDRO: Nos impusemos uma tarefa difícil.

SIR GRANDE: De fato, sim, senhor.
   (*Entra* SR. AZUL)

O anel do rei

SR. AZUL: Eu também ajudarei a encontrar o anel do rei.
(*Todos saem. Entram* sr. ICHTHUSSAURO, TOM, BOB, BONECA DE PANO)
SR. ICHTHUSSAURO: O anel que eu comprei é bom.
TOM: Como vai a história do anel do Coelho, eu me pergunto.
(*Entram* SR. AZUL *com uma flecha no lado do corpo, carregado pelo* SR. AMARELO)
SR. AZUL: Perguntei ao sr. Golpino se ele havia pegado,[5] mas ele ficou furioso e atirou uma flecha em mim.
SR. ICHTHUSSAURO: Ele é um falso vigarista.
TOM } Verdade
BOB }
(*Entram o resto da* BANDA BROWNIE *e* DORIMIE.)
DORIMIE: (*para* SR. AZUL) Eu vinguei você.
SR. AZUL: Muitos obrigados por isso.
(*Cortina*)

---

[5] Ele está se referindo ao anel.

Cena II: Um barco. A cabine do SR. GRANDE
(*Floreio dramático. Entram* SIR PEDRO,
BONECA DE PANO *e* DORIMIE)

SR. GRANDE: Ó, agora navegaremos para Canhópolis, pois para lá aquele falso vigarista do Golpino fugiu. Queremos puni-lo por atirar no sr. Azul.
SIR PEDRO: De fato, você diz a verdade. Ho!! Dorimie.
DORIMIE: Meu senhor.
SIR PEDRO: Traga-me um pouco de vinho.
(Todos saem. Floreio dramático. Entra SR. ICHTHUS-SAURO)
SR. ICHTHUSSAURO: (*canta*)
Algo para o grude grudar naquilo que os seus sentimentos machucar
(*Entra* GOLPINO)
GOLPINO: Salve, colega.[6] E você gosta do anel que eu lhe dei.
SR. ICHTHUSSAURO: Oh, muito que bem.
(*Cortina*)

[6] No original, "gossip", um termo arcaico para "amigo", "companheiro". Também em outras ocorrências. Em "A História de Boxen" (confira a p. 353 deste volume), Walter Hooper sugere que Lewis empregou esse termo inspirado por Shakespeare. (N.E.)

O anel do rei

CENA III: A biblioteca de Canhópolis
(*Entra o* ARAUTO. *Finalmente* SIR GRANDE,
SIR PEDRO, SR. PEIXINHO DOURADO *e toda a*
BANDA BROWNIE, *incluindo o* SR. AZUL)

ARAUTO: De agora para frente seja dito que Arquebaldo Golpino entrou para a ordem do Cavaleiro. A razão do porquê ainda não será dita em público.
(*Sai o* ARAUTO: *Floreio dramático. Entra* REI COELHINHO *seguido por* DORIMIE)
REI COELHINHO: Venham cá amigos e me ouçam. Fiz Golpino ser cavaleiro para deixar ele perto de mim, porque quanto mais perto ele está, mais eu sei sobre ele.
TODOS: Sim, pois.
REI COELHINHO: Acharam que eu não sabia desde o começo que Golpino roubou meu anel? Então assim quero ver se ele realmente o tem.
SR. AZUL: Eu, Sir Grande e Sir Pedro Rato pretendemos encontrar seu anel, mas ouvimos que o Golpino havia chegado aqui.
REI COELHINHO: Hum, entendo.
(*Cortina*)

ATO III

⊗ ⊗ ⊗

CENA I: Um jardim público em Canhópolis
(*Revela* DORIMIE *e* SR. ICHTHUSSAURO)

DORIMIE: Salve.
SR. ICHTHUSSAURO: Bom dia, senhor.
DORIMIE: O mesmo para você, amigo.

Boxen

SR. ICHTHUSSAURO: O dia está bom.

DORIMIE: De fato, está bom, meu caro.

SR. ICHTHUSSAURO: Belos jardins.

DORIMIE: Veja, menestrel.

SR. ICHTHUSSAURO: O quê?

DORIMIE: Quero que você me ensine a cantar.

SR. ICTHUSSAURO: Tudo bem, este é o jeito que eu canto
(*canta*)
     a coruja e - ah -
     o gato foram para o mar.

DORIMIE: Para olhar?

SR. ICHTHUSSAURO: Para o mar.

DORIMIE: O, e para olhar o que, Bispo?
(*Entra* SIR GRANDE)

SIR GRANDE: Você tem um belo anel.

SR. ICHTHUSSAURO: Sim.

SIR GRANDE: (*repentinamente vendo que é o anel do* COELHINHO) Como é isso? Este é o anel do rei Coelhinho disfarçado para parecer um anel comum, finalmente encontrei o ladrão!! Sr. Azul, Sir Pedro Rato, Boneca de Pano, estou com o anel do rei.
(*Entram* SIR PEDRO RATO, BONECA DE PANO *e* SR. AZUL)

SR. AZUL: Salve Grande, o que significa este barulho?

BONECA DE PANO: Isso é estranho.

SIR PEDRO: O que isso significa? Explique-se, meu senhor, Sir Grande.

DORIMIE: Dê tempo a ele.

SR. AZUL: Fique quieto, pagem.

SIR GRANDE: (aponta para SR. ICHTHUSSAURO) É ele. Ele é o ladrão.

SIR PEDRO: Quem!! Qual!! Onde!! Quando!! Por quê!! Quê!! Como!!

O anel do rei

SIR GRANDE: Segurem-no bons amigos e ouçam, vejam que durante o tempo todo ele não foge.

SIR PEDRO }
BONECA DE PANO } É mesmo.
SR. AZUL }

SIR GRANDE: Isso não é resposta, Dorimie, em nome do rei, pegue-o!

(*Entra* SIR GANSO)

DORIMIE: Mas meu senhor Grande, o sr. Ichthussauro era meu amigo...

SIR GANSO: (*interrompendo*) Bom, Sir Grande. Eu posso lhe dar a história verdadeira do anel do rei.

SR. ICHTHUSSAURO: E eu também posso.

SIR GRANDE: Segure sua língua, ladrão. Vá lá, Ganso, qual é a história do anel?

SIR GANSO: Que Golpino o levou naquela vez quando o bom rei Coelhinho o tirou e daí Golpino fez ele parecer um anel comum e o vendeu pra o sr. Ichthussauro, mas Ichthussauro não sabia que era o anel do Coelhinho, então você não pode culpá-lo, mas, enquanto toda essa confusão estava acontecendo, o rei Coelhinho poderia só ter arranjado um anel novo que seria tão bom quanto este!

SIR PEDRO }
SIR GRANDE } Ah, mas este anel era uma arança de família.

SIR GANSO: Oh, entendo.

SR ICHTHUSSAURO: Mas devemos punir Golpino por duas coisas: 1. roubar o anel de Coelhinho; 2. me causar problemas.

SR. AZUL }
SIR PEDRO }
SIR GRANDE } Sim
SIR GANSO }

(*Todos saem menos* SIR GANSO)

25

SIR GANSO: E agora estou completamente sozinho. Não sou nativo desde país, na verdade. Eu sou um espião e estive espionando o tempo todo. É assim que eu sabia do anel.
(*Entra* DORIMIE)
DORIMIE: Um homem quer falar com o senhor, se for do seu agrado.
SIR GANSO: Mas isso não me agrada. Qual é o nome dele?
DORIMIE: Golpino.
SIR GANSO: Oh, deixe-o entrar.
(*Sai* DORIMIE)
SIR GANSO: Ah, agora eu tenho ele em meu poder. Ninguém menos que ele ho ho ho ha ha ha he he he hi hi hi. (*vai e olha para baixo para trás de um banco*) Oh, agora ele [está] vindo. É ele, não é? (*em uma voz baixa*) Oh, vamos lá, Golpino, para nunca mais voltar em liberdade. (*entra* GOLPINO) Salve, caro Golpino.
GOLPINO: Salve.
SIR GANSO: Ah, agora você sai daqui meu prisioneiro.
(*Sai* SIR GANSO arrastando GOLPINO. *Cortina*)

Cena II: Canhópolis. Prefeitura
(*Entram* REI COELHINHO, SIR PEDRO RATO,
SR. PEIXINHO DOURADO, SIR GRANDE,
SR. AZUL, SIR GANSO *e* DORIMIE)

REI COELHINHO: Agora eu preciso saber se alguém nesta cidade consegue me dizer a verdadeira história do meu anel e o mais importante: dar ele de volta para mim. Mas eu ouvi dizer que alguém chamado Sir Ganso sabe. Está ele aqui?
SIR GANSO: Sim, aqui, meu senhor.
REI COELHINHO: Então nos diga.

O anel do rei

SIR GANSO: Era 2 de maio no ano de 1327 quando (sua Megestade chegou à coroa no ano de 1310, primeiro de março) sr. Golpino roubou o seu anel e no mesmo dia o vendeu para o sr. Ichthussauro, mas Ichthussauro não sabia que era o seu anel, porque Goplino (a velha besta) o fez parecer um anel comum.

REI COELHINHO: Entendo, mas não estou vendo o meu anel e gostaria de vê-lo.

SIR GANSO: Então tudo bem. Eu sei quem pode devolvê-lo.
(*Entram* SR. ICHTHUSSAURO *e* GOLPINO)

SR. ICHTHUSSAURO: (*entrega o anel*) Aqui está o anel.

REI COELHINHO: Peixinho Dourado, remova o Golpino daqui.
(*Sai* PEIXINHO DOURADO. *Cortina*)

Cena III: Canhópolis. As docas. Um cais no estuário de Santo Balanço. Um barco.
(*Atrás dele* MARINHEIROS *à sua volta e um* MESTRE DO PORTO)

1º MARINHEIRO: Ei.

2º MARINHEIRO: Quem fala?

1º MARINHEIRO: Eu, o primeiro contramestre do capitão Tom.

2º MARINHEIRO: Certo.

MESTRE DO PORTO: Vá trabalhar agora. Pinte este barco.
(*Sai*)

3º MARINHEIRO: (*à parte*) Ah, vá e pinte o seu nariz.
(*Todos saem. Floreio dramático. Entram* REI COELHI-NHO, SIR PEDRO, SR. RATO, PEIXINHO DOURA-DO, SIR GANSO, DORIMIE, SR. ICHTHUSSAURO *e* 2 MARINHEIROS *escoltando* GOLPINO)

Boxen

REI COELHINHO: Oh, agora nós temos o velho Homem do Bar e, o que é ainda melhor, eu tenho o meu anel.

CORO DE VOZES: Viva!

REI COELHINHO: Oh, silêncio. E agora devo dizer adeus a Canhópolis, a cidade [do] meu nascimento. Veja, ouça, Pedro.

SIR PEDRO: Sim, sua Megestade.

REI COELHINHO: Diga ao Sir Ganso para dizer ao Sir Grande para dizer ao sr. Peixinho Dourado para dizer à Boneca de Pano para dizer ao sr. Ichthussauro para dizer a Dorimie para dizer aos marinheiros para levar o Golpino embora.

SIR PEDRO: Certo, senhor.

(*Sai*)

REI COELHINHO: Agora acho que devemos voltar à Terra dos Ratos. Olhe, o sol partiu a terra em dois.[7]

(*Cortina*)

Fim

❈ ❈ ❈

---

[7] Os ratos antigos acreditavam que, ao pôr-do-sol, o sol cortava um buraco na terra por si mesmo.

Homem contra homem[1]

Em uma noite, Sir Pedro Rato sentiu uma dor desagradável na parte de cima do seu rabo e, ao acordar, começou a se perguntar o que era.

— No final das contas — disse ele a si mesmo —, foi apenas um pesadelo ruim.

No entanto, ele se deu conta que seu rabo tinha mistereosamente desaparecido. — Isso é estranho — disse ele. — Eu devo tê-lo cortado sem perceber.

Na noite seguinte, ele (durante seu sono) testemunhou uma dor no seu nariz. E o que você acha que aconteceu na manhã seguinte? Seus bigodes tinham ido embora.

— Pobre de mim!! — disse Pedro. — Isso é ruim.

---

[1] No original, "Manx against Manx". Manx é um termo usado para se referir tanto à língua falada na Ilha irlandesa de Man como a seus habitantes. Como a história narra uma disputa entre iguais, optamos por utilizar "homem" na tradução. (N. T.)

Na noite seguinte nevou.

Às 12 horas, durante seu sono, Pedro sentiu algo machucando a sua orelha. Quando ele levantou de manhã, ele descobriu, para a sua surpresa, que a sua orelha esquerda estava cortada.

— Que curioso — disse Pedro Rato e saiu da sala.

Agora Pedro nunca gastava dinheiro se ele pudesse evitar e, como ele era um detetive, não conseguiu outra pessoa para fazer isso por ele. Ele saiu pela neve e, enquanto andava para o seu portão, viu pegadas. Os ratos frequentemente veem isso, mas logo atrás dos pés tinha uma pequena marca na neve desse jeito.

[N.T.: MULTAS]

— Essa é uma marca de rabo engraçada — disse Pedro a si mesmo. — Aquele rato deve ter tido seu rabo cortado, assim como eu. Isso é o que chamo de pista! — (Acho que você também chamaria.)

Em seguida, Pedro foi até o Castelo de Bip para encontrar alguns clientes que geraumente estavam esperando por ele. A caminho de casa, Sir Pedro viu um grande rato sem rabo!!

Homem contra homem

Pedro não voltou para casa, mas seguiu o estranho com alguma distância e daí mediu sua pegada e fez uma foto dela.

Na noite seguinte, Sir Pedro colocou um manequim de madeira na sua cama e ele mesmo passou a noite sentado, observando da janela do sótão. Antes de fazer isso, ele montou uma armadilha "não letal" para ratos, era como uma pequena armadilha para gente.

Depois de observar por algum tempo, viu um rato vindo na direção da casa. Assim que o sr. Sem-Rabo chegou perto, ele foi pego pela armadilha. — Vem cá e me ajude! — gritou Sem-Rabo assim que viu Pedro na janela. Pedro Rato saiu e o soltou, e daí perguntou a Sem-Rabo se não queria passar a noite com ele. Ele levou Sem-Rabo para dentro e lhe deu um pouco de cerveja, então Pedro lhe levou para o andar de cima e lhe deu uma cama, e enquanto ele dormia, foi para a delegassia. Então ele botou Sem-Rabo atrás das grades.

O alívio de Alegrete

Estávamos escutando Pedro por toda a tarde, mas saímos para aproveitar o ar fresco do verão. "Pedro" era o famoso e ilustre cabaleiro Sir Pedro Rato e "Nós", eu e alguns amigos. Pedro havia nos dito um bom conto sobre um cavaleiro e sua senhoura. Ela se chamava Maude.

Mas nós ficamos cansados da lenda que o bom cabaleiro estava contando e porsorte era uma lenda fácil de se cansar. Então fomos para as terras do Castelo de Bip para aproveitar os bons ventos de verão.

E eu disse para o Sir Pedro — Vamos ir mascatear nas margens do Jemima, meu senhor?

— De fato, fala bem falada — disse Dorimie.

Mas Sir Pedro disse — Nã-não, senhores, tem trabalho mais sério aqui do que isso. Não ouviram as notícias de Alegrete?

— Não, me diga, bom senhor — disse eu.

E Sir Pedro disse — Os gatos cercaram Alegrete, e tudo indica que a cidade vai cair nas mãos deles se não mandarmos ajuda logo.

O alívio de Alegrete

[N.T.: Nós começamos.]

— Bom, colega, isso é realmente uma má notícia — disse Dorimie —, e se vossa adoração consentir, devemos mandar ajuda pela manhã.

— Vou liderar a expedição eu mesmo. Viva!!

Na manhã seguinte, depois de um café da manhã cedo, nós começamos a ir na direção de Alegrete, que vimos na noite anterior. Estava completamente cercada por barracas enemigas. Eu me senti muito fino quando corremos entre aquelas fileiras de armas e homens armados (gatos, quero dizer). Uma vez fomos desafiados, mas fingimos ser um piquete de gatos e daí acampamos na sombra de uma floresta amigável.

De manhã cedo cobrimos nossa armadura brilhante com panos escuros e nos esgueiramos por trás de cada um dos sentinelas-gatos e os matamos. Então corremos e incendiamos as tendas hostis. A confusão foi terrível. Por todos os lugares, o bum e o trovão sombrio de armas, os gemidos dos feridos, o estalo dos incêndios e os gritos selvagens de "Sir Pedro para sempre", e depois "Em nome do rei!". Então derepente a longa tensão feroz acabou. Os gatos tinham fugido. O campo estava em ruínas fumegantes. Os portões de Alegrete estavam abertos. O cerco tinha acabado!

História da Terra dos Ratos: da Idade da Pedra ao Bolhozo Primeiro (História Antiga)

(55 a.C.) Talvez nunca tenha sido visto país maior do que a Terra dos Ratos e, ainda assim, alguém poderia pensar que era ignorante por causa da sua longa "idade da pedra", que durou de 55 a.C. a 1307!! No em tanto, este não foi o caso. A Terra dos Ratos, achamos, é a líder do globo!!

(51 a.C.) No início, os ratolandeses foram divididos em pequenas tribos com chefes e lutavam continuamente entre si.

(49 a.C.) Hacom, chefe da tribo Garrafazul, marchou para o Castelo Dorimie e assassinou o proprietário, isto é, Damus, pelo bem do castelo e do domínio. (47 a.C.) Então tomou o castelo, que passou a ser conhecido como Palácio de Hacom.

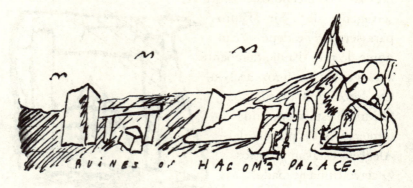

[N.T.: RUÍNAS DO PALÁCIO DE HACOM.]

História da Terra dos Ratos: da Idade da Pedra ao Bolhozo Primeiro

Damus, em sua vida, foi chefe da Tribo Aconchegante e sua morte não dispersou sua tribo. Quando souberam do assassinato, estavam muito zangados e determinados a vingar seu rei!! Então eles se levantaram contra Hacom e se encontraram no Plácio de Hacom em 43 a.C., onde o castelo foi destruído e Hacom foi morto. Depois disso, os Aconchegantes se tornaram a tribo mais poderosa do país.

Naquela época, a Terra dos Ratos era chamada de "Bolhozo" e os ratos eram chamados de bolhis.

Pouco depois do "Quebra-Pau do Palácio de Hacom" (como será chamado), alguns habitentes de Bombaim vieram comprar nozes. Eles ensinaram muitas coisas aos ratos. A mais importante delas foi: o uso do dinheiro. Antes disso, os ratos (ou bolhis, como eram chamados) trocavam coisas nos mercados. Os indianos desembarcaram em 1216.

Os indianos, como foi dito, deram conhecimento aos bolhis. Mas os bolhis também pediram um pouco disso. Os bolhis perguntaram aos Inadianos como eles conseguiam viver sem lutar entre seus próprios homens. Os questionados disseram aos bolhis que eles escolheram um homem para governar a todos eles e o chamaram de rajá ou rei.

Os bolis seguiram esse plano. Mas não!! "De mal a pior." Pobres criaturas enganadas. Agora eles brigavam ainda mais!! Por quê? Porque cada rato desejava ser rei. Um tinha tanto direito ao trono quanto o outro. Então todos os lugares estavam em luta.

O novo chefe da tribo Aconchegante recebeu o nome de seu país: "Bolhozo". Ele, sendo o homem[1] mais poderoso do país, formou um exército e marchou para o Castelo Dorimie (o antigo havia sido reconstruído). Quando chegou lá, descobriu que eles haviam escolhido outro Rato para ser rei, chamado Choupo. Bolhozo fingiu ser bastante leal a ele, mas *o fez prometer que após sua morte Bolhozo gobernaria.*

Uma batalha entre ratos e indianos [N.T.: Na imagem, lemos: "Ratos escalando as montanhas durante a guerra com a Índia".]

---

[1] Os homens vivem na Terra dos Ratos.

História da Terranimal
(Nova História)

LIVRO I

Não é meu objetivo ao escrever este livro compilar um manual completo de História Animal, mas apenas expor em ordem consecutiva alguns fatos mais importantes.

Capítulo I

Assentamento Indiano

❈ ❈ ❈

Os primeiros registros escritos de Terranimal vêm dos pongeeanos. Aquela nação, sob seu líder *Chin*, conquistou a Terranimal quando ainda era uma terra de tribos bárbaras.

Esses registros, por mais úteis que sejam, são muitas vezes impossíveis e muitos deles devem ser lendas. Pongee parece ter mantido a Terranimal até sua queda, quando, como todos os impérios, Pongee diminuiu. Assim que os soldados pongeeanos foram retirados da Terranimal, as numerosas e sangrentas lutas tribais recomeçaram.

As principais tribos eram os Cosois, Draimes, Mansquoos e alguns outros. O primeiro acontecimento notável

Boxen

foi o desembarque de alguns colonos indianos no Norte da Terranimal. Eles desembarcaram perto do rio Jemima, no que depois foi a Terra dos Ratos. Os cosois, uma tribo de ratos, cujo chefe era Hacom, os receberam bem. Os indianos ficaram, casaram-se com os ratos e ajudaram contra as tribos hostis.

Cerca de cem anos depois, os indianos defenderam a paz. As tribos concordaram, e Hacom, neto do ex-Hacom, que tinha ancestrais indianos por parte de mãe, foi eleito rei. Ele foi o primeiro rei de "Calicô", como era então chamada a parte norte da Terranimal. Muito tempo depois, os estados do sul permaneceram não civilizados. Depois disso, todos os indianos retornaram ao seu país.

Hacom usou bem seu poder. Ele convocou o conselho de chefes correspondente ao nosso parlamento moderno. Sem o seu consentimento ninguém poderia ser punido ou recompensado, nem qualquer nova lei poderia ser promulgada. Ele se reunia uma vez por ano.

Pouco depois de seu terceiro conselho, Hacom cruzou as fronteiras de Calicô com a ideia de conquistar a Terra dos Porcos. Os porcos, sob o comando de seus vários chefes (que agora se uniram contra Hacom, como um inimigo comum), avançaram para enfrentá-lo. Os dois exércitos se encontraram em um lugar chamado Galosburgo (perto de onde Brejeira está agora). Hacom lutou bem e teria vencido se não tivesse sido enganado por um estratagema inteligente dos porcos. A força caliciana foi derrotada, mas ainda assim muito foi feito até subjugarem os porcos. Hacom foi gravemente ferido por uma flecha perdida, mas poderia ter se recuperado se não tivesse sido obrigado a passar a noite nos campos. Era inverno e a ferida congelou, causando morte instantânea. Ele tinha sido um excelente rei.

História da Terranimal

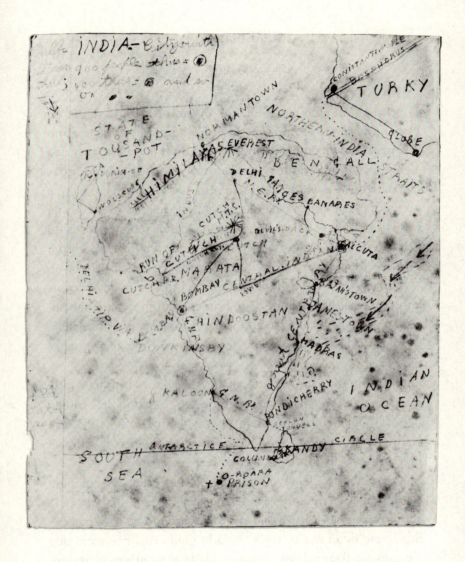

Boxen

Capítulo II

Rei Bolhozo I

⊠ ⊠ ⊠

O povo agora escolheu Bolhozo, primo de segundo grau de Hacom, para ser seu rei. Havia outro herdeiro mais próximo (o irmão de Hacom, Johannus). Mas Bolhozo era muito rico e poderoso, tinha muitos "bajuladores" e conseguiu ser coroado. Batizou o país de "Bolhozo" em sua homenagem, o que pretendia ser espirituoso, mas na verdade apenas mostrou sua vaidade. Colocou na cabeça que os soldados (aquartelados no Castelo de Bip) e suas famílias eram muito amigáveis com o príncipe Johannus, e temia que eles se rebelassem em seu favor.

Então Bolhozo realizou um terrível massacre de todos os habitantes do Castelo de Bip, homens, mulheres e crianças. Ele só poupou uma pessoa: Dormee, o governador do castelo, porque tinha certeza de que haveria uma boa recompensa para ele.

Durante todo aquele ano, tais barbaridades brutais continuaram, de modo que é frequentemente chamado de "Ano da Miséria". Ele se recusou a convocar o "Damerfesk", como era chamado o conselho de Hacom; desafiou as boas leis do rei Hacom (que ele jurou manter e fazer cumprir).

No entanto, ele levou seu jogo longe demais até para si mesmo. Ele imaginava que seu poder seria abalado pela adesão do povo do Castelo de Bip a Johannus, mas na realidade ele ficou muito mais abalado pelo cruel massacre que ele mesmo fizera deles. Sua crueldade e mentiras incitaram todos (exceto alguns de seus próprios mercenários) à revolta. E no ano seguinte surgiu uma grande rebelião liderada por

História da Terranimal

Johannus. Os rebeldes invadiram o Castelo de Alegrete (em parte devido à traição dos próprios mercenários de Bolhozo) e o próprio Johannus matou Bolhozo.

Capítulo III

REI BENJAMIM

✖ ✖ ✖

Johannus esperava se tornar rei após a morte de Bolhozo. Mas o conselho que ele convocou apontou da maneira mais elogiosa possível que, embora fosse um excelente general, Johannus era bastante inapto para o cargo real. Sabiamente, ele não insistiu e, cedendo generosamente, permitiu que Benjamim (apelidado de "Coelhinho"), Duque da Terra dos Coelhos, fosse pacificamente coroado em seu lugar. O novo rei implorou a Johannus que não se retirasse para a vida privada e fez dele um "Marechel", um título inteiramente novo que foi dado ao chefe-general das forças do rei. Johannus atendeu ao desejo do rei e continuou sendo uma pessoa importante no estado. Benjamim era neto de Hacom e, portanto, popular.

Johannus não estava há muito tempo em seu novo posto, como chefe do Exército Caliciano, antes de ter trabalho a fazer; a guerra estourou com Ojimywania, ou Clarendon, como é agora chamado. A causa da guerra foi esta: em Bolhozo, um certo lorde Giles, de Botápolis (no sul incivilizado de Terranimal), emigrou para Ojimywania e tornou-se um de seus grandes nobres. Ele contou a Dracho, rei de Ojimywania, muitas histórias da Terranimal e os ojimywanianos aproveitaram a condição incivilizada dos estados do sul da Terranimal para, de certa forma, apropriarem-se deles. No início,

Boxen

simplesmente vieram e se estabeleceram. Logo tomaram Botápolis de assalto, capturaram a cidade e expulsaram os habitantes (que eram principalmente ratos e besouros). Johannus estava ocupado reprimindo os gatos, que haviam se rebelado, e não ouviu falar disso. O primeiro a notar o poder alarmante dos ojimywanianos no sul da Terranimal foi um jovem serviçal com um coração muito leal, que seguiu, com outros Terranimalenses, de sua casa perto de Crina--Alvoroçada, para Alegrete. No caminho, ele encontrou um bando de 16 ojimywanianos, que ele pôs em fuga. Ao chegar a Alegrete, ele foi nomeado cavaleiro e recebeu uma pensão vitalícia de 12 bresentes[1] por ano.

Benjamim decidiu então que a única coisa a fazer era enviar Johannus e o exército para o sul. Fez isso e ele mesmo foi com o exército. Assim que os ojimywanianos descobriram que os Calicianos tinham ouvido falar de suas invasões nos estados do sul, eles aproveitaram ao máximo seu tempo e tomaram tantas cidades e fortalezas quanto puderam. Eles até se aventuraram ao norte até Terra dos Cavalos, que fazia parte de Calicô. Quando Johannus e o rei chegaram à Terra dos Cavalos, descobriram que os inimigos haviam conquistado a posse de Crina-Alvoroçada, a capital daquele estado. Os habitantes da cidade receberam o exército Caliciano com histórias da injustiça e crueldade que sofreram por parte dos ojimywanianos, que, de acordo com seu costume, expulsaram os cidadãos assim que conquistaram as cidades. Portanto, agora não havia pessoas em Crina-Alvoroçada, e sim ojimywanianos. Johannus e o rei sitiaram Crina-Alvoroçada. Durante quase um ano resistiram bravamente, mas por fim foram obrigados a render-se. O que restou da guarnição foi

---

[1] Bresente – Uma moeda da Terranimal, totalizando 6/-.

História da Terranimal

tratado com clemência, mas a maioria deles foi morta durante o cerco e muitos dos mais fracos morreram de fome.

O exército avançou, então, para fora de Calicô, mais ao sul. Sob a liderança competente de Johannus e do rei, quase todo o sul ficou livre de ojimywanianos. Não satisfeito com isso, o rei organizou uma expedição naval a Ojimywania. Ele próprio deveria chefiá-lo e Johannus ficaria para trás. Pouco antes de ele partir, os estados do sul imploraram que pudessem se unir a Calicô e que toda a Terranimal fosse um só Reino. Isso era exatamente o que os Calicianos queriam e a união foi efetivada.

Benjamim então navegou para Ojimywania deixando lorde Choroso, prefeito de Alegrete, como regente. O rei e sua divisão do exército não obtiveram sucesso na expedição. Depois de alguns combates, Benjamim foi feito prisioneiro e teria sido executado, se Sir Jaspe e seus dois filhos não o tivessem resgatado corajosamente. Dos Jaspes ainda vamos ouvir mais. A paz foi feita. Assim que o rei voltou para casa em segurança, ele fez reformas no "Damerfesk". Nos tempos de Hacom era um conselho de *Chefes*, por isso, mais tarde incluiu apenas os grandes nobres. Portanto, as pessoas comuns não tinham voz alguma. O rei Benjamim, com a ajuda de seu chanceler lorde Grande (um sapo), aprovou muitas reformas dando a dois plebeus sem título o direito de vir de cada estado para o Damerfesk.

Agora mesmo Johannus morreu de febre. Ele foi uma grande perda para o estado, e sua morte foi universal e merecidamente lamentada.

Nessa época, um rato chamado James Golpino roubou as joias da coroa e, fugindo da prisão, escapou para Ojimywania. Isso afeta a história Terranimalesca porque muitos Terranimalenses degenerados fugiram para Ojimywania, e o mal-estar entre aquele país e Terranimal aumentou até parecer que uma segunda guerra era provável. Justamente nesse ponto, o velho rei morreu. Ele era conhecido como "Benjamim, o Grande".

Boxen

Capítulo IV

A ASCENSÃO DO REI RATO, O BOM, E A REVOLTA FELINA

✠ ✠ ✠

Ele [Sir Pedro Rato] provavelmente pretendia ir para Anglópolis e, levando consigo os soldados ali aquartelados, marchar
para a Terra dos Gatos e reduzir os nativos à submissão. No
entanto, enquanto seus soldados estavam acampados durante
a noite, os gatos se juntaram com um enorme exército e se
posicionaram em uma colina, bem acima dos ratos; ergueram
uma muralha de terra, colocando ali a infantaria (a maioria
de arqueiros) atrás dela, e sua cavalaria na frente dela, pronta
para atacar os ratos pela encosta da colina (ver mapa).

Enquanto o exército de Sir Pedro ainda dormia, a cavalaria
atacou o acampamento e causou danos incalculáveis. Então,
antes que os ratos pudessem se recuperar da surpresa ou se
armar adequadamente, a cavalaria se afastou e os arqueiros
dispararam suas flechas contra o acampamento. Então, toda
a força dos gatos desceu e os ratos foram totalmente derrotados. Sir Pedro Rato foi morto e poucos ratos escaparam.

Os gatos perseguiram veementemente os poucos fugitivos até Alegrete e então sitiaram a própria capital! Os gatos
mandaram buscar mais soldados e mais suprimentos. Depois
de quase um ano e ½ (durante o qual os cidadãos sofreram
terríveis privações), o cerco foi levantado por dois ratos que
haviam subido na hierarquia; um deles era Thomas Jaspe
(filho de Sir Jaspe, que resgatou o rei Benjamim), e o outro,
seu amigo Robert. Não se sabe ao certo como o fizeram,
porque muitas histórias sobre eles são fábulas: mas é provável
que o tenham feito com astúcia: depois disso, os gatos retira-
ram-se para o seu próprio estado.

História da Terranimal

Assim que um bom exército foi reunido, Thomas e Robert foram para a Terra dos Gatos. Depois de uma curta dificuldade (os ratos muitas vezes lutando contra enormes probabilidades), a Terra dos Gatos foi conquistada e forçada a se unir ao resto da Terranimal. A tentativa dos gatos de conquistar a Terra dos Ratos causou muitos danos a si mesmos: porque, por muitos e muitos anos, eles foram vistos com suspeita e ódio, e não foram autorizados a desfrutar de privilégios iguais aos de outros estados da Terranimal.

Durante todo este reinado, a coroa esteve muito fraca. O mesmo aconteceu com o "Damerfesk": na verdade, só foi convocado duas vezes em todo o reinado! Os grandes nobres, quando não estavam envolvidos na luta contra os gatos, geralmente travavam guerras privadas com seus vassalos. Até os Estados do Sul terem se tornado tão incivilizados quanto antes da união. Portanto, embora no sentido romântico Thomas e Robert o tenham tornado glorioso, foi um mau reinado, especialmente para os pobres. Logo após a conquista da Terra dos Gatos, o velho rei morreu, exausto pela ansiedade.

Fim do primeiro livro

LIVRO II

Capítulo I

❂ ❂ ❂

Após a morte do rei Rato, o "Damerfesk" foi convocado às pressas para realizar uma consulta sobre quem deveria reinar em seguida. O óbvio herdeiro do trono era o jovem Bolhozo:

Boxen

mas a memória do mau reinado de seu pai o tornou tão impopular que ele foi isento por um ato especial, obrigado a retirar-se para a vida privada. Foi então decidido que Terranimal deveria ser uma Comunidade de Países ou República. Lorde Grande (filho de Sir Grande, que foi executado por Sir Pedro Rato), tentou se tornar o primeiro presidente (ou "governador", como era então chamado) da Comunidade de Países: mas os nobres tiveram tanto poder no último reinado e oprimiram tanto os pobres que os cidadãos de todo o país (liderados por Balkyns, um cidadão de Alegrete) se revoltaram. Muitos nobres foram assassinados e muitos castelos destruídos. Balkyns aprovou uma Comunidade de Países e tornou-se governador. A emancipação dos Comuns teria sido uma coisa boa se eles tivessem usado bem o seu poder conquistado. Mas, infelizmente, eles usaram isso de maneira extremamente ruim: não tinham simpatia por pessoas que não estavam no mesmo nível de vida, ou que não concordavam com suas ideias.

Balkyns tinha um carrasco chamado Duros-Montes. Este homem era um orador maravilhosamente bom. Ora, ele costumava receber não um salário fixo, mas por execução: então, sempre que uma pessoa estava sendo julgada por sua vida, ele (Duros-Montes) ia ao tribunal e falava forçosamente contra o prisioneiro. Por esse e outros meios imundos, muitas pessoas honestas e perfeitamente inocentes foram condenadas à morte. Esse período foi apelidado de "2º Ano da Miséria", que relembrou os tempos brutais do rei Bolhozo. Justamente quando parecia provável que as coisas chegariam a uma crise, Balkyns morreu.

Sir Pedro Rato, filho de Sir Pedro do último reinado, marchou do Castelo de Bip para Alegrete com uma força muito grande. Como todos, exceto alguns amigos de Balkyns,

História da Terranimal

estavam profundamente cansados de seu governo, Sir Pedro Rato encontrou pouca ou nenhuma oposição; ele convocou o "Damerfesk". Todos concordaram em continuar a Comunidade, mas em restaurar o poder às classes médias. Um cidadão de Alegrete chamado Perren defendeu veementemente uma união entre os parlamentos da Terranimal e da Índia.

Por algum mal-entendido extraordinário, isso foi considerado traição. E Sir Pedro e seus amigos condenaram o bondoso, mas tolo, Perren à fogueira. Seguindo o conselho de lorde Groselha da Terra dos Esquilos, e alguns outros, Sir Pedro Rato ofereceu o governo da comunidade a Albert Leppi, um estudante da Universidade de Aglópolis. Leppi aceitou de bom grado e logo foi proclamado governador.

Capítulo II

GOVERNADOR LEPPI I

❖ ❖ ❖

O novo governador provou ser o maior estudioso que os Terranimalenses já tinham visto, mas isso foi tudo. Seu talento para aprender parece ter sido mais uma loucura do que qualquer outra coisa. Era cruel, tolo, teimoso e fraco. Ele primeiro deu confiança ao arcebispo Passoveloz, que era bem intencionado, mas de mente fechada.

O evento mais notável que aconteceu durante o Ministério Passoveloziano foi a ascensão dos xadrizes. Durante muito tempo, os xadreses foram odiados e oprimidos. Estavam espalhados aqui e ali, sem casa, odiados, caçados e sem um tostão. O primeiro a tentar melhorar a sua condição foi um rei xadrês chamado Linácio. Ele tentou construir o primeiro

Boxen

xadriz perto de Botápolis, no reinado do rei Rato I. Ele era desconfiado e incompreendido! Então, ele emigrou para Tararo, onde os xadreses prosperaram entre os nativos amáveis, mas primitivos. Durante o Ministério Passoveloziano, ele e seus seguidores retornaram à Terranimal e, desta vez, obtiveram mais sucesso. Dois grandes xadrizes foram fundados, um em Botápolis e outro em Alegrete; e também um menor em Picópolis. Como os xadrizes eram sedes de aprendizagem (como as universidades) e como alojavam os pobres a custos muito baixos, logo se tornaram populares entre o povo. Passoveloz viu isso e levou Linácio a julgamento por "traição". Aquele nobre xadrês foi condenado e queimado.

Sir Pedro Rato expressou então abertamente sua aprovação ao movimento xadrês: e na reunião seguinte do "Damerfesk" ele atacou Passoveloz e foi banido. Leppi e seu favorito fizeram uma tolice porque Sir Pedro era popular. O arcebispo foi assassinado.

A monografia xadrês

(Parte I)

✠ ✠ ✠

Os xadrizes, como todos sabemos, são instituições de alojamento de xadreses, funcionam como as sedes da sociedade xadrês em todo o mundo. Quando olhamos para um edifício tão bonito como o Xadriz Real (em Alegrete) ou o Xadriz da Ilha Norte (Vila Feupuda), tendemos a considerar essas coisas como algo natural e a pensar que os xadrizes existem desde que os homens moravam em casas.

[N.T.: Uma pequena vista de parte do Xadriz Real.]

Boxen

[N.T.: Da esquerda para a direita: rei Linácio; Castelo Richards; dois peões (nomes ilegíveis); DE IMPRESSÕES ANTIGAS.]

Para corrigir esta noção, devemos levar o pensamento aos séculos XII, XIII, XIV — e o que veremos lá?

Veremos os xadreses, poucos, espalhados, sem casa, caçados, odiados e sem um tostão, que estado terrível! Assim como os judeus foram tratados na Inglaterra na mesma época; o mesmo aconteceu com os xadreses na Terranimal, na Índia, na Terra dos Golfinhos, na Prússia, em Pongee e em muitos outros lugares que eu poderia mencionar se tivesse papel e tempo.

Somente nos primeiros anos do século XV houve qualquer "agitação", por assim dizer. Então, um certo rei xadrês apareceu cheio de determinação para pôr fim aos maus-tratos de seus companheiros xadreses. Esse indivíduo, como vocês certamente sabem, era o famoso Gengleston Herbert Linácio.

É muito bom sentar-se em seu escritório lendo este ensaio e pensar em todas as coisas a favor de Linácio; mas para ele foi difícil, muito difícil. Agora — se um homem em circunstâncias não *muito* boas quer iniciar um empreendimento de grande importância e dificuldades —, como ele pode começar? Esse

A monografia xadrês

foi o problema que o rei Linácio enfrentou quando teve a ideia. Nunca perplexo, porém, ele tentou arrecadar contribuições voluntárias de povos da Terranimal. O que foi pior do que um fracasso, pois lhe rendeu o ódio do povo, que não confiava nele. Sua ideia era fundar o primeiro xadriz, perto de Bota; como vimos, as dificuldades na Terranimal revelaram-se demasiado insuperáveis, por isso ele deveria tentar em outro lugar.

Assim (na companhia de dois peões e de um certo Castelo Richards, que lhe era fiel), Linácio partiu, em um navio mercante, para Clarendon. Durante sua chegada, os habitantes semicivilizados tentaram (embora não se importassem com os comerciantes) expulsar os quatro estrangeiros. Linácio, entretanto, dirigiu-se para o interior e, tendo se acomodado, enviou uma mensagem de volta através do navio em que veio. Essa mensagem foi enviada aos xadreses na Índia e na Terranimal, contando-lhes sobre o esquema de Linácio e convidando-os a vir, porque ele ajudaria com as despesas. Logo eles chegaram: e o primeiro xadriz do mundo, com apenas 90 xadreses, foi fundado em Clarendon.

(PARTE II)

❇ ❇ ❇

Num tratado anterior descrevi a fundação dos xadrizes e discuti o assunto. Neste pequeno trabalho (por falta de alguns requisitos), omiti dizer: (1) Como o rei Linácio reprimiu os nativos, (2) Como ele pagou pela construção do xadris, (3) Qualquer coisa sobre as ordens xadreses e organização social. A pedido de meu pai, estou agora escrevendo um ensaio para suprir essas necessidades, ou melhor, tentar suprir.

Boxen

In a former treatise I have describ-
-ed the foundation of Messaries,
and discussed the matter. In
that little work (owing to
lack of some requesities), I om-
-mited to say, (1.) How King
Flaxman put down the natives.
(2) How he paid for the build-
-ing of the thesary. (3.) Any-
-thing about these orders, and
social organisation. On the
request of my father,
I am now penning an
essay to supply these
wants, or try to, rather.
In the first place we must
remember that Flaxman's
thersmen were civilised, and
had, naturalby, better weap-
-ons than the crude and savage

[N.T.:Em um tratado anterior, descrevi a fundação do xadrizes e debati a questão. Naquele pequeno ensaio (devido à falta de alguns requisitos), deixei de dizer (1) Como o rei Linácio conteve os nativos, (2) Como ele pagou pela construção do xadriz, (3) qualquer coisa a respeito das ordens xadreses e organizações sociais. Conforme solicitado por meu pai, estou agora escrevendo um ensaio para suprir essas demandas, ou pelo menos tentar. Primeiramente, precisamos nos lembrar que os xadreses de Linácio eram civilizados e, obviamente, possuíam armamento melhor do que os brutos e selvagens.]

A monografia xadrês

[N.T.: Esboço do prédio.]

Em primeiro lugar, devemos lembrar que os xadreses de Linácio eram civilizados e tinham, naturalmente, armas melhores do que os rudes e selvagens nativos de Clarendon. Mas antes que a pequena colônia de xadreses pudesse fazer qualquer coisa, eles deveriam ter um lugar para morar. Linácio fez com que o povo xadrês trabalhasse para construir o prédio do xadriz, com suas armas, já que os ataques eram frequentemente feitos pelos nativos. O trabalho, decidiu Linácio, deveria ser feito metodicamente: dois ou quatro homens eram sempre colocados nos limites do local de trabalho, para alertar os trabalhadores sobre um ataque. Um grupo de homens derrubou as árvores, outro as cortou, outro as carregou para o terreno do xadriz e um quarto grupo construía o edifício. Linácio fez tanto trabalho quanto qualquer dupla de homens faria junta!

Em cerca de um mês o trabalho foi concluído. E enquanto eles trabalhavam, novos xadreses chegavam, então eles estavam agora em condições de lutar.

A geografia da Terranimal

Capital: Alegrete sobre o Jemima.

Terranimal é uma ilha em forma de adaga situada a Oeste do Grande Continente. Comprimento 720 milhas, largura 380 milhas, área total 110.600 milhas quadradas.

Superfície: As montanhas de Terranimal são numerosas. As principais são: no Norte, as montanhas Mourme com o pico Phaze e o Monte Donnair; no Sul, as montanhas Aya--Gutch com o sr. Podiphattea e o Desfiladeiro di Diabolo com 200 pés de profundidade, no centro da Terra dos Porcos, as Colinas de Brejeira ou as Planícies de Brejeira. Assim como muitas cadeias menores de colinas, como as colinas Dugg na Terra dos Cavalos.

Rios: Terranimal é um país muito bem irrigado. Os maiores rios são o Jemima, o Pólvora, o Maolar, o Grande Hud, o Rio da Falta e o Pequeno Hud na costa leste. O Coelher, o Thoolnaar e o Araboa: na costa oeste. O Bushat na costa norte.

A geografia da Terranimal

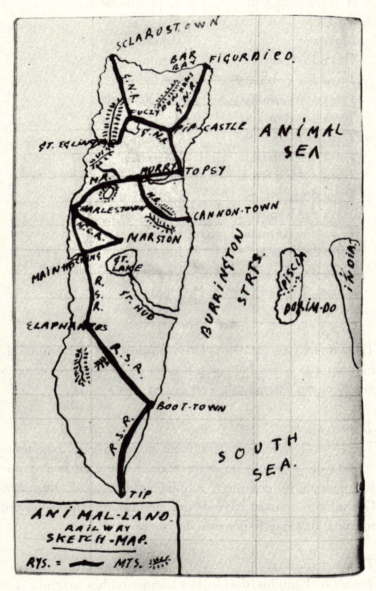

[N.T.: Esboço do mapa da malha ferroviária de Terranimal.]

55

A Terranimal é dividida em 13 províncias.

Província	Capital
Terra dos Ursos	Arrojo
Terra dos Lobos	Garradouro
Terra dos Esquilos	Vila Feupuda
Terra dos Ratos	Alegrete[1]
Terra dos Coelhos	Canhópolis
Terra dos Porcos	Brejeira
Terra dos Pássaros	Aza
Terra dos Cavalos	Crina Alvoroçada
Terra das Raposas	Aztutópolis
Terra dos Animais Típicos	Fuzuê
Terra dos Insetos	Botápolis
Terra das Ratazanas	Badderna

Com a ilha de Piscia ou Peixópolis

Terra dos Ursos

Terra dos Ursos está situada no nordeste de Terranimal. É montanhosa e fria. No sul: a Ravina de Dirnom é o cenário dos Esportes Hiemais de Terranimal.

Terra dos Lobos

Terra dos Lobos é escassamente povoada e escassamente coberta de vegetação no oeste, onde o solo é árido e arenoso: madeira, no entanto, é amplamente cultivada no norte. Garradouro, sua capital, é de grande importância, sendo um terminal da Grande Ferrovia do Norte.

Terra dos Esquilos

Terra dos Esquilos, devido às suas montanhas magníficas, é muito procurada por turistas. Vila Feupuda no Lago da Vila

A geografia da Terranimal

Feupuda é mundialmente famosa pelo milho. A Grande Anglópolis é um enorme centro ferroviário.

Terra dos Ratos
A Terra dos Ratos é a sede do governo. Alegrete sobre o Jemima é um grande porto e tem imensos estaleiros de construção naval. Aqui fica o Parlamento. É um belo país de colinas e vales ondulados.

A Terra dos Coelhos
A Terra dos Coelhos é a primeira província em aprendizado e arte. Canhópolis é assim chamada porque está situada no cânion de Butatsheek. Aves são criadas no oeste.

Terra dos Porcos
Terra dos Porcos é muito plana e produz muito carvão e ferro. O Lago Brejeira é a maior extensão de água doce do mundo. É frequentemente chamado de Grande Lago.

Terra dos Pássaros
Terra dos Pássaros é realmente muito irregular. Aza é uma cidade universitária e é o final da Linha Ferroviária da Terra dos Pássaros.

Boxen

Terra dos Cavalos
Terra dos Cavalos é montanhosa e fértil. Grandes quantidades de trigo, centeio, arroz, milho e mercúrio. Crina Alvoroçada é o principal porto para navios de linha que vão para o oeste.

Terra das Raposas
Terra das Raposas é coberta por florestas e campos arados. Aqui os arados foram feitos pela primeira vez em 120 d.C. Batatas são exportadas.

Boxen

ou Cenas da vida urbana boxoniana

[N.T.: Atracando seu barco, ele saiu.]

Boxen

ou Cenas da vida urbana boxoniana

I

✖ ✖ ✖

A noite caía no *Bósforo* quando o guarda da cidade avistou uma pequena mas organizada escuna atracando em Fortressa. À frente estava o jovem Tripoli Peão de Xadriz e no leme um robusto cavaleiro atarracado fumando seu cachimbo impassivelmente. Com uma pequena manobra hábil, ele a trouxe até um riacho rochoso isolado e lançou âncora a cerca de 200 jardas do cascalho. Ele pediu a ajuda do peão para abaixar seu barco solitário, que logo estava sob o balcão da escuna, e várias remadas vigorosas o enviaram para a praia. Atracando o barco, ele saiu e no crepúsculo avistou duas figuras altas e atléticas caminhando a uma curta distância.

— Ora! Vossas Majestades![1]

Eles se viraram.

— Macgoullah.

— Ao seu serviço. O que você está fazendo aqui?

---

[1] Os reinos de Boxen, embora unidos no Parlamento, mantêm seus monarcas, o rajá da Índia e o rei da Terranimal.

Boxen

— Oh — disse o 'Já —, aprendendo turco.

— Sozinho? — perguntou o cavaleiro.

— Não. Grande está aqui — respondeu Coelhinho.

— Na estalagem?

— Sim.

Os três amigos caminharam juntos até o portão traseiro, onde o guarda os deixou entrar por uma pequena taxa. Após uma centena de jardas estavam na estalagem. Através da porta para a sala interna, Macgoullah avistou um sapo robusto em traje de noite.

— Eu ficarei na Externa — observou ele.

Os meninos entraram na Interna. Era uma sala pequena, lotada. Ao redor da mesa estavam sentados Puddiphat, Ganso, Passoveloz e o Pequeno Mestre.[2]

— Meninos, onde vocês estavam? — perguntou o Sapo.

— Oh, nenhum lugar especial — respondeu o 'Já com a imprecisão característica. Grande engoliu em seco e continuou cortando uma porção de bacalhau.

Todos os presentes eram boxonianos, exceto um prussiano que estava sentado em um canto distante, silencioso e taciturno, sem ser notado por todos: é verdade que havia um olhar cauteloso nos olhos cinzentos de Passoveloz, mas ninguém percebeu.

A companhia se curvou sobre sua refeição e conversa, e silenciosamente o prussiano deslizou para dentro de um armário com cortinas. Grande olhou para cima.

---

[2] Pequeno Mestre era o porta-voz do Parlamento e tinha muitos poderes, incluindo o de ser o guardião e conselheiro constante dos reis. O atual, lorde Grande, exerceu muita influência sobre o rei Benjamim e o rajá, pois ele tinha sido seu tutor na juventude: em conversas íntimas, ele negligenciava todas as fórmulas usuais de tratamento a um príncipe: a saber, a próxima linha "Meninos... etc".

— Estamos sozinhos?
— Sim, meu querido Pequeno Mestre — disse Ganso.
— Agora, Ganso, conte sua história.
— Pois bem. Cavalheiros, acabei de descobrir que toda a Panelinha está ameaçada por Orring, um dos membros do "aquário"...

[N.T.: Macoullagh decide ficar na Externa.]

— Vai lá, meu bom pássaro — gritou Grande —, o que isso significa?
— Pois Piscia, meu bom Sapo — Grande engoliu em seco —, determinou tirar toda a camarilha atual do cargo: e está subornando a torto e a direito.
— É impossível — gritou o Sapo —, os MPs são incorruptíveis.
Passoveloz perguntou — Como você sabe disso, Ganso?
— Porque o amigo Verde...[3]

---

[3] Polônio Verde, um papagaio de baixa estirpe e dono de uma linha de mineiros.

Boxen

— Aquele papagaio? — Grande suspirou.

— Sim, Pequeno Mestre. Porque ele ouviu lá no Repouso de Alegretense...

— Naquele lugar? — O Sapo suspirou, preocupado.

— Sim. Ele ouviu Orring.

Grande levantou-se. — Venham rapazes. Está tarde — disse.

Passoveloz, ele, os meninos e Chutney saíram. Eles passaram pelo portão secundário e caminharam ao longo do cascalho. A casa deles ficava na cidade externa.

De repente, Grande tirou o charuto e disse: — Polônio Verde ouviu? Por que ele gostaria de contar ao Ganso? Ele não é meu amigo.

— É deveras profundo — disse Passoveloz.

— Ah, verdade — disse Coelhinho.

— Há um trabalho sujo acontecendo — afirmou o Pequeno Mestre.

Mais alguns passos os levaram para a casa e para a cama. Muito depois que os outros foram dormir, Passoveloz ficou pensando. Que interesse tinha aquele papagaio na crise? Poderia ser da maior importância. Mas como ele descobriria? Quem, em quem ele podia confiar, se movia nos círculos de Verde? Ele fez a pergunta para si mesmo e no momento seguinte teve a resposta. Macgoullah!! Claro. O astuto e honesto mestre da escuna *Bósforo* era seu homem. É verdade que o *Bósforo* estava envolvido em negócios um tanto obscuros, mas ninguém podia negar que seu capitão era honesto e patriota. Claro que ele nunca pensou por um momento que Verde havia contado a Ganso por um motivo desinteressado. Mas tendo decidido um plano de campanha, ele se virou e dormiu.

Boxen

II

❊ ❊ ❊

Os meninos, os dois soberanos de Boxen, tinham vindo para Fortressa sob o comando do Pequeno Mestre para refrescar sua fluência em turco. Mas esse dever oneroso não impediu algum prazer. A Turquia sempre foi querida pelos meninos: era uma mudança tão grande. Turquia, onde todos os tipos de coisas como escravidão, bandidos e bazares ainda existiam. Na manhã seguinte à noite descrita anteriormente, os dois reis levantaram-se cedo, vestidos com flanela, e pegando toalhas roubadas da casa alugada, e foram até a praia.

— Um dia fenomenal, 'Já — observou Benjamim.

— Glorioso. Ó-lá, tem um barco novo desde a noite passada — gritou seu companheiro ansiosamente, indicando um grande barco turco bagunçado e clandestino.

— Você consegue ler o nome dele? — perguntou o Coelhinho.

Depois de um momento, o rajá soletrou: — *A Demetrie*. Suponho que ele [seja] um navio de cruzeiro Hamman.

Eles agora voltaram sua atenção para seu banho matinal.

Eles se vestiram e caminharam de volta, após esse ofício. Logo encontraram outro. Ele era uma coruja, de baixa estatura e bem-vestido, gloriosamente vestido com um casaco matinal e cartola branca. Estava fumando um charuto enorme.

— Meu caro Puddiphat.

— Bom dia, Majestades.

— Acordou cedo para variar, Puddis?

— Como sempre — retrucou o Coruja e continuou andando com uma reverência elaborada.

— Gosto muito dele — comentou o Indiano assim que eles saíram do alcance da voz.

67

Boxen

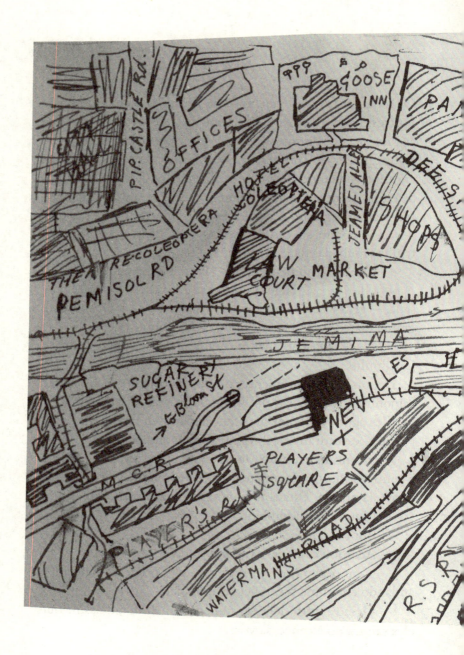

Boxen

— Eu também. Por que Grande se opõe a ele?

— Oh, ele realmente não se opõe.

— Bem, acho que é por ele ser dono daqueles salões de música.[4]

— O Alhambras!

— Esse mesmo. Claro que o Grande não gosta disso.

Eles caminharam para dentro da casa e encontraram os outros se preparando para ir à estalagem tomar o café da manhã.

— Rapazes — disse o Sapo, indicando as flanelas dos reis —, vocês não vão nessas coisas?

— Vamos — disse Coelhinho com uma voz magoada.

Grande suspirou e eles partiram para a estalagem. Todos, exceto Passoveloz, que disse que não estava bem. Assim que se foram, ele colocou um chapéu apressadamente e começou a descer para a praia, a uma velocidade realmente notável para um cavalheiro tão velho. O *Bósforo* estava navegando esta manhã com Macgoullah a bordo! E ele precisa pegar o Macgoullah!

Infelizmente, ele tinha demorado muito se arrumando. Quando chegou ao píer, o *Bósforo* estava a uma boa milha de distância! Um barco a remo rápido e esguio para alugar, tripulado por três xadreses, veio ao lado.

O líder falou:

— Vossa excelência deseja um barco?

Passoveloz estava desesperado.

— Sim — gritou, pulando —, 5 soberanos se você alcançar aquela escuna!

— Pois não, Excelência.

Em um espaço de tempo incrivelmente curto, a embarcação esguia estava disparando pela água com o general nas velas de

---

[4] No original, "music-halls", que eram estabelecimentos onde se podia desfrutar de uma refeição e uma bebida enquanto artistas se apresentavam. (N. T.)

popa. Mas logo ficou dolorosamente óbvio que os perseguidores estavam perdendo terreno. Uma brisa fresca e fina pegou as velas do navio e, sob a manipulação fina de seu mestre robusto, estava desaparecendo rapidamente sobre a linha do céu.

III

✗ ✗ ✗

Qualquer marinheiro que já tenha ido a Alegrete conhece o Repouso de Alegretense. Essa estalagem útil fica no Cais Real e é um edifício espaçoso cuja arquitetura apresenta uma aparência heterogênea, pois novas alas foram construídas de tempos em tempos ao longo dos últimos dois séculos. Em uma certa manhã, cerca de três dias após a tentativa frustrada de Passoveloz pegar o *Bósforo*, Polônio Verde sentou-se em seu aconchegante Interno.[5] Ele estava sentado em um banco de carvalho de encosto alto, ao lado de um estrangeiro. Este último mo era um homem barbeado com cabelos ruivos esvoaçantes.

— Bem — estava dizendo o capitão —, o que é que é?

— O "que" é — disse o outro friamente —, é que você fez papel de bobo.

O pássaro se eriçou.

— O que quer dizer, senhor?

— Só isso. Você disse ao Ganso que nosso líder estava subornando.

— Sim. Mas...

— Bem?...

— Nosso líder declarou que não me daria um lugar na nova camarilha. Então eu naturalmente...

---

[5] As estalagens da Boxen geralmente têm dois quartos: o Interno, ou de primeira classe, e o Externo, ou de segunda classe.

Boxen

— Pois é. Porque você não consegue impor limites à sua ambição insaciável, você derruba todo o grupo?

— Derrubo! — disse o pássaro bravo.

— Terranimalense! Pardal!

— Prussiano!

— Como foi que você se desentendeu com nosso líder?

— Cuide da sua vida. — Com isso, o pássaro, com as penas eriçadas, pagou sua conta e saiu. O prussiano olhou para ele com olhos raivosos e afundou em seu banco.

— Maldito pássaro!! — murmurou. Naquele momento, as portas do Interno foram abertas e outro cliente entrou. Ele era um urso baixo e bastante robusto. Seu pelo era de uma rica cor marrom-jarrete e bem oleado no topo de sua cabeça redonda. Sua expressão era bem-humorada, satisfeita consigo mesmo e inteligente. Um cigarro estava preso entre seus lábios fortemente franzidos. Ele estava vestido com um uniforme de mordomo e seu chapéu trazia a legenda, "N.S.M. TURDÍDEO". O prussiano olhou para cima.

[N.T.: Outro cliente entrou.]

— Bom dia, sr. Bar.

— É um prazer vê-lo, meu caro Glohenman.

— De onde você veio?

— Oh, o *Turdídeo* está no Cais do Lorde.

— Não! E o capitão Murry está a bordo?

— Oh, sim.

— E Hogge, o imediato?

— Primeiro oficial — corrigiu M.R. [Bar, da Marinha Real]. — Mas como vão os negócios?

O estrangeiro olhou em volta. Eles estavam sozinhos.

— Negócios de camarilha?

— Sim.

Então os dois se aproximaram e por um longo tempo ficaram sentados em confabulação íntima. O urso parecia dar instruções e o outro de vez em quando fazia anotações em um grande livro de bolso.

Ocasionalmente, ele oferecia sugestões: de repente, depois de cerca de um quarto de hora, para uma dessas sugestões o mordomo se levantou e disse em voz alta: — Não, nunca faremos isso. E não vá se passar também, meu amigo. — Então, ele saiu batendo a porta.

Deixado sozinho, o prussiano pegou outro copo e concluiu que aqueles malditos boxonianos eram todos tolos.

IV

❈ ❈ ❈

A sala do gerente dos escritórios da Porco & Bradley Navios & Fretes Ltda na rua D., em Alegrete, revelava por seus acessórios os gostos e o caráter de seu proprietário. Uma parede era quase totalmente preenchida por três enormes janelas que iluminavam brilhantemente o apartamento. O chão era coberto por um oleado bem gasto do convencional marrom claro. À direita e à esquerda ficavam enormes estantes de livros com fachada de vidro cheias de todos os volumes necessários a um armador, organizados de acordo com os autores. Na parede do quarto pendia um grande mapa. No meio da sala, havia uma grande mesa dupla para os sócios. Apenas o sr. Reginaldo Vant (o Porco) estava presente naquele momento. Ele era um porco de cerca de 40 verões, astuto, trabalhador e impassível. Seu rosto no momento não revelava nenhuma emoção, mas interesse nos papéis diante dele. Ele estava vestido com um daqueles ternos respeitosamente simples tão caros ao empresário. De repente, ele foi interrompido por um funcionário que disse que o sr. Verde queria vê-lo, se ele não estivesse ocupado.

[N.T.: O porco em seu escritório.]

Boxen

— Deixe-o entrar — disse o Porco, deixando de lado seu trabalho.

Um minuto depois, o papagaio entrou, parecendo irritado, pois tinha vindo direto do Repouso de Alegretense. O armador pediu que Verde se sentasse e lhe deu um canudo de Montserrat,[6] que este último sugou enquanto conversavam.

— Meu caro sr. Verde, o que posso fazer pelo senhor?

— Só me dê uma pequena informação, senhor.

— À sua disposição. Aceita biscoitos?...

— Por favor. Como vai o comércio?

— Como sempre. Mas qual é a informação que o senhor quer?

— Isto. Ouvi dizer que um certo sr. Glohenman está se candidatando a uma de suas capitanias.

— É isso mesmo.

— Ele é o sr. Philip Glohenman ou o irmão?

— O irmão, sr. Verde.

— Ah. Eles são muito devotados um ao outro.

— É o que eu acredito.

Porco fez uma pausa. Então disse: — O senhor conhece os dois Glohenmans?

— Muito bem, sr. Porco.

— Bem, o senhor, como marinheiro, pode me aconselhar. Este homem é um bom capitão?

— Realmente, senhor, não posso parar para lhe dar uma descrição agora, mas voltarei amanhã.

— Muito bem.

Os dois armadores apertaram as mãos e o pássaro saiu.

"Qual", pensou Porco, "era o jogo dele?"

---

[6] "Canudo de Montserrat": um copo de vinho Montserrat sugado por um canudo ou cano.

V

❊ ❊ ❊

O sr. Verde estava muito satisfeito com seu trabalho matinal. Agora, ele estava quite com Glohenman. Ele sabia perfeitamente que o capitão G. era um agente prussiano e que era muito importante que ele conseguisse um lugar na Linha dos Porcos. A Prússia queria ter uma visão do comércio boxoniano e dependia desse homem para dar isso a eles. Ele sabia também que a chance do capitão Glohenman conseguir o cargo dependia do caráter que ele — Polônio — lhe conferisse antes de Porco. Ele tinha agora apenas que confrontar o devotado e patriota irmão do capitão com esses fatos, e ele o teria à sua disposição. Philip Glohenman teria seu irmão na linha dos Porcos a todo custo. E agora que ele tinha esse devotado Philip, como deveria usar seu poder? A resposta era "para me colocar na camarilha". Orring, o líder de seu partido, se recusou a conseguir um lugar para ele. Mas Philip tinha influência ilimitada sobre Orring, então o digno pássaro estava cheio de confiança.

Na mesma manhã, às 6 horas, o vapor *Ariadne* (C.I.Ry) chegou de Bombaim,[7] tendo a bordo lorde Grande, suas Majestades, Vde. Puddiphat e general Passoveloz. Embora tenha chegado ao Cais do Jogador tão cedo, suas Majestades e o visconde acordaram uma hora antes dela. O Coruja estava tão imaculado como sempre, em um terno marrom e um chapéu da mesma cor. Os dois reis estavam em tweed cinza e animados, ocupados em explicar tudo um ao outro — uma

---

[7] Na época de Lewis, Bombaim era o nome da atual cidade de Mumbai, na Índia. (N.E.)

ocupação supérflua, pois não havia nada que um soubesse e o outro não soubesse. O visconde deu a entender a suas Majestades que estava interessado em tudo o que lhe contaram. O Pequeno Mestre logo se juntou ao grupo.

— Rapazes, vocês não estão com casacos?

— Não — respondeu o 'Já.

— Você não está com frio?

— Não — respondeu o coelho.

Chegando a Cais do Jogador, o visconde se despediu da comitiva real e, entrando em um táxi, ordenou que fosse até a Ganso[8] para o café da manhã. Os pensamentos de Puddiphat eram dos mais doces enquanto ele se recostava no assento ricamente estofado e observava o panorama das ruas de Alegrete passando rapidamente. A Turquia entediava o Coruja: ele amava Boxen e Alegrete acima de todas as cidades de Boxen. Seus numerosos Alhambras[9] estavam pagando muito bem. Esse devaneio agradável foi interrompido pelo veículo parando do lado de fora da Estalagem do Ganso. O jovem Coruja agarrou sua bengala e saiu, e, entrando no Salão do Café Interno, sentou-se. Ele mal havia começado seu café da manhã quando uma "estrela" feminina do salão de música se aproximou para falar com ele. Ela era notável principalmente por um chapéu impossível e uma risada irritante. Com relação a Puddiphat, ela adotou o ar condescendente que as atrizes sempre fazem com os gerentes. O assunto que eles discutiram era aparentemente de algum interesse, e, depois de alguma confabulação, o Coruja se levantou, e saiu, e disse:

— Sim, uma ideia esplêndida.

---

[8] A Estalagem Ganso, o primeiro restaurante e hotel de Alegrete.

[9] Ele era o dono de diversos salões de música pelo país, chamados Alhambras.

O resultado foi que alguns dias depois Os meninos, Porco, Coronel Chutney, Fortescue, sr. Hedges[10] (O Besouro), também Carroça Andante, o melhor comediante de Boxen, Rosie Leroy, a comediante inimitável, e Phyllis Legrange, comediante e dançarina (a promotora do esquema), cada um recebeu a seguinte mensagem:

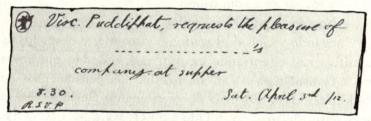

[N.T.: Visconde Puddiphat solicita a presença de _____ para companhia ao jantar. Sábado, 3 de Abril, 12.]

VI

❈ ❈ ❈

Um dia depois que o Coruja enviou seus convites, uma pequena e elegante escuna chegou ao lado do Cais Real: não era outra senão nosso velho amigo, o *Bósforo*, sob o comando do robusto Macgoullah. E ele também estava muito feliz por estar caminhando novamente até o Repouso de Alegretense. Quando ele se acomodou confortavelmente no aconchegante Interno com um cachimbo e uma garrafa de Vinho-de-Brus (pois ele era rico, embora simples), ficou enojado com uma interrupção. A porta foi aberta e um alto criado de uniforme entrou.

— Senhor — disse —, eu me dirijo ao capitão Macgoullah?

---

[10] Gerente do R.S.Ry., um homem de negócios astuto, mas uma pessoa alegre o suficiente em seus momentos de lazer.

Boxen

— Sim.

— Meu mestre, general Passoveloz, deseja sua presença, por favor, se puder vir, senhor?

O honesto xadrês, que esperava ansiosamente por uma manhã em sua estalagem favorita, ficou um tanto aborrecido, porém, sentiu que era sua obrigação seguir o criado até um motor que esperava no Cais Real. Logo depois que ele saiu, Verde e Herr Glohenman entraram no Interno e se sentaram.

— Glohenman, eu o trouxe aqui para um propósito importante.

— O quê?

— Preciso de um lugar na nova camarilha.

— Bem? Não posso ajudá-lo...

— Você precisa me ajudar.

— Como assim?

— Escute! Seu irmão está tentando conseguir um lugar na linha do Porco.

— Como você sabe disso?

— Não importa. Eu *sei*. Agora Porco me pediu opiniões sobre o caráter dele. O Porco confia em mim.

— Mas, você...

— Você tem influência com Orring. É um caso de ou isso ou aquilo.

Enquanto isso, Macgoullah foi levado a um salão na casa do general, onde ficou se sentindo muito desconfortável e esperando o dono. Logo uma porta foi aberta e o velho entrou.

— Bom dia, meu caro capitão.

— Bom dia, meu senhor. O que posso fazer pelo senhor?

— Bem, capitão, será que o que vou dizer não irá além da sua competência?

— Não, meu senhor — respondeu Macgoullah, começando a se sentir desconfortável.

Boxen

— Você ouviu alguma coisa sobre esse movimento contra a camarilha?

— Er... Sim, meu senhor.

— Bem, você é um Walteriano?[11]

— Eu acho que sim, meu senhor.

— Bem, você conhece o capitão Verde?

— Sim, meu senhor.

— Bem, você poderia me ajudar a vigiá-lo?

— Eu não poderia, meu senhor — gritou Macgoullah, que estava completamente farto do negócio. — O senhor terá que acordar muito cedo para levar a melhor sobre o Verde.

— Então, você não vai me ajudar?

— Receio que não possa — respondeu o marinheiro, honestamente angustiado com a decepção do outro.

VII

❋ ❋ ❋

Na noite do agitado sábado, suas Majestades estavam virando o Palácio Riverside de cabeça para baixo em seus preparativos para o jantar seleto do Coruja. Eles se esqueceram disso até que tiveram apenas um quarto de hora para se vestir: no entanto, após esforços quase sobre-humanos, eles entraram no carro a tempo. Depois de uma curta viagem, eles pararam do lado de fora da magnífica casa de Puddiphat. Ao saírem, eles foram levados para um vestiário lotado de convidados, conversando em tons suaves e escovando cabelos e calças.

---

[11] Walterianos e Diripianos eram os dois partidos rivais. Os W's defendiam ideias antigas e os D's queriam reformas e uma nova Camarilha, já que os antigos estavam no poder há muito tempo.

Por algum tempo, eles ficaram educadamente empurrando uns aos outros para a porta. Por fim, Porco fez uma investida ousada e caminhou com um grande grupo de seguidores até a sala de recepção.

[N.T.: No armário de casacos na casa de Puddiphat.]

— Meu caro Puddiphat!
— Encantado, sr. Vant. Boa noite, Carroça: você conhece Reggie, o bacalhau, não? Sr. Vant, sr. Carroça.

O pássaro estava resplandecente em seu traje de noite e camisa de piquê. Ele se afastou.

— Oh, suas Majestades. Estou muito honrado.

Em seguida Phyllis Legrange se aproximou.

— Boa noite, srta. Legrange. Conhece suas Majestades? Sua Majestade, o rei Benjamim, srta. Legrange etc. Continue falando daí.

— Boa noite — disse Coelhinho nervosamente. — Er... você já foi a Sangaletto?"[12]

---

[12] Uma grande ópera do tipo mais pesado.

Boxen

— Não — respondeu a srta. Legrange. — Eu nunca vou a óperas.

— Eu as odeio — disse o coelho, sentindo que era o que ele deveria dizer.

– Oh, Majestade! Isso é de muito mau gosto.

Então ambos riram educadamente.

Enquanto isso, o anfitrião estava ocupado em outro lugar. — Meu caro Besouro! —disse a Hedges — Como estão as ferrovias? Olá, Chutney. Boa noite, srta. Leroy. Coronel Chutney, srta. Leroy. Ora, aí está o Fortescue. Como vai o comércio? Você já ouviu falar de Sangaletto? Não?... Ah, você deveria.

— Quem está cantando Sangaletto? — perguntou 'Já, que tinha subido.

— Vön Oscar Wûlles. Ele é muito bom, Majestade. Suponho que o senhor vá?

— Temo que sim — disse o monarca.

— Por quê? — explodiu o Coruja. — Você não conhece a srta. Leroy?

— Ah, sim — disse o rajá —, tive o prazer de ser apresentado no baile de Chutney na temporada passada.

— Amigos — anunciou o anfitrião —, o jantar está servido.

— Posso ter o prazer? – disse 'Já para Rosée Leroy, enquanto Coelhinho fazia a mesma pergunta para a amável Phyllis.

Todo o grupo foi para a sala de jantar, onde a mesa estalava sob presunto e frango frios, saladas, ostras, vinhos e outras iguarias. Todos ficaram mais livres e mais interessantes. Carroça Andante contou suas melhores histórias, Puddiphat fez piadas duvidosas e o resto falou, ouviu e riu.

O 'Já relatou histórias sobre o Pequeno Mestre, que foi muito ridicularizado e depois brindado. Então, seguiu-se brinde após brinde, suas Majestades, é claro, liderando a lista. Então, quando o último toque do 12 parou de vibrar, o Coruja disse: — Vamos tomar ar.

Com isso, eles saíram, sem chapéu e sem botas, para vagar pela cidade.

VIII

❂ ❂ ❂

Na noite do agitado sábado, o Pequeno Mestre tinha ido a um debate político seleto nos aposentos de Sir Ganso e estava retornando em sua carruagem às 2 da manhã. Recostado nas almofadas luxuosas, ele quase adormeceu quando os acordes de uma música de salão cantada por muitas vozes o assustaram:

"Oh, senhor Puddiphat
Onde você conseguiu esse toma-te?"

Um indivíduo tão sóbrio e sério como o Sapo estava incomodado com a ideia de qualquer grupo sair depois do jantar dessa maneira. Sem refletir sobre quem eram os bandidos, ele cochilou novamente. De repente:

"Agora vamos pela rua D.
Esse é o lugar para mim e para você
Uhu!!"

bem ao lado da carruagem, que parou abruptamente. No instante seguinte, para seu horror indizível, a porta foi aberta e uma multidão de pessoas estava do lado de fora.

— Bom dia, senhor — gritou um alegremente. Era o Coruja!

— Puddiphat! — gritou Grande horrorizado. — E (ele engasgou) suas... suas... Majestades! — Era verdade. Ali, diante dos olhos arregalados do Pequeno Mestre, estavam os soberanos de Boxen, de cabeça descoberta e pior, cantando uma canção de salão de música às 2 da manhã, e pior e pior, cada um com uma atriz de salão de música!! Atrás deles surgiram Porco, Besouro e os outros.

[N.T.: Polônio é deixado.]

— Vossas Majestades — disse ele friamente —, entrem e venham comigo para o palácio!
— De jeito nenhum, Grande — protestou o 'Já. — Vocês que saiam.
— Vossas Majestades! Pela autoridade de um Pequeno Mestre, peço que venham. Palavra de honra, se não vierem, renuncio!
— Mas qual é o problema? — perguntou Coelhinho.
Logo, porém, os reis entraram de mau grado, as portas foram fechadas e a carruagem seguiu em frente. Assim que se acomodaram, Grande disse: — Meninos. Isso é horrível.
— Mas meu caro Grande...

Boxen

— Benjamim!! — isso severamente. O coelho caiu no assento.

Então Grande murmurou de um jeito fatalista e maçante que ele tinha quando estava irritado — Você deveria ser deposto.

— Gostaria que pudéssemos ser. — Riu o 'Já.

Vendo que ele não poderia causar nenhuma impressão neles, o Sapo ficou em silêncio enquanto a carruagem seguia rapidamente para Riverside, onde finalmente todos os três completamente irritados cambalearam para a cama.

IX

❈ ❈ ❈

A canhoneira de sua Majestade, *Turdídeo*, à qual o sr. Bar pertencia na qualidade de comissário e mestre do comissariado, era uma embarcação organizada de cerca de 500 toneladas. Cinco de seus tripulantes nasceram na popa, a saber, Murray, o capitão; Hogge, o primeiro oficial; Williamson, o oficial de artilharia; Macfail, o primeiro engenheiro e, por último, mas não menos importante, Bar, o comissário. No momento, ele estava a um dia de Alegrete em sua viagem para Floe e era o turno do capitão. De repente, o vigia relatou o dolfiniano da Linha dos Porcos na proa do porto. Um quarto de hora depois, os dois barcos estavam a uma distância de um grito, e o capitão Murray ordenou que o outro parasse. Em pouco tempo, o barco foi baixado e a inspeção foi feita. Entre outros fatos casuais que o capitão notou por acaso estava que o primeiro imediato era um prussiano. Bar, o único entre a tripulação do *Turdídeo*, percebeu que era o irmão de Glohenman e como ele havia chegado lá. Um dia depois que o dolfiniano chegou, Verde e Philip Glohenman sentaram-se no Interno do Repouso de Alegretense.

85

Boxen

— Bem, meu amigo — disse o papagaio —, seu irmão, como você vê, está seguro na Linha dos Porcos.

— Pois é, meu querido pássaro. Nunca poderei expressar minha gratidão.

Polônio olhou bruscamente para cima.

— Eh! E quanto ao meu lugar na camarilha?

— Sr. Verde?

— Achei que tínhamos um acordo.

— Não, não, sr. Verde.

O papagaio ficou furioso.

— Você me prometeu me colocar lá — repetiu obstinadamente.

— Meu bom pássaro, essa repetição de papagaio é muito irritante.

Deixando o pássaro sem palavras, o prussiano levantou-se e saiu. O infeliz Verde não conseguiu obrigá-lo a cumprir seu acordo. Ele, é claro, não poderia levá-lo a um tribunal ou estaria colocando sua própria cabeça na forca por chantagem. De repente, ele se lembrou de que havia combinado de ir com Macgoullah naquela noite para Sengeletto.

X

⚹ ⚹ ⚹

Na sexta-feira após o sempre memorável sábado, a Ópera de Alegrete estava lotada de pessoas atraídas ao Sengelleto pelos poderes vocais de Wullês, mademoiselle Armanche e o resto da bela companhia. Lá no balcão nobre estavam Porco e Bradley, nas baias, Hedges e outros de seu tipo. Lá também estava Ganso em seu camarote, Puddiphat com Phyllis Legrange, ambos parecendo imensamente entediados. Havia

Boxen

Passoveloz e Chutney, que dividiam um camarote. Todos os olhos estavam voltados para o camarote real, que ainda estava vazio. No fosso de orquestra estavam Verde e Macgoullah, este último fortificado com uma bolsa gladstone cheia de laranjas. E então, a porta do camarote real se abriu e entraram os dois reis seguidos pelo Pequeno Mestre.

— Uma boa casa, Grande — disse o 'Já.

— Rapazes! — disse o Sapo de repente.

— Diga.

— Olhem para aquele Coruja — disse Grande, indicando desesperadamente o camarote oposto que continha Puddiphat e —, quem é aquela mulher?

Enquanto isso, no camarote do coruja, outra conversa animada estava acontecendo.

— Olha Puddies — disse Phyllis. — Quem é aquela rã no camarote real?

— Ainda bem que ele não ouviu você chamá-lo de rã. Ele é o Pequeno Mestre.

Durante o diálogo, a orquestra começou a tocar a abertura com grande vigor e espírito, mas continuou em um tom alto.

— Ouça isso, Puddis. Você chama isso de música?

— Geralmente é entendido desse jeito.

— Silêncio! — Veio de várias partes da casa, especialmente do fosso. Phyllis se inclinou para fora do camarote e, felizmente inconsciente de que havia sido mencionada, disse: — Por que diabos as pessoas no poço estão fazendo esse barulho?

— Acredito que estejam incomodadas com a nossa conversa — respondeu Puddiphat em um tom magoado. — Olá, está começando já.

E de fato a cortina estava subindo para a primeira cena da grande ópera. Grande se acomodou para dormir, Puddiphat

[N.T.: "… até a cortina cair"]

se retirou para o bar e Macgoullah se sentou em suas laranjas. Ganso irritou todos perto dele cantarolando desafinado, os meninos se acomodaram em uma conversa que durou até o cair da cortina sobre os acordes apaixonados da grande ária de Marita. Os meninos saíram e foram até o camarote de Puddiphat.

— Boa noite, Majestades.

— Puddiphat. Boa noite, srta. Legrange — disse o coelho.

— O que você acha disso, Puddis? — perguntou o rajá.

— Oh, muito bom, excelente — disse o Coruja. — Aquilo que ouvi.

Boxen

— Pois é — disse Phyllis —, ele esteve fora o tempo todo.

— E o que — disse o 'Já virando-se para ela, — você achou?

— Para ser franca, Majestades, eu achei uma grande bobagem.

Exatamente neste ponto o prelúdio para o segundo ato começou e os meninos retornaram para seu próprio camarote. O segundo ato foi famoso apenas por um coro de prisioneiros que fez Puddiphat e sua bela companheira bocejarem mais do que antes. Quando a cortina caiu, o gerente enviou um atendente para dizer a Ganso que ele deveria parar de cantarolar ou então sair. Enquanto isso, o poço também estava falando.

— Bem? — disse Polônio.

— Ah, é uma embromação, disse Macgoullah.

— Embromação!? — gritou o musical Verde horrorizado.

— Gostaria de ver você escrever uma!

— Eu não escreveria! — disse Macgoullah. — Quer experimentar outra laranja?

A cortina agora se levantou para o terceiro ato. Enquanto isso, no bar, uma conversa diferente estava acontecendo. Estava sendo feita por dois prussianos, Philip Glohenman e outro.

— O pássaro realmente me chantageou. E agora ele quer que eu consiga uma um lugar na camarilha para ele.

— Bem — disse o estranho —, consiga uma para ele. Nosso objetivo é colocar a nova camarilha sob uma obrigação para conosco.

— Mas meu caro Dangle, você acha que eu confiaria na mera gratidão deles?

— Eu suponho que não, mas você deve apaziguá-lo. Na Turquia, em Fortressa, ouvi uma conversa em uma estalagem e parece que ele estava contando coisas para o Ganso.

— Eu posso fazer um acordo...

Boxen

— Sim.

A cortina caiu de vez algumas horas depois no oitavo e último ato da ópera, e, quando o público saiu, ninguém pensou menos da peça do que Philip Glohenman. Mas ele pensou.

XI

⚙ ⚙ ⚙

N.S.M. *Turdídeo* tinha uma grande simpatia pelo porto de Brejeira no Grande Lago. Foi para lá que ela foi imediatamente ao retornar de Floe. E então, uma noite, Bar pode ter sido visto conversando com o gerente da Estalagem do Lago.

— Pois não, sr. Bar?

— Você pode me dizer se há um sr. Orring hospedado aqui?

— Sim, sr. Bar. O senhor deseja vê-lo?

— Sim.

Bar seguiu o gerente até uma sala de estar privada. Lá, ele encontrou o sr. Orring, um lagarto idoso. O gerente os deixou.

— Meu caro Bar.

— Boa noite. Eu vim a negócios.

— Você veio a negócios?

— Sim. Sobre sua nova camarilha — falou secamente.

— Ah!

— Parece que você brigou com o Verde.

— Sim: ele é um pássaro muito provocador.

— Bem, você tem que ir!

— Como!?

— Verde e seus amigos prussianos e os outros se comprometeram a se opor com unhas e dentes a qualquer projeto de lei que *você* apresentar. Eles também vão elaborar um novo

"O pequeno urso estava furioso."

projeto de lei deixando você de fora! Uma coisa muito boa também. Mas, droga, eles se esqueceram de mim também!!

O ursinho ficou furioso. Ele bagunçou seu pelo bem oleado, jogou coisas pela sala. O lagarto estava desesperadamente calmo. Logo ele disse: — Está tudo acabado, sr. Bar. É um trabalho sem esperança. Meu trabalho tem sido inútil.

— Eu disse a você que esses prussianos seriam a ruína!!

— Bem, não é hora para arrependimentos. Vou partir para Piscia esta noite e viver em reclusão. Estarei praticamente arruinado. Prometi a todos os camaradas um lugar na camarilha. Prometi 400 libras de compensação a cada um se o plano falhasse.

Bar ficou tão genuinamente angustiado com a solução do outro que esqueceu sua própria decepção.

— Oh, não, sr. Orring. Eu, pelo menos, nunca tocaria em um centavo disso e tenho certeza de que nenhum dos outros o faria. Foi apenas má sorte. Pelo contrário, todos nós o respeitaremos por seu esforço e simpatizaremos com seu infortúnio!

Boxen

— Não foi sorte. Foi minha tolice em brigar com aquele pássaro. Claro que pagarei. Foi minha culpa. Boa noite.

Bar saiu mais irritado do que podia dizer. Mas viu que seria melhor que o outro pensasse sozinho em um plano.

XII

❈ ❈ ❈

A posição do infeliz lagarto era de fato nada invejável. Ele não era originalmente rico quando apresentou a moção para a nova camarilha, mas era um réptil um tanto inescrupuloso e gastava dinheiro como água em subornos aqui e ali: sem dúvida, esperava recuperar tudo quando se tornasse o novo Pequeno Mestre. Que também seja dito sobre ele que achava que os meios justificavam seu fim. Então, na metade do caminho, os estrangeiros ameaçaram recuar e informar tudo se não fossem silenciados com outro suborno fabuloso. E então, quando o golpe caiu, Orring tinha apenas o suficiente para manter as coisas funcionando até que a moção fosse aprovada. Agora, para cinco pessoas, ele devia 400 libras (as cinco que haviam sido prometidas ganhar camarilhas) e para os outros membros da Liga, dos quais havia cerca de dez, ele devia 300 libras cada. Os prussianos agora exigiam uma taxa de silêncio de 700 libras cada, que ele deveria pagar ou ir para a cadeia por suborno. As dívidas eram -

5 Camarilhas. . . . . 2000 libras.
Liga . . . . 3000 libras.
3 Prussianos . . . . 2100 libras.
Total . . . . 7100 libras.

Boxen

Naquela noite, ele ficou acordado até tarde em seu quarto, pensando, quando de repente uma batida na porta interrompeu seu devaneio.

— Entre.

— Sr. Orring?

— Sim, senhor.

— Esta carta é para o senhor.

— Obrigado.

O homem foi. E ao abrir a carta, a alegria do lagarto não tinha limites. Era um documento que declarava que "Arnold Poçovelho, cavalheiro, falecido, dá e lega a seu primo James Orring 100.000 libras".

XIII

❈ ❈ ❈

A cidade de Alegrete mandou um aviso a cada estalagem que na segunda-feira o Parlamento se reuniria. Um dos primeiros a ler o aviso foi o general Passoveloz, que se sentou para tomar café da manhã no Interno da Estalagem do Ganso. Então o golpe havia sido dado! Embora o aviso oficial não declarasse o negócio que seria discutido, o velho estrategista sabia. Esses mendigos haviam trazido seu novo projeto de lei da camarilha. A atual camarilha da qual ele era membro estava no poder há mais de dois anos e era natural que ela caísse em pedaços mais cedo ou mais tarde. Sua tentativa de se tornar um aliado de Macgoullah havia falhado: o capitão estava muito ocupado com seu próprio trabalho para se envolver em política.

Depois, o coronel Chutney sentou-se à mesma mesa.

— Bom dia, general.

— Ora, é você, Chutney. Você estava na ópera?

— Claro. Você viu sobre a sessão?

— Sim. Suponho que isso signifique uma nova camarilha.

— Sim. Não estaremos lá se houver?

— Não. Olá, aqui está Puddiphat. Meu grande coruja...

— Bom dia. Você viu o aviso...?

— Sim. Uma nova camarilha...

— Não — disse o visconde. — Porque, olhe aqui. Orring, o líder do movimento, foi para casa em Piscia e se recolheu.

— Bobagem!

— É verdade.

— Então não vai haver uma nova camarilha?

— Oh, não. Estamos bem seguros.

Enquanto isso, no interior do Repouso de Alegretense, a situação também estava sendo discutida por Verde e Glohenman.

— Você ouviu — gritou o papagaio —, que aquele lagarto desistiu!

— Bem, não íamos deixá-lo entrar de forma alguma.

— Não, mas eu me pergunto quem disse a ele?

XIII

❈ ❈ ❈

Na segunda-feira, pouquíssimos membros deixaram de comparecer ao debate. A Câmara de Alegrete, um edifício espaçoso situado na Estrada dos Pescadores, estava lotada. Lá, em um obscuro banco traseiro, estava sentado o sr. Verde, interessado e animado, lá está o sr. Bar com o capitão Murray piscando para seus amigos na galeria.

Lá também estão sentados na galeria os dois Glohenmans: lá no banco da frente está Macgoullah em um novo terno

[N.T.: Rivais na tribuna.]

de sarja azul e um cachimbo de madeira limpo, parecendo muito entediado. A camarilha (cujos dias mesmo agora estão contados), consistindo de Passoveloz, coronel Chutney, Ganso, Puddiphat e Porco, e presidida por suas Majestades e o Pequeno Mestre, está ausente na sala da camarilha. Mas todos os olhos estão fixos na porta pela qual eles entram. Atualmente, ela se abriu e a camarilha foi ruidosamente aplaudida, entrou, M'Lorde Pequeno Mestre e os Reis se sentaram no trono triplo elevado.

Grande levantou-se e caminhou até a tribuna: — Vossas Majestades e cavalheiros da casa, estamos reunidos aqui hoje para discutir o novo Projeto de Lei da camarilha do sr. Orring. Este honrado membro, no entanto, não compareceu, não está presente. Consequentemente, a menos que alguém

Boxen

de seu partido deseje apresentar um novo Projeto de Lei da camarilha, nós iremos...

— Eu posso, M'Lorde — disse o papagaio.

— Muito bem. Você poderia então, por favor, falar sobre isso?

— Imagino que sim — disse Verde bruscamente.

Grande voltou na ponta dos pés para o trono e sussurrou para o rajá.

— Aquele papagaio!

Este último, enquanto isso, começou a falar: — Vossas Majestades, Pequeno Mestre e cavalheiros da casa, ao trazer este projeto, não terei mais importância do que alguns amigos eruditos. — (Grande estava indignado) — Serei claro: parece-me que esta camarilha teve sua cota justa. — (Risos: "Ordem!" do oficial de justiça.) — A Índia não é representada igualmente à Terranimal. — (Neste momento, Puddiphat e Porco saíram e foram para o bar.) — Proponho a nova camarilha... — (Grande sussurrou "Ah, ele é um pássaro vulgar.") — O mesmo Pequeno Mestre, sr. Oliver Vant, coronel Fortescue, Sir Bradshaw, um... e... aham... o seu criado que vos fala. — (Grande estava agitado.)

O sr. Porco levantou-se e foi [para] a tribuna:

— Vossas Majestades, Pequeno Mestre, e cavalheiros da...

— Dou isso como dito! — interrompeu o sr. Verde.

— Expulse o pássaro!!! — gritou o enfurecido Pequeno-Mestre, feliz com a oportunidade de desabafar sua ira no infeliz papagaio.

— Câmara — continuou Porco calmamente. — Eu me levanto para me opor à moção... — (Aplausos. "Silêncio!") — com base no fato de que o sr. O. Vant e o sr. P. Verde são inaptos para ocupar o cargo. — (Grande: "Baixo e pobre, rapazes!")

O Pequeno-Mestre mandou a câmara para os saguões e a votação ocorreu. Em meio à excitação tensa, eles retornaram e leram: — A moção foi aprovada por uma maioria de 70 votos a 29 votos. — Então, num sussurro — Agora Hawki.

O soberano se levantou e disse: — Eu declaro que a nova camarilha é legalmente uma camarilha de acordo com as leis e costumes do governo boxoniano.

Assim que ele parou de falar, uma tempestade de aplausos e gritos de "Vida longa a suas Majestades" e "Vida longa à nova camarilha". Macgoullah sozinho na casa gritou "Vida longa à camarilha dispensada!".

Enquanto os parlamentares marchavam para fora, Passoveloz disse a Ganso: — No fim das contas não estou triste.

Fim

"Eu não estou arrependido."

A porta trancada e Obri-Gad

Chapter I

Three months had passed, on the day on which this history opens, since the famous old Clique of Boxen had been broken up to give place to another of younger and more energetic members: and as yet no meeting of this new Clique had been held. Lord Big The Frog, Little Master, detested the new Walterian cabinet and above all all Polonius Green, — a member thereof.

On this particular day, Their Majesties were breakfasting with the Little Master at the Palace ~~Bombay~~ Calcutta. The frog appeared more than usually annoyed when they ~~appeared~~ arrived late. "Upon my word, boys," he exclaimed "I'm

A porta trancada

*Sequência de Boxen e um rascunho
curto intitulado "Obri-gad"*

Capítulo I

❈ ❈ ❈

No dia em que esta história começa, três meses se passaram desde que a famosa e velha camarilha de Boxen foi desfeita para dar lugar a outra de membros mais jovens e enérgicos: e até agora nenhuma reunião desta nova camarilha foi realizada. Lorde Grande, o Sapo, o Pequeno Mestre, detestava o novo gabinete Walteriano e, acima de tudo, Polônio Verde, um de seus membros.

Neste dia em particular, suas Majestades estavam tomando café da manhã com o Pequeno Mestre no Palácio de Calcutá. O sapo parecia mais irritado do que o normal quando eles chegavam atrasados.

— Pela minha palavra, rapazes — exclamou —, estou doente de fome.

— Sentimos muito — disse Benjamim —, mas no fim das contas não há pressa.

— Sem pressa? — perguntou Grande. —Você sabe que hoje é sexta-feira?

— O que tem? — perguntou o rajá.

— Hawki!

— Grande?

— Você não se lembra da reunião?

— Oh, é aquela reunião nojenta da nova camarilha!

— Bem, vamos tomar café da manhã enquanto isso — sugeriu Coelhinho, que estava começando a sentir fome.

Agindo de acordo com esse conselho, todos os três se sentaram e se serviram vigorosamente dos camarões no molho de ovos e curry. Eles formavam um trio curioso.

O Pequeno Mestre era um sapo robusto de constituição maciça e com cerca de 60 anos. Sua expressão era a de uma pessoa naturalmente magistral, dotada de poder por circunstâncias externas, mas um pouco pomposa e inclinada a se preocupar com pequenos assuntos: na aparência, ele era bonito e estava vestido impecavelmente à moda de 30 anos atrás.

O rajá era um jovem de cerca de 35 anos, feliz, descuidado e bem-humorado. O coelho era como seu colega monarca, mas um pouco mais robusto e não tão ágil.

Lorde Grande entrevistando o general Passoveloz na residência do general na Casa da Fartura.

A porta trancada

Após uma longa pausa, o sapo observou: — Eu poderia aturar qualquer um na camarilha, exceto aquele papagaio Polônio Verde! Um pássaro pouco cavalheiresco, de faculdades moderadas e um conjunto de piadas desagradáveis.

— Eu não gosto muito dele — disse Coelhinho —, mas ele é muito engraçado às vezes.

— Ah, ele é muito engraçado às vezes! — repetiu lorde Grande sarcasticamente.

— Se você apenas fizesse o que eu desejo e assinasse uma objeção formal ao pássaro, seria o ponto final.

— Mas meu caro Grande — protestou o rajá —, não se pode ir contra a vontade do país.

— Seus pais — disse Grande — eram reis no verdadeiro sentido da palavra. O falecido rajá não tinha medo de suspender da própria Câmara um membro de quem ele não gostava. O pai de Benjamim era conhecido por fazer muitas dessas coisas.

— Mas naquela época...

— Reis podiam ser homens — vociferou o Pequeno Mestre com vigor incomum.

— Bem — disse o rajá —, entendo que você realmente se opõe ao sujeito?

— Certamente!

Grande levantou-se e saiu da sala de café da manhã. Os reis se entreolharam, o coelho falou:

— Bem. Devemos...

— Apresentar uma objeção formal?

— Para Polônio Verde.

— Acho que isso criaria uma excitação agradável.

— Vou lhe dizer uma coisa: vamos falar com Puddiphat sobre isso.

Adequando a ação à palavra, a dupla se levantou e, depois de dar uma olhada em seus casacos matinais, eles saíram para a rua Regência. Depois de percorrer esta rua por cerca de 300 jardas, eles pararam em frente à Estalagem Regência. — Encontraremos o visconde lá dentro — disse o 'Já, e com isso eles entraram.

Capítulo II

❈ ❈ ❈

Saindo do palácio, o Pequeno Mestre entrou em uma carruagem e foi até a casa de lorde Passoveloz, marechal de campo e ex-membro da camarilha, em Calcutá. Seus motivos para fazer uma visita a essa hora tão cedo e consequentemente incomum eram múltiplos. Primeiro, ele queria o conselho de seu amigo sobre o que deveria fazer na reunião da nova camarilha. Segundo, ele queria saber por que diabos ele (Passoveloz) tinha ido passar férias em Clarendon nessa crise.

Chegando diante da casa sólida, ele foi levado a um salão mobiliado com o esplendor sólido e o conforto que o velho soldado afetava. Logo o dono entrou: vamos observar o marechal de campo Frederico Jones Passoveloz, como ele é em seu 51º ano. Um homem alto, de estrutura magra outrora atlética, com uma barba rajada e esvoaçante: um semblante cuja testa nobre transparecia profunda sabedoria, enquanto o brilho malandro nos olhos dizia que em seus momentos mais relaxados ele poderia ser o que é vulgarmente denominado "coroa sedutor"[1].

— Beu caro Grande! Que prazer inesperado.

— Bom dia. Ah, Passoveloz, o que você andou fazendo lá fora?

---

[1] O termo usado é "gay old spark", um homem mais velho que ainda busca ativamente relações amorosas. (N.T.)

A porta trancada

— Descansando: você parece perturbado.

— Ah, é essa nova camarilha que está me incomodando. Como você sabe, há muitas pessoas nela que eu desaprovo. Especialmente aquele papagaio... Verde.

— Oh: eu lamento isso.

— É claro que eu disse aos meninos, quero dizer, às Majestades, que eles deveriam assinar uma objeção formal ao pássaro: naturalmente, eu realmente não quero dizer que eles deveriam ir tão longe, mas então eles não percebem nada.

— Meu caro Grande — exclamou Passoveloz —, você fez papel de bobo.

— Meu senhor!!

— Sim. E se eles por acaso acreditarem em sua palavra?

— Ah, de fato eu nunca sei o que esses tais sujeitos podem fazer!

— Bem, volte para o palácio imediatamente e veja-os. Quando a reunião começa?

— Às 11.

—Na hora certa.

— Passar bem.

O sapo correu de volta para sua carruagem e fez o mais rápido que pôde de volta ao palácio. Aqui, nem preciso dizer, ele não os encontrou, porque estavam na Regência com Puddiphat.

Capítulo III

❈ ❈ ❈

Quando os deixamos, os dois reis entraram no Interno da Regência e logo encontraram o visconde Puddiphat, ainda tomando seu desjejum; este coruja notável merece alguma atenção. Ele era o mais alegre de toda a alegre sociedade boxoniana e tinha a reputação de saber mais sobre assuntos de

Boxen

alfaiataria do que qualquer outra pessoa viva. Ele era o proprietário de um grande número de salões de música de sucesso eminentemente chamados de Alhambras. Na aparência, ele era rechonchudo, imaculado e satisfeito consigo mesmo.

— Bom dia, Majestades! — gritou o coruja. — Ouvi dizer que vocês estão tendo sua nova reunião de camarilha hoje.

— Acredito que sim — disse Coelhinho com um bocejo prodigioso —, mas por Júpiter, faremos as coisas se mexerem.

— Por quê? Vossas Majestades têm algum plano?

— Plano! — reiterou o rajá. — Claro! Vamos nos opor formalmente a Polônio Verde; pelo menos é nisso que estamos pensando e viemos pedir seu conselho.

Puddiphat levantou-se e acendeu um charuto. — Sim: por todos os meios, faça isso. O pássaro me irrita pela maneira como ele usa suas roupas. E isso também fará as coisas se movimentarem.

Agradecendo ao amigo por seu conselho, os dois garotos decidiram que, como já era tarde, iriam imediatamente para a reunião da camarilha. Com essa intenção, eles dirigiram seus passos em direção à Casa do Parlamento. Tendo chegado à pilha imponente, eles entraram e chegaram à sala de vestimenta, que se abria para a câmara da camarilha. Aqui, eles tiraram casacos e coletes preparatórios para vestir seus corpos com os emblemas oficiais de sua realeza. Tendo chegado até aqui, Benjamim sacou uma garrafa de Zauber que ambos bebericavam pensativamente. Enquanto isso, Grande chegou na sala de reunião do lado de fora, e enquanto esperava seus companheiros, ouviu os reis que ele desejava alertas falando dentro do vestiário: aqui ele estava em um belo dilema, pois ninguém, exceto os monarcas (de acordo com um costume venerável) tinha permissão para entrar naquele apartamento.

— Ah, juro por mim! — gritou o sapo começando a andar de um lado para o outro na sala. — É uma pena. Se eu não

A porta trancada

conseguir pegá-los antes da reunião, eles certamente criarão um escândalo sobre esse papagaio miserável.

Os outros membros começaram a chegar. Primeiro veio Oliver Vant, irmão de Reginaldo Vant, o Porco. Este digno era um corretor da bolsa melancólico que, embora tivesse um excelente conhecimento de seu próprio negócio, era na vida exterior o que as pessoas vulgares chamam de falso. Ele imediatamente caminhou até o já distraído Pequeno-Mestre, que ainda estava andando de um lado para o outro.

— Meu caro lorde Grande, como posso expressar minha alegria em ver que você adotou o método de exercícios de ambientes internos do professor Brockenhardt!

— Perdão, sr. Vant!?

Senhor Charles. Arabudda, Teodoro, sr. Reginaldo Vant, Sir Ganso, S. M., o rajá, general Passoveloz e visconde Puddiphat no saguão da Casa.

Boxen

— Não, de jeito nenhum, Pequeno Mestre! É verdade que fui o primeiro a adotar esse sistema, mas não o acuso de pestilência. Na verdade...

— Meu Vant!! Ou você é mentalmente perturbado ou veio aqui com o propósito de me insultar!

Felizmente, a discussão foi interrompida pela chegada em massa dos outros membros, coronel Fortescue, Sir Bradshaw e Polônio Verde.

Fortescue era um militar que também mantinha alguns salões de música. Bradshaw era um advogado capaz e um político competente. Polônio Verde, como sabemos, era um pequeno armador. Também entrou o oficial, uma tartaruga lúgubre. Os dois reis agora pareciam muito desconfortáveis em túnicas e coroas. Diante deles, o oficial carregava a coroa dupla de Boxen, além de seus diademas individuais. Benjamim estragou tudo ao entrar com seu conjunto em um ângulo atrevido: a um olhar, no entanto, do Pequeno Mestre, ele o restaurou para uma posição horizontal. Enquanto o grupo se sentava ao redor da mesa, Grande fez esforços frenéticos, mas inúteis, para sussurrar no ouvido do rajá. Achando isso inviável, ele finalmente se dirigiu à camarilha.

— Vossas Majestades e cavalheiros, o assunto da camarilha hoje é a moção do sr. Verde, cujo propósito ele não achou adequado revelar. Peço que ele fale.

O pássaro se levantou. — Vossas Majestades, Pequeno Mestre e Cavalheiros.

(Neste momento, Grande disse a suas Majestades em um aparte "Ah, ele é pobre, pobre!") — A moção que proponho é que haja um xadrês nesta camarilha. — (Grande, que abominava os xadreses como alienígenas, deu um pulo.) — Considerando o número de xadreses no país e as posições que eles ocupam, é justo que eles se sentem na camarilha.

A porta trancada

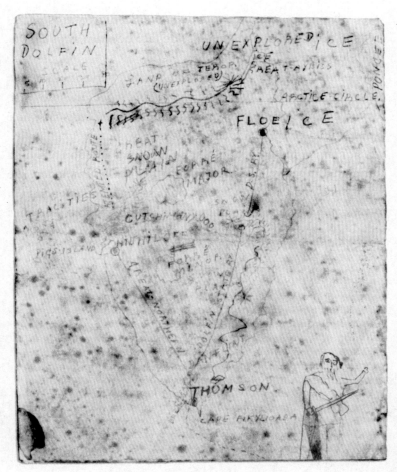

Sul da Terra dos Golfinhos e das Tracidades.

As vantagens para isso são óbvias demais para serem destacadas, então não direi mais nada.

Grande levantou-se. — Vossas Majestades e Cavalheiros — (com muita ênfase na última palavra, neste ponto Polônio interrompeu — Senhores, senhores, meu senhor, muito mais curto.

— Mantenha o pássaro quieto, oficial! — rugiu Grande em fúria.

Boxen

— Em resposta à proposta do sr. Verde, digo que os xadreses são alienígenas, nada mais: se de fato ocupam altos cargos, não deveriam.

Polônio interrompeu. — Meu senhor, seria melhor não falar muito sobre alienígenas. Porque, você mesmo, não deveria esquecer que vem da ilha dependente de Piscia, que é apenas uma colônia, por assim dizer.

Por um minuto inteiro o sapo ficou paralisado com uma fúria incontrolável. Então, tirando do bolso um lenço, ele mostrou o dedo do meio na cara do pássaro, dizendo enquanto o fazia: — Encontre-me na estrada Bumregis com as armas que você quiser às 3 da manhã de manhã.

Ruínas da primeira Casa do Parlamento Unido Boxoniano em Piscia.

A porta trancada

Capítulo IV

❋ ❋ ❋

Por quase 3 minutos, um silêncio intenso pairou sobre a camarilha. O rajá e Coelhinho deram uma risadinha fraca, o sr. Vant balançou a cabeça tristemente para Verde, Bradshaw tossiu e lorde Grande ficou parado em sua raiva: a única pessoa que parecia absolutamente à vontade era Polônio Verde, que imediatamente quebrou o silêncio dizendo:

— Três da manhã, meu senhor, é uma hora em que todos os cidadãos sóbrios e respeitáveis se retiram. Se você ainda está perambulando por aí a essa hora, não há razão para esperar que outros se juntem a você em brigas vulgares.

Este discurso vergonhoso deixou todos os outros membros da camarilha absolutamente atônitos; o Pequeno Mestre já havia a essa altura, no entanto, reunido suficientemente suas faculdades para responder com estas palavras:

— Vossas Majestades e cavalheiros, o sr. Verde me acusou de ser um estrangeiro como nativo de Piscia. Eu poderia me defender dessa acusação, se eu tivesse essa inclinação, com base no fato de que nasci na Terra dos Ratos e fui educado na Escola Danphabel, nunca tendo visto Piscia até meus vinte anos. Mas, cavalheiros, não vou usar isso em minha defesa, porque é o maior arrependimento da minha vida não ter nascido em minha terra natal, uma terra de ruínas da primeira Casa do Parlamento Unido Boxoniano em Piscia, da qual seus filhos têm orgulho de sua pátria. Aqueles que conhecem história antiga se lembrarão de que o Império de Piscia era civilizado e poderoso sob seu imperador Pal-Amma, 200 anos antes de os poongeeanos invadirem a Terranimal e a reduzirem à sua ordem bruta. Em tempos mais modernos,

Boxen

Piscia ainda é tão brilhante quanto antigamente. Ela não foi honrada por ser a sede do primeiro Parlamento unido de Boxen? E por que vocês acham que foi escolhida para ser assim? Sem dúvida, nosso amigo emplumado nos diria: "Porque não fazia parte de nenhum dos países e, portanto, não favorecia nenhum deles". Mas não, mil vezes não. Era porque fazia parte de ambos os países e, portanto, favorecia ambos igualmente. Esta ilha deu à luz o Pequeno Mestre Branco, um sapo, talvez o maior Pequeno Mestre já visto por Boxen. O sr. Verde, sabendo como deveria da grandeza de Piscia, me chama de estrangeiro? Não protesto por conta do insulto que me foi oferecido, mas por conta da sujeira jogada por um pássaro no escudo até então limpo de um dos estados mais importantes de Boxen.

— Senhores, se me desviei um pouco do assunto real deste debate, imploro seu perdão, apenas alegando como desculpa a fraqueza humana de não ser capaz de sentar e me submeter calmamente aos insultos covardes que este membro estava acumulando sobre mim, em meus compatriotas e, pior de tudo, na própria Piscia. Para retornar à moção desse mesmo membro de que os xadreses deveriam se sentar na camarilha: O sr. Verde fala das altas posições ocupadas por esta nação sem-teto de vagabundos inquietos. Eu lhe asseguro, sr. Verde, que os xadreses ocupam cargos importantes, mas você me concederá que eles foram eleitos para os mesmos pelo país. Este mesmo país está tão acostumado a ver esses alienígenas em lugares que deveriam ser seus que eles não conseguem perceber o erro monstruoso e as injustiças de tudo isso; então eles votam nos xadreses alegremente, mas não dão crédito aos próprios alienígenas. Vamos peneirar a questão até o fundo! Quem são esses xadreses? Eles são uma nação sem um país, um povo sem um rei, uma força poderosa

A porta trancada

sem um exército permanente. Sim! Sem um país, mas todos os países do mundo são deles. Eles vivem nesta terra, não pagam nossos impostos, mas são protegidos por nossas leis. Eles coletam dinheiro e não dão nada em troca. Oh!, eles não têm privilégios imerecidos o suficiente para que você adicione mais uma coisa.

Uma tempestade de aplausos furiosos sacudiu a Sala da Camarilha enquanto o velho sapo se sentava. Todos os olhos naturalmente se voltaram para o papagaio para ver que efeito o discurso teve sobre ele: ele sentou-se com as penas eriçadas em um canto, encarando seu oponente. Nenhum sentimento de grandeza da defesa o influenciou, nenhuma vergonha por seu comportamento. Apenas aborrecimento pelo fracasso de sua moção.

Neste momento, Benjamin se levantou e disse: — Considerando que nós, os reis de Boxen, apresentamos uma objeção formal contra o sr. Polônio Verde, ele não é mais um membro da camarilha.

Capítulo V

⌧ ⌧ ⌧

Para o Pequeno Mestre, como vimos, os xadreses eram uma abominação, como classe. Mas ele era sensato o suficiente para não condenar xadreses individuais de quem ele realmente gostava. E de nenhum ele gostava mais do que Samuel Macgoullah, um cavaleiro.

Esse digno não era um membro da sociedade boxoniana da cidade, mas ele era, antes de tudo, um cavalheiro. Embora ele se vestisse com uma jaqueta de lã, embora ele falasse com um forte sotaque de Alegrete, embora ele fosse ao poço de

Encontro de amigos na "Escuna".

orquestra em teatros e pegasse uma maleta cheia de laranjas, embora ele capitaneasse sua própria pequena escuna, *Bósforo*, Macgoullah era um cavalheiro. É verdade que alguns esnobes não reconheceram o fato porque, quando ele ficou rico e um MP, ainda vivia como sempre fez. Na noite após a reunião da nova camarilha, ele teria sido encontrado sentado no Interno da Estalagem Escuna (uma hospedaria caseira e confortável nas docas) com dois amigos.

Um deles era o sr. Verde e o outro precisa de algum comentário. Ele era um urso vestido com o uniforme de um mordomo-chefe naval, ou, como ele gostava de chamar, "comissário". Ele era baixo e inclinado à corpulência, bem-humorado e satisfeito consigo mesmo; na verdade, ele era James Bar, administrador do barco de guerra N.S.M. *Turdídeo*. Não se pode dizer mais nada!

A porta trancada

Verde estava falando alto com os dois. — Essa rã e-e...
e esses dois sujeitos que vocês chamam de reis tiveram a
imprudência de me expulsar de sua camarilha.

— Não se preocupe, Polônio — disse Macgoullah consoladoramente —, não é uma grande perda.

Bar tinha sido um dos muitos que tentaram três meses
antes conseguir um lugar na nova camarilha, mas sem sucesso: consequentemente, ele não tinha simpatia pelo pássaro.

— Pela minha palavra, Verde — ele gritou —, você é difícil de agradar. Você está na camarilha há três meses e eu não
tive um dia sequer! Mas não vou fazer uma música sobre isso.

— Três meses, seu pequeno canalha! E só tivemos uma
reunião.

— Ah, bem — interveio Macgoullah —, a única coisa a
fazer é tentar formar outra camarilha.

— Besteira!! Quero vingança pessoal contra o sapo e seus
dois jovens amigos...

— Não! — gritou o cavaleiro xadrês — Nem uma palavra contra suas Majestades, eles sempre foram bons amigos
para mim.

— De que serve a amizade deles para *você*, sua mula des-
leixada! Mas eu vou atrás da rã!

— Um duelo? — perguntou Bar.

— Um duelo — disse o pássaro com desprezo. — O que
você acha que eu sou? Não, algum pequeno esquema: pense
em alguma coisa.

Bar ficou em silêncio por alguns segundos e então gritou
— Já sei. — E caiu na gargalhada.

— O que é?

Mas Bar apenas balançava para a frente e para trás com a
barriga doendo e os olhos lacrimejando.

— O que é? — reiteraram seus amigos.

115

Por fim, quando Bar conseguiu explicar seu plano, todos os três começaram a gargalhar do esquema. Era o seguinte: comprar (à custa do Pequeno Mestre) 500 bolas de golfe, com as quais eles (com a conivência dos servos do palácio) encheriam seu colchão; se o plano não fosse sanguinário o suficiente para agradar Verde, ele pelo menos guardou esse desagrado para si.

Nesse momento, um servo entrou e entregou envelopes para Bar e Macgoullah: rasgando o seu, este último encontrou a seguinte missiva:

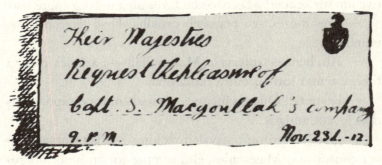

[N.T.: Vossas Majestades solicitam o prazer da companhia do (ilegível) senhor Maggoulagh. 9 P.M., 23 de novembro-12.]

Nem todo mundo é convidado para um baile real, então nosso digno Macgoullah ficou satisfeito. O de Bar era o mesmo e ambos anunciaram o fato.

Verde estava irritado.

Capítulo VI

✼ ✼ ✼

Imponente foi a preparação de Bar e Macgoullah quando a noite agitada chegou. Bar havia contratado um belo [veículo]

A porta trancada

para estar pronto para ambos do lado de fora da "Escuna", onde eles haviam combinado de se encontrar.

À medida que se aproximavam do palácio, a rua Regência se tornou uma massa de luzes em movimento dançando ao som dos cascos dos cavalos e do poderoso roncar dos motores; e não foi sem dificuldade que o mercenário Jehu os conduziu até os portais do Palácio da rua Regência. Ao saírem, eles foram conduzidos por criados gentis até o vestiário, que, como geralmente é o caso nessas ocasiões, estava lotado de grupos de convidados sussurrantes mexendo em suas luvas. Lá, é claro, está Puddiphat imaculadamente vestido; lá está Reginaldo Porco, o armador, vestido com um terno de noite sólido e simples; lá está Passoveloz parecendo mais elegante do que nunca enquanto a luz elétrica ilumina seus cachos brilhantes; lá está o coronel Chutney, ex-chefe do gabinete de guerra, mas agora removido para dar lugar a Fortescue, que também está presente. Depois de algum tempo de tatear e escovar nervosamente, Porco, a pessoa mais corajosa presente, levou uma espécie de esperança perdida ao salão onde suas Majestades estavam recebendo seus convidados e onde robustos criados serviam chá etc. Os dois reis estavam jogando todos os seus poderes histriônicos em uma imitação de diversão, e atrás deles estava o Pequeno Mestre parecendo bastante preocupado.

Os meninos mantiveram um fluxo contínuo de conversa:

— Boa noite, meu caro Porco! Como estão os navios? Ah, visconde Puddiphat, muito feliz que você veio.

— Boa noite, Majestades. Ah, meu caro Pequeno Mestre, vejo que você tem tido momentos ocupados na camarilha.

— Sim — disse Grande secamente.

A duquesa de Penzly apareceu, uma mulher pesada que todos eles abominavam.

117

Boxen

— Boa noite, duquesa. A srta. Penzly não está... oh! Gripe? Estou muito triste em ouvir isso. — A duquesa passou para Grande. — Ah, lorde Grande, que prazer. Como fiquei feliz em saber que você teve alguma animação na política, isso realmente movimenta as coisas, não é?

— Certamente sim — respondeu o sapo bruscamente e começou a dançar.

Pequeno Bar então se aproximou. Os meninos se viraram para ele.

— Boa noite, sr. Bar. Quente, não é? Está assim o dia todo. Boa noite, srta. Eglington, acho que você não conhece o sr. Bar. Permita-me, srta. Eglington, sr. Bar; sr. Bar, o honrado, srta. Eglington. — Bar se afastou obedientemente para começar a dançar, o que ele de fato fez.

— Você viu "Os Três Malucos"? — perguntou Bar.

— Sim. O que você achou?

— Excelente. Claro que a caricatura de suas Majestades e do Pequeno Mestre era bastante óbvia.

— Ah sim, mas não acho que eles se ofenderão.

— Não suas Majestades, mas lorde Grande, sim.

A música agora abria os primeiros compassos da primeira valsa e a dança propriamente dita começou. Uma descrição detalhada daquela noite famosa seria tediosa, então basta dizer que foi um grande sucesso, apesar do fato de que todos os parceiros de Grande mencionaram a recente ruptura política. Verdade, uma senhora, olhando para a roupa um tanto desatualizada do sapo, observou: — Gostaria de saber que era uma roupa elegante, Pequeno Mestre: você lembra muito os velhos tempos!

Às 3, todos os convidados tendo partido, nossos três amigos puderam se retirar para seus quartos. Lorde Grande, completamente cansado, não perdeu tempo em se despir e se jogar na cama.

A porta trancada

O que foi isso? Certamente não parecia tão suavemente aconchegante como de costume! E por que era tão elástico sob ele: parecia ser feito inteiramente de bolas redondas e duras! Talvez fosse apenas fantasia, então ele galantemente ficou ali deitado por dez minutos. Então ele não aguentou mais. A dor, nenhuma outra palavra era adequada, a dor era intolerável demais. Enxugando a testa, ele olhou para o sofá de tormento. Soltando um suspiro pesado, ele começou a andar de um lado para o outro no quarto. Na calada da noite, o tempo passou lentamente e ele decidiu que não poderia andar até o amanhecer. Ele inclinou-se sobre o colchão e o examinou: ele não conseguia conceber o que estava acontecendo, então, com uma coragem realmente maravilhosa, ele decidiu fazer outra tentativa. Mas em três minutos ele pulou da cama. Ele não suportaria, ele disse a si mesmo, ele abriria o colchão e diagnosticaria a causa do problema. Puxando um canivete, ele fez um grande corte no envelope e o sacudiu. Um segundo depois, ele se arrependeu do ato precipitado, pois uma enxurrada de bolas de golfe saltou, quicando do chão para as paredes e daí para a pessoa do Pequeno Mestre: bola após bola correu em seu precipitado curso de olhar. Colocando acidentalmente o pé em uma, ela disparou por baixo dele e através de seu espelho. Naquele momento, Benjamim entrou, atraído pelo barulho incomum, para ver o pequeno mestre com os tornozelos afundados em bolas e desviando de um redemoinho regular do mesmo.

— Olá, Grande! — exclamou. — O que você *está* fazendo?

Capítulo VII

❈ ❈ ❈

Polônio Verde! Ah! Talvez o leitor tenha se perguntado sobre o modo de vida desse pássaro. Com quem ele se arranjou?

Quem eram seus amigos? Onde era sua residência? Ele se misturava alegremente com qualquer um que pudesse: ele era desprezado pela maior parte da sociedade, como "*novus homo*".[2] No entanto, muitas das melhores pessoas compareciam aos seus cafés da manhã e jantares.

Quem eram elas? Pessoas como Puddiphat, que conseguiam se dar bem com qualquer um: distinta dessa classe, estava a multidão admiradora que bajulava sua riqueza.

Na manhã seguinte ao baile real, ele estava dando um café da manhã seleto em sua residência urbana, a Casa Shelling: os convidados eram Reginaldo Porco, Puddiphat, Bar e Macgoullah. Porco veio porque ele e Verde eram ambos armadores e tinham tópicos de interesse comuns em questões comerciais. Puddiphat veio porque a adega de Verde era boa. Ele nunca disfarçou o fato para seu anfitrião, e o próprio papagaio estava muito impressionado com o visconde para se ressentir; o coruja com franqueza quase brutal censurou ou elogiou o traje e a conversa de Verde: logo, ele pegou Verde pela mão e o governou com uma vara de ferro, que este último suportou com um a mansidão realmente notável em alguém geralmente tão arisco. Os outros dois, é claro, vieram como velhos amigos. Verde estava em ótima forma.

— Estou muito feliz que todos vocês vieram — disse. — Você vê que eles me expulsaram da camarilha deles?

— Sim — disse Porco —, mas hoje em dia ninguém está na camarilha.

— Na verdade — disse o coruja —, eu não me surpreenderia se em dois ou três meses nenhuma das melhores pessoas *entraria* na camarilha.

---

[2] Na sociedade romana, esse termo era utilizado, entre outros, para referir aos homens que eram os primeiros de sua família a participarem do Senado. É possível fazer uma associação ao termo "novo rico", utilizado no contexto da língua portuguesa. (N.T.)

A porta trancada

— Então — respondeu Polônio —, aceite como garantido que eu ficarei de fora.

— Verde — disse o visconde severamente —, você não é uma das melhores pessoas e não finja desistir da ideia de uma camarilha!!

— Desculpe, 'phat, eu só quis dizer que dava mais problema do que valia.

— De qualquer forma — disse Macgoullah —, as coisas estão tão mutáveis agora que a camarilha não é a mesma por quinze dias juntos.

— A propósito — disse Bar (que desde sua tentativa malsucedida de entrar na camarilha havia perdido todo o interesse em política) —, eu me pergunto como Grande dormiu na noite passada.

— O que é esse chiado? — perguntou Porco. Estava apenas sendo relatado, quando um servo entrou e entregou a Porco uma grande carta.

Era do Frater Sênior do Xadriz da Tracidade (o mais antigo xadriz do mundo) e dizia assim:

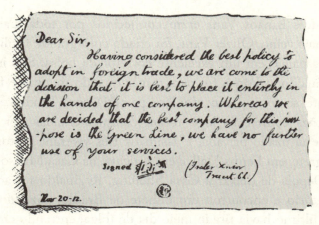

[N.T.: Caro senhor, tendo considerado a melhor política a ser adotada no comércio exterior, chegamos à decisão de que é melhor colocá-la inteiramente nas mãos de uma empresa. Considerando que decidimos que a melhor empresa para este trabalho é a Linha Verde, sendo assim, não temos mais uso de seus serviços. Assinado. Comerciário Sênior das Tracidade.]

Boxen

"Ah", pensou Porco, "Agora sabemos por que nosso papagaio estava tão interessado nos assentos xadreses na camarilha".

Em voz alta, ele disse: — Senhores, leiam isto.

A carta foi passada de mão em mão, e conforme cada convidado dominava seu conteúdo, ele voltou seus olhos para o papagaio, que estava sentado alarmado, sabendo bem o que era a missiva. Como um só homem, eles se levantaram e saíram silenciosamente da sala. Puddiphat foi o último a sair e Verde falou com ele.

— Er, Puddis, meu pássaro velho, o que todos eles estão procurando?

Coruja se virou e deu a Polônio um longo olhar firme, então se virou e foi embora, fechando a porta atrás de si.

Metaforicamente, ele fechou a porta também.

Capítulo VIII

❈ ❈ ❈

Os dois irmãos Vant eram conhecidos por toda Calcutá. O mais velho, Oliver Vant, foi criado com grande facilidade pelos pais e era um excelente corretor da bolsa. Seu irmão Reginaldo, o Porco, foi para o mar quando menino e finalmente se tornou armador em parceria com Bradley. Suas relações comerciais logo foram complementadas por uma firme amizade privada, e assim os três viveram juntos em Alegrete, em Ferdis Hall, e em Calcutá, na Casa Mnason.

Depois de deixar a Casa Shelling, Reginaldo foi ao seu escritório e encontrou um bilhete de Bradley dizendo que este último havia tirado meio dia de folga; entrando em um belo carro, ele deu a ordem de dirigir até Casa Mnason. Em 15 minutos, ele parou diante da porta e entrou. No escritório,

A porta trancada

ele encontrou Bradley acomodado em uma poltrona diante da lareira.

— Olá Regi, você parece irritado.

— Irritado! Uma coisa terrível aconteceu.

— O quê?

— Verde!!

— "Verde aconteceu"? O que você quer dizer?

— Ele tem, mas esta carta explicará tudo — disse Porco, mostrando a missiva do Frater Sênior da Tracidade. Bradley leu.

— Maldita ave — ele disse lentamente. — O que você pretende fazer?

— Eu não sei. Claro que ele obviamente foi subornado com esse privilégio, mas não se pode provar.

— Pode-se tentar. Nosso comércio com as Tracidades é uma fração bem grande do nosso total.

— Sim. Dei a todos a carta dele para lerem, e todos vão cortá-lo depois disso.

— Que idiota você é, Regi! Quem se importa se eles o cortam ou não, quando perdermos as Tracidades?

— Ele se importa.

— Podre. E se ele perder, isso não nos dá as Tracidades.

— Não. Devemos falar com alguém com autoridade sobre isso.

— Sim: não faria mal algum, de qualquer forma. O Pequeno Mestre pode dar conta.

— Não, não. O general Passoveloz é um homem muito mais capaz!

— Sim, mas ele não ocupa nenhum cargo agora.

— Bem, ele poderia fazer com que Grande executasse seus planos.

— Talvez, Regi, mas o sapo é alguém que sempre acha que seus próprios planos são os melhores.

Ruptura entre Vde. Puddiphat e sr. Verde, na Casa Shelling.

— Bem, devo falar com ele pessoalmente?

O outro ficou em silêncio por um momento.

— Mas o que você acha que qualquer um deles poderia fazer?

— Eu não sei: mas eles podem fazer algum bem e não podem fazer mal.

— Muito bem então, Regi. Quando você pode ver o sapo?

— Eu te digo uma coisa. Suas Majestades me disseram ontem à noite que eles e Grande iriam ver "Os Três Malucos" no Oxenham. Vamos hoje à noite e eu posso falar com ele em seu camarote.

— Muito bem. E veremos a peça ao mesmo tempo.

— Sim. Vou levar Oliver.

Neste momento, o velho Vant chegou de seu escritório.

Oliver Vant costumava ser chamado de misantropo sombrio, mas isso era injusto. Ele era um homem excelente em seus próprios negócios, e na vida privada era gentil, embora pomposo.

A porta trancada

— Boa noite, Reginaldo — disse Oliver —, você chegou cedo em casa.

— Sim, Oli. Bradley e eu vamos para Oxenham hoje à noite, você vem?

Era costume dos três jogar uíste todas as noites e Oliver preferia isso a uma comédia musical.

— Reginaldo, vamos jogar uíste.

— Oh, não, Oli.

— Reginaldo!! No entanto, eu irei.

Então, depois de jantar cedo, eles entraram no carro e foram até o teatro.

Capítulo IX

❈ ❈ ❈

Naquela sexta-feira à noite, o teatro de Oxenham estava lotado de espectadores de todas as classes, ansiosos para ver "Os Três Malucos". Essa peça foi escrita em torno de três personagens, uma lebre, um negro[3] e um sapo, todos caricaturas mais ou menos óbvias de Benjamim, rajá e Pequeno Mestre. Ela nunca poderia ter sido produzida em nenhum país onde o reinado não fosse tão bem-humorado e descuidado quanto o "dos meninos"; algum medo foi sentido pelo sr. Putney (o gerente) sobre como o Pequeno Mestre a veria. De qualquer forma, ele estava vindo e só se podia esperar o melhor; enquanto isso, ele tinha uma casa excelente. Lá estava

---

[3] No original, "negro", termo em inglês utilizado até os anos 1960 na Inglaterra e Estados Unidos para se referir a pessoas negras de origem africana. Hoje, o termo é considerado ofensivo. No livro, o autor se refere ao rajá, que é indiano, como "negro". (N. T.)

Boxen

Passoveloz em seu camarote, preparado para se divertir completamente, como, de fato, ele geralmente se divertia.

Lá no camarote oposto estava Ganso, o eminente advogado, olhando ao redor da casa. Lá em outro estava nosso amigo, o visconde, tão imaculado como sempre, e dividindo o camarote com ele estava o coronel Chutney. No círculo de gala estavam os dois Vants e Bradley; não muito longe deles estava Fortescue, chefe do gabinete de guerra. Lá nas baias estava Bar e seus colegas oficiais de sua canhoneira. No fosso da orquestra estava Verde, naquela parte humilde porque, tendo perdido sua posição social, ele não via razão para jogar dinheiro fora indo para outro lugar. Também no fosso teríamos encontrado o honesto Macgoullah, bem fortificado por uma mala gladstone com laranjas. A orquestra logo apareceu e começou a abertura, e logo após seu início a porta do camarote real se abriu, e o Pequeno Mestre, Hawki e Benjamim entraram, recebidos por altos aplausos de todas as partes da casa.

— Ah — disse Coelhinho, sentando-se. — Essa é uma boa casa.

— Sim, antes — disse o sapo —, se a peça for proporcionalmente boa, tudo ficará bem.

A essa altura, a abertura havia chegado a um fim barulhento e a cortina subiu para o primeiro ato.

O enredo era mais ou menos o seguinte: "Largo", o sapo, se apaixona por uma atriz e, ao solicitar admissão em sua casa, é recusado pelo porteiro ("Willium") a menos que ele pague 500 libras. Após alguma discussão entre os três, Largo é deixado sozinho no palco e tenta subir pela janela, mas é repelido. No final do ato, ele ganha o dinheiro rifando uma vaga para o cargo vago de censura, que Willium ganha.

Quando a cortina caiu, o Pequeno Mestre ficou furioso.

126

A porta trancada

[N.T.: "Os Três Malucos" em Oxemham.]

— Ah, há uma ação de difamação em cada linha. Eu não vou suportar isso.

— Oh, Grande!! — exclamou Hawki. — É esplêndido. Isso nos caricatura tanto quanto você, mas não nos importamos.

— Não — ecoou Coelhinho. — Está tudo bem, Grande, você se ofende facilmente.

— Pode ser muito engraçado, Benjamim, mas nenhum dramaturgo deve trazer desprezo e descrédito para aqueles que deveriam ser vistos como os pilares do estado.

— Mas — retrucou o coelho —, isso não traz "desprezo e descrédito" para nós. De qualquer forma, vou bater um papo com Puddiphat, você vem 'Já?

Boxen

O rajá concordou ansiosamente com essa proposta, e os dois monarcas caminharam até o camarote do visconde.

— Boa noite, Majestades — gritou o coruja —, e como nosso respeitado Pequeno Mestre está recebendo a peça?

— Mal. Ele está bastante irritado.

— Sério? Alô — disse Chutney olhando para o camarote real. — O velho Regi Vant está tendo um momento com ele.

Neste ponto, a agitação na orquestra parecia indicar uma segunda subida da cortina, e os reis retornaram ao seu próprio camarote para encontrar lorde Grande em um estado de grande consternação. Eles ficaram tão absortos na história que o porco havia lhe contado que mal observaram o segundo ato; o que felizmente não era vital para o enredo, pois incluía apenas as aventuras de Largo no palco, que ele ocupa para estar perto de sua amante. O ato terminou em uma briga burlesca de três pontas entre os três malucos. Aplausos altos e vociferantes sacudiram o Oxenham na queda da cortina no segundo ato e a srta. Leroy como a atriz, Peter Bhül como Largo e Philias Dugge como Willium foram chamados diante da cortina para a intensa satisfação de Alexander Putney.

— Bem — disse o sapo no final do ato —, não vejo o que fazer com aquele papagaio. Você me colocou em um buraco feio ao apresentar essa objeção, mas agora estou feliz que tenha feito isso. Vant, como você sabe, está furioso com isso e apelou para mim. Ah, realmente é difícil saber o que fazer. O suborno é óbvio, mas não há provas.

— Convoque uma reunião de camarilha sobre o assunto — sugeriu Hawki.

Grande ficou em silêncio: ele não queria encontrar sua camarilha novamente. Ele ainda não tinha certeza de como eles encarariam a expulsão de Verde, pela qual ele era considerado diretamente responsável, e embora fosse muito injusto dizer que ele estava com medo de encontrar sua camarilha,

A porta trancada

ele certamente considerava isso um dever desagradável que poderia ser adiado indefinidamente; no fundo do seu coração, ele esperava morrer de morte natural antes de se encontrar novamente e que um novo tomasse seu lugar.

No fosso, Macgoullah, agora cheio de alegria e laranjas, estava elogiando a nova peça até os céus, enquanto Bar e seus amigos na plateia a declaravam excelente. A cortina agora subia no terceiro e último ato, no qual Largo chega à porta da heroína com seu suborno para Willium. Este último, no entanto, ao se tornar censor, desistiu do cargo de cabineiro, e o novo não sabe nada sobre o acordo. A heroína finalmente aparece e cada um dos três malucos a pede em casamento, em uma série de lindos duetos, e todos são recusados. No final, ela se casa com Willium e os três continuam como antes. O final deste terceiro ato foi repetido várias vezes, e até mesmo o lúgubre Oliver Vant admitiu que se divertiu.

Mas para os reis e o Pequeno Mestre, a noite não tinha sido muito alegre, pois este último estava sombrio e chateado com suas notícias perturbadoras, e os outros foram afetados por sua melancolia. Verde retirou-se para a Casa Shelling de bom humor e, enquanto comia sua ceia, olhou para a foto de si mesmo na parede oposta.

"Ah", ele pensou, "eles me cortaram agora, mas ainda não terminei: é claro que teria sido agradável na sociedade, mas isso tem suas vantagens. Agora posso me vestir como eu quiser e não me importar com o que Puddiphat diz. Hein?"

Capítulo X

❈ ❈ ❈

Por um longo período depois de terem ido ver "Os Três Malucos", suas Majestades levaram uma vida sem incidentes e sem culpa, e lorde Grande deixou a política estritamente de lado. A pilha de cartas em sua mesa recebia a cada manhã um olhar mais superficial, e aquelas que precisavam urgentemente de uma resposta recebiam a mais curta possível; de fato, por quase um mês ele raramente foi visto fora do Palácio da rua Regência. Mas a nação estava interessada em política naquela época e vozes eram ouvidas dizendo em todos os lugares "que um papagaio insolente não deveria perturbar a navegação boxoniana". Pois a perda de comércio com as Tracidades era grave e não deveria ser tolerada.

Grande estava tão honestamente irritado com isso quanto qualquer um, mas sabia que não podia fazer nada sozinho e, como vimos, ainda temia uma reunião de camarilha. Esse estado de coisas não poderia continuar para sempre, e ele percebeu isso de repente quando ouviu um orador barulhento em uma rua secundária um dia gritando "Teremos uma reunião não apenas da camarilha, mas também do Parlamento, apesar desse sapo preguiçoso". Ele foi para casa muito irritado, mas na noite seguinte, enquanto jantava com Passoveloz, um convidado indiscreto disse em sua audição que "a camarilha não aguentaria mais tanto tempo".

Suas Majestades, é claro, ficaram muito felizes em escapar do que era para eles um tédio indescritível: as notícias da raiva do país contra Verde e contra o xadrês eram para eles um tópico de conversa e não uma questão vital a ser enfrentada.

Em uma manhã de sábado, cerca de cinco semanas após sua visita ao Oxenham, os três terminaram o café da manhã e estavam sentados na sala de fumantes do palácio. Um criado anunciou que os membros da camarilha estavam na antessala e desejavam ver suas Majestades e o Pequeno Mestre.

Então o golpe havia sido desferido!

— Vamos, rapazes — disse Grande, preparando os nervos para a provação.

A porta trancada

Eles entraram em uma grande sala de recepção e pediram que os convidados entrassem. Os membros da camarilha entraram e se curvaram aos reis. Grande percebeu com alívio que Verde não estava lá, eles reconheceram a objeção formalmente, então nada mais poderia ser dito sobre isso, o assunto estava encerrado.

Fortescue, que parecia ser o líder deles, se adiantou e disse — Vossas Majestades e Pequeno Mestre, peço perdão por interrompê-los nesta [hora] incomum, mas o assunto que me fez vir não tolera procrastinação...

— Então se apresse com isso!! — interrompeu o Pequeno Mestre, cujo nervosismo o deixou irritado.

— Sim, Pequeno Mestre, com sua gentil atenção. Não tendo havido nenhuma reunião da camarilha por mais de um mês...

— Nenhuma foi necessária — disse Grande.

— Mas Pequeno-Mes...

— Se o Pequeno-Mestre diz, então é — disse Oliver Vant no tom de um juiz pronunciando sentença de morte.

— Segure a língua, Vant — disse Fortescue com veemência. — Você veio aqui para agitar por uma reunião e agora você voa na nossa cara.

— Vamos, vamos, Cavalheiros! — disse Grande. — Nada de brigas na Presença!!

— Para continuar — disse Fortescue cansado —, nós, os membros da camarilha, exigimos imediatamente uma reunião...

— Não, não exigimos — disse Oliver Vant com tristeza.

— Mas eu pensei...

— Ah, eu! Eu também. Mas a influência silenciosa do Pequeno-Mestre me transformou. Ele, como eu sei, não deseja uma reunião, e a eloquência muda de sua personalidade tem...

Boxen

— Muito bem, muito bem — disse Fortescue apressadamente. — Bem, vossas Majestades, nós (exceto o sr. Vant) desejamos imediatamente uma reunião da camarilha sobre a questão da aliança do sr. Verde (Grande começou a se inquietar) com as Tracidades contra nossa frota global. O eu posso dizer...

— Nada no momento — disse o rajá para surpresa de todos.

— Na reunião de amanhã, você pode dizer qualquer coisa.

— O rajá não governava tanto sozinho há anos e, quando olhou para Coelhinho para ver se ele concordava, aquele coelho digno ficou surpreso demais para fazer qualquer sinal.

Encorajado por isso, Hawki continuou: — A menos que você tenha algo mais a exigir, a audiência está encerrada.

— Hawki — sussurrou Grande em seu ouvido —, você deixará essas coisas comigo?

— Mais uma coisa — disse Fortescue. — A vaga criada na camarilha pela expulsão (Grande parecia desconfortável) do sr. Polônio Verde deve ser substituída. Os membros concordaram unanimemente com o sr. Alexander Putney e imploramos o consentimento de vossas Majestades.

— O quê? — gritou Grande. — O gerente de um teatro que produz peças escritas contra seus soberanos? Você pretende conferir a esse homem imoral de ganhos histriônicos a honra de uma camarilha?

— Meu senhor — disse Coelhinho, seguindo a deixa da ousadia recente de seu colega monarca —, seu voto não pode superar o de toda a camarilha, que ainda é unânime (Oliver Vant abriu a boca para falar, mas os outros membros ficaram na frente dele), então temos o prazer de admitir o sr. Alexander Putney em nossa camarilha.

— Nós também — disse o rajá.

— A audiência terminou — disse Coelhinho.

Os membros da camarilha, com muitas reverências e genuflexões, deixaram a sala, e os meninos soltaram suspiros

A porta trancada

de alívio. Grande disse — Gostaria que você deixasse as coisas mais comigo nessas ocasiões.

Capítulo XI

❧ ❧ ❧

Na segunda-feira de manhã, às 10h, foi realizada a segunda reunião da camarilha. Grande e suas Majestades chegaram cedo, e estes se retiraram para seu vestiário, deixando o sapo sentado ansiosamente no pequeno e luxuoso gabinete.

O primeiro membro a chegar foi Fortescue, que estava tão brilhante e vigoroso como sempre.

— Bom dia, meu caro Pequeno Mestre, temos o que provavelmente será uma reunião muito importante diante de nós.

— Toda reunião da camarilha é importante — respondeu Grande. — Mas por que especialmente esta seria?

— Porque, meu senhor, esta questão xadrês é bastante séria.

Neste ponto, Alexander Putney, o novo membro, chegou. Ele era um homem baixo e magro, com um rosto enérgico e barbeado, e estava vestido com um casaco matinal que nem mesmo o visconde teria vergonha de usar.

— Bom dia, meu senhor — disse ele —, estes são novos terrenos para nos reunirmos.

— Sim — respondeu o Pequeno Mestre um tanto sucintamente, pois, como vimos, ele não aprovava inteiramente seu novo companheiro de camarilha.

Neste momento, nosso amigo, o tartaruga melancólico, anunciou: — Sr. Vant e Sir Bradshaw.

— Ah — disse Grande —, estamos todos aqui, eu acho. Teodoro (pois assim o tartaruga era chamado), vá e veja se é do agrado de suas Majestades entrar.

Boxen

Teodoro desapareceu na sala de vestir e logo retornou carregando a coroa dupla de Boxen em uma almofada e seguido por Benjamim e o rajá.

Assim que todos estavam sentados, lorde Grande pigarreou e começou — Vossas Majestades e Cavalheiros, vocês, os membros desta camarilha, passaram pelo procedimento irregular de exigir uma reunião da camarilha, portanto, suponho que tenham alguma moção importante a propor e peço a quem quer que seja seu líder que fale em seu nome.

Fortescue levantou-se imediatamente.

— Vossas Majestades, Pequeno Mestre e cavalheiros, estamos reunidos aqui hoje com o propósito de discutir quais medidas devem ser tomadas no interesse do comércio boxoniano que, como vocês sabem, está neste momento muito ameaçado pelo xadrês. Os desconfiados e maliciosos conectaram os esforços de Polônio Verde para ganhar para estes assentos xadreses nesta camarilha com o direito exclusivo de comércio que Frater Sênior Von Quinklë conferiu a ele. Sobre a verdade destas declarações, nada sei. Nossa pergunta atual é o que podemos fazer para defender nossos outros armadores contra estes xadreses. E, senhores, tenho certeza de que a nação não cederá a nenhuma persuasão. Proponho, portanto, que uma mensagem seja enviada a Von Quinklë exigindo que ele retire seu decreto comercial; se ele concordar, o assunto estará encerrado, mas se ele recusar, há apenas um remédio: guerra!

O estado da sala da camarilha era o que os jornais descrevem como "sensação". Grande foi o primeiro a falar — Vossas Majestades e senhores; a guerra é um grande e, neste caso, não é absolutamente necessário o custo de vidas e dinheiro. No entanto, acho que a sugestão do marechal de campo Fortescue de escrever para Von Quinklë é excelente. Mas a guerra é uma coisa grande demais para ser decidida pela camarilha, precisamos ter uma reunião de todo o Parlamento.

A porta trancada

— Ouçam, ouçam — gritaram várias pessoas que estavam ansiosas para transferir a responsabilidade para outros ombros.

— Bem — continuou o Pequeno Mestre —, todos concordam em escrever para Von Quinklë? Teodoro, distribua as cédulas de votação.

Após dois minutos ofegantes de pegar lápis emprestados e ganhar papel, o tartaruga leu — A favor da moção, 4. Contra a moção, 1.

Todos olharam para o vizinho como se perguntassem quem era o culpado. Oliver Vant balançou a cabeça tristemente de um lado para o outro, murmurando — Todos votaram a favor. Oh, meu Deus!!

Consequentemente, uma carta foi redigida e assinada por Benjamim e o rajá. Oito dias depois, Grande convocou a camarilha novamente e leu sua resposta, que dizia o seguinte:

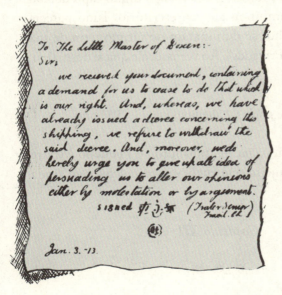

[N.T.: Ao Pequeno Mestre de Boxen: Senhor, recebemos seu documento no qual exige que cessemos as atividades daquilo que é nosso direito. E, como já emitimos um decreto a respeito dos navios, nós recusamos retirar o referido decreto. E, além do mais, solicitamos que desistam de qualquer ideia de nos persuadir a fim de alterar nossas opiniões, seja por incômodo ou por discussão.
Assinado: [rubrica]
Frater Sênior
Tracidade, XA
3 de Jan. 13]

A camarilha, incluindo Oliver Vant, ficou furiosa com tal recusa incondicional, e naquela mesma tarde foram colocados avisos em Calcutá de que uma reunião do Parlamento seria realizada no dia seguinte. Naquela tarde, enquanto estavam sentados no jardim do palácio, Grande disse aos meninos:

— Ah, vocês sabem, não haverá guerra.

— Por quê? — disse Coelhinho. — O Parlamento não vai concordar?

— Sim, espero que sim: mas quando chegarmos à cena da ação, ela vai fracassar.

— Oh, droga — disse Hawki.

— Hawki!! — gritou Grande em tom de reprovação. — Não fale assim; de qualquer forma, certamente teremos que ir para as Tracidades, haja ou não algo para fazer quando chegarmos lá. Como ficaremos fora por algum tempo, vou apenas dar uma olhada nas contas do ano passado e resolver as coisas.

Com esse objetivo louvável em vista, o digno sapo deixou seus soberanos e caminhou até seu escritório. Tudo parecia bem até que seus olhos se iluminaram no último item de sua conta de "Despesas Privadas". Ao ver isso, ele quase desmaiou. Era...

500 ... Bolas de golfe a 2 shellings cada ... 50 libras.

— Ah, eu não vou pagar — murmurou o Pequeno Mestre irado. — É aquele sujeito que encheu meu colchão: eu ainda vou pegá-lo.

Capítulo XII

❈ ❈ ❈

Calcutá ficou consideravelmente surpreso com o anúncio de uma próxima reunião do Parlamento, mas essa surpresa foi,

A porta trancada

no geral, agradável, pois o país havia começado a se cansar de seu longo descanso imposto da política. Na manhã da reunião, o visconde Puddiphat estava sentado no "Regência", tomando uma taça de Zauber com Reginaldo Vant.

— No geral, Regi — disse ele —, estou feliz com esta reunião: o bar do Parlamento fornece alguns dos melhores Vinho de Brus que já bebi.

— Sim — respondeu o outro —, e será uma sessão muito emocionante também.

O coruja não estava muito interessado no aspecto político da sessão. No entanto, ele disse: — Como assim?

— Pode haver guerra. Meu irmão Oli...

— Guerra contra quem?

— O xadrês, é claro: você deve saber disso.

— A propósito, se vamos aparecer, é melhor irmos agora.

— Certo. Venham.

A "Câmara" de Calcutá era um edifício enorme de aparência imponente. Passando por um vestíbulo de pedra, os dois amigos prosseguiram por um amplo corredor e entraram na câmara do conselho, um salão grande e alto com capacidade para acomodar 500 membros. Em uma extremidade, em um estrado elevado, ficava o trono duplo, e, entre seus dois compartimentos, a cadeira do Pequeno Mestre; esses três assentos estavam vazios no momento. Os bancos, que corriam paralelos de cada lado e tinham cinco de profundidade, estavam apenas pela metade, e outros membros estavam chegando pelas grandes portas de flange dupla.

O visconde acenou para Samuel Macgoullah e seguiu seu caminho até seu assento designado, deixando o Porco fazer o mesmo. Após cerca de um quarto de hora de espera, durante o qual a galeria dos espectadores se encheu, um gongo alto foi tocado do lado de fora para silêncio; toda a conversa

Boxen

cessou e em poucos segundos uma porta até então fechada rapidamente se abriu e uma pequena procissão entrou. Primeiro veio Sir Charles Arrabudda, portador real do cetro, segurando em suas mãos um enorme motor de ouro, que a casa sabia instintivamente ser o cetro. Em seguida, veio o coronel Chutney, Arauto do Estado, carregando um temível e antiquado produtor de som. Então veio Teodoro, carregando a coroa dupla em uma almolfada, este digno tartaruga foi seguido pelos membros da camarilha. Depois destes vieram suas Majestades em túnicas e coroas: e a retaguarda foi trazida [pelo] Sapo.

Quando todos estavam sentados, Chutney se levantou e levou a trombeta aos lábios. Agora não tentamos explicar o que aconteceu, pois Chutney é um bom homem e seus inimigos são poucos. Os olhos do Parlamento Boxoniano estavam fixos nele enquanto suas bochechas lentamente inchavam com o ar, e todos os nervos estavam preparados para suportar a explosão; um ou dois membros musicais se levantaram e saíram na ponta dos pés; uma velha senhora na galeria colocou os dedos nos ouvidos. Mas nenhum som saiu!! O coronel tirou a trombeta da boca e a sacudiu: então ele fez outra tentativa que se mostrou tão abortiva quanto a primeira. Chutney ficou ligeiramente vermelho e soprou mais forte, mas por dois minutos, enquanto ele estava ali com joelhos trêmulos e bochechas escarlates infladas, o silêncio reinou supremo. Por fim, o infeliz homem murmurou um anúncio inaudível e correu para seu banco. Anos depois, ele descobriu que Polônio Verde havia enchido seu instrumento com cola.

O Pequeno Mestre se levantou e caminhou até a tribuna. Em um discurso conciso, ele contou à casa o estado das coisas e informou que [a] questão era "guerra ou paz?".

138

A porta trancada

O sr. Vant disse que era tolice enviar o exército para as Tracidades quando o xadrês em Boxen poderia se levantar assim que eles (as tropas) fossem embora.

Fortescue apontou com alguma veemência que eles não precisavam enviar o exército inteiro para as Tracidades.

Sir Charles Arrabudda explicou a necessidade de ganhar o porto das Tracidades, um fato interessante que tinha sido dado como garantido no fim das contas. Ele continuou com sua voz musical suave para desenhar uma imagem das ilhas que durou 2 horas e meia.

O Pequeno Mestre disse que, se eles se submetessem a, esse tratamento (ele quis dizer do xadrês, não de Sir Charles) nenhuma nação os respeitaria.

O sr. Verde propôs que a votação fosse passada adiante.

O sr. R. Vant defendeu a guerra, mas disse que os xadreses provavelmente capitulariam assim que eles (os boxonianos) chegassem. O sr. Macgoullah negou isso. O sr. Verde propôs que a votação fosse passada adiante.

Desta vez, o Pequeno Mestre concordou, e a câmara se retirou para os saguões.

Em poucos minutos a contagem terminou e Grande leu: — Pela guerra, 368. — (Vivas altas.) — Contra, 132; maioria ah... er... er — (Grande era um péssimo aritmético) — "336".

Capítulo XIII

❊ ❊ ❊

Embora as ilhas Tracidade pudessem reunir apenas cerca de 3 mil habitantes, uma expedição bastante grande foi preparada contra elas. O Pequeno Mestre, que havia lutado muitas batalhas em sua juventude, estava cheio de alegria com a ideia de entrar em outra campanha. Ele convocou, é claro, uma reunião de camarilha sobre o assunto e nela pediu a Fortescue, que (vamos lembrar) era chefe do gabinete de guerra, que expusesse seus planos. Foi finalmente decidido que o governo deveria comandar o navio *Indian Star* como transporte de tropas, um navio a vapor de hélice única de registro de 7654 toneladas. A canhoneira *Turdídeo*, do qual nosso velho amigo Bar era comissário de bordo, também deveria ir: ele também era um navio de hélice única de 568 toneladas. Também o *Cygnet*, um pequeno, mas muito elegante e útil navio a vapor de 98 toneladas, o iate particular de suas Majestades. Os "Chutneys", sob o comando do coronel Chutney, e os "Terra dos Ratos", um regimento semivoluntário sob o comando de Puddiphat, que era cabo, foram ordenados à frente. Este último regimento, sendo composto por recrutas voluntários, naturalmente variava em tamanho, mas nessa ocasião vários voluntários tiveram que ter a admissão recusada, pois já estava lotado.

O efeito desses preparativos bélicos em Polônio Verde foi perturbador. O xadrês, que o havia subornado, com toda a probabilidade o entregaria se a guerra ficasse contra eles, e ele seria condenado por suborno. Ele percebeu esses fatos enquanto passeava com um charuto em seu jardim na cobertura da Casa Shelling.

— Droga, essa aliança com estrangeiros é um erro. Alguns anos atrás, quase me arruinei ao colocar minha cabeça na forca de alguns prussianos. Mas aqui vou eu de novo. Bem, não serei abandonado de novo: isso não é bom o suficiente para Polônio Verde. Já sei.

Com isso, ele desceu e pegou uma folha de papel de carta. Com uma caneta, ele escreveu:

A porta trancada

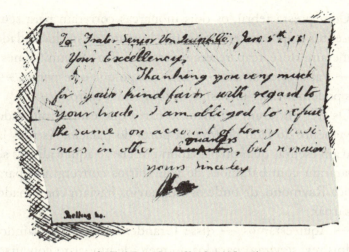

[N.T.: A Frater Sênior Von QuinklëJan. 5th,13
Sua Excelência,
Agradeço encarecidamente sua gentil oferta a respeito do seu comércio, porém sou obrigado a recusá-la por causa do grande volume de negócios em outras praças.
Atenciosamente,
(assinatura ilegível).]

"Ah", ele pensou, "não serei tolo em enviá-la pelo correio agora. Com uma guerra de cartas para Von Quin... Von Quin... Von... quer dizer, o Frater Sênior vai parecer suspeito". Ele então colocou um chapéu na cabeça e caminhou até as docas, onde procurou um de seus próprios barcos e entregou a carta ao capitão dele.

No final da tarde em que a expedição começou, suas Majestades estavam sentadas em sua sala de fumar completamente esquecidos, quando o Pequeno Mestre, vestido com o uniforme completo de marechal de campo que, como membro da equipe, ele tinha o direito de usar, irrompeu sobre eles.

— Rapazes, vocês ainda não trocaram de uniforme? Os barcos partem em uma hora.

— É isso mesmo — gritou Coelhinho. —Vamos, 'Já, não há tempo a perder.

Boxen

Com pressa febril, os dois monarcas correram para seus aposentos e, após um esforço sobre-humano de sua habilidade de metamorfose, reapareceram vestidos com seus uniformes.

— Vamos nos atrasar — disse o sapo que os esperava —, mas podemos fazer um esforço: aqui está o carro.

Os três entraram no luxuoso carro que estava roncando suavemente do lado de fora da porta do palácio. As ruas já estavam escuras quando passaram por elas, e aqui e ali eles se depararam com batalhões de voluntários convergindo para a doca Raymond, de onde os três navios haviam combinado de zarpar.

— Aqui estamos — disse Grande. De repente, saindo, os dois reis se viram parados no meio de um vasto concurso de soldados, dispostos como três lados de um quadrado. À direita deles estava alinhado o exército da Terra dos Ratos, comandado pelo coronel Pouter; em frente a eles estavam os voluntários adicionados a esse regimento, sob o comando do cabo Puddiphat, que usava sua túnica e espada, assim como em outros momentos ele usava seu casaco matinal. À esquerda estavam os Chutneys, a maior força presente, sob o comando do coronel de quem eles derivaram seu nome. No fundo, os meninos podiam ver o enorme casco do *Indian Star*, com a silhueta marcada pela abóbada estrelada do céu.

Em primeiro plano estava Fortescue, que se adiantou para cumprimentá-los.

— Ah, Majestades, vocês chegaram bem e cedo, podemos colocar nossos homens a bordo imediatamente.

— Sim, faça isso — disse Grande, que queria seu jantar. — Rapazes, é melhor vocês fazerem um discurso para os homens.

— Claro, claro — disse Fortescue.

— Não — disse Hawki. — Eles já sabem todas as coisas que eu deveria dizer.

142

A porta trancada

Grande deu de ombros e Fortescue disse — Terras dos Ratos, vire à direita! Embarquem.

Houve um movimento, uma marcha curta, e seu lugar estava vazio.

— Voluntários das Terras dos Ratos, virem à direita! Embarquem.

Puddiphat marchou com seus homens para a noite.

— Chutneys, virem à esquerda! Embarquem.

Eles também desapareceram, e o lugar ficou vazio até que os espectadores se aglomeraram sobre ele. Grande e Fortescue subiram no navio de transporte de tropas, enquanto os meninos desceram para sua embarcação muito menor, que eles iriam navegar pessoalmente. Um rugido profundo saiu da buzina do navio, seguido por uma explosão mais modesta do *Turdídeo*, que estava além dele, e depois disso a nota mais estridente do *Cygnet*.

O Pequeno Mestre, do convés de passeio do *Indian Star*, notou um vão cada vez maior entre ele e o cais, e em meio a aplausos estrondosos, os três navios desceram o rio.

Capítulo XIV

❧ ❧ ❧

Na manhã seguinte, ao chegar ao convés, o Pequeno Mestre encontrou o navio avançando por um deserto de águas cinzentas. Ao longe, no horizonte do porto (que é o sul), ele conseguia avistar a ilhota rochosa de Pedrábula. Cruzando para estibordo, ele viu o *Turdídeo* e o *Cygnet* avançando.

O ar estava fresco e revigorante, e um odor perfumado de café da manhã flutuando pela porta aberta do salão de primeira classe encheu o velho sapo com uma sensação de paz e conforto saudáveis, raramente ou nunca obtidos em terra.

143

Boxen

— Dou minha palavra — disse a Passoveloz, que tinha acabado de se juntar a ele. — Dá para ir a qualquer lugar em um barco como este. Não há necessidade dessas coisas enormes que eles usam na Linha "Ala"; este é tão confortável quanto e, ouso dizer, mais navegável.

— Ah! Você pode enfrentear muita dificuldade mais tarde nesta viagem.

— Claro, que diferença faria para um barco como este?

— Muita. De qualquer forma, vamos descer e tomar o desjejum.

Talvez a refeição não tenha sido tão delicada quanto o Pequeno Mestre havia imaginado de antemão. Provavelmente não. De qualquer forma, quando cerca de uma hora depois ele retornou ao convés com um charuto, o glamour havia desaparecido de seus arredores. Naquela noite, o navio seguiu seu curso para o norte e enfrentou a série de enormes ondas que se lançavam contra sua proa.

Já se passaram dias desde que o *Indian Star* se erguia com uma onda, e agora ele preferia cavar e deixar a onda cair trovejando em sua proa. Ele ainda podia rolar, no entanto, como o Pequeno Mestre soube na própria pele quando sua sopa escaldante no jantar foi atirada em suas calças sociais bem apertadas.

— Ah, juro por mim — gritou o sapo sofredor. — Era ridículo tentar a viagem em uma concha de marisco como esta.

—É um belo navio, Pequeno Mestre — disse Reginaldo Vant, que, sendo um velho marinheiro, estava atuando como capitão.

— E — acrescentou Passoveloz um tanto insensivelmente — você nos disse esta manhã que "Dá para ir a qualquer lugar em um barco como este".

— Ah, não — disse Grande, acreditando que falava a verdade —, eu nunca disse nada do tipo. Com licença um momento, Fortescue. — Com isso, ele se retirou para trocar a massa fervente de pano pegajoso que antes eram calças sociais!

Na manhã seguinte, o *Turdídeo* estava navegando tão perto do navio que era possível gritar de barco para barco. Enquanto Grande caminhava no calçadão do *Indian Star*, Bar, o comissário da canhoneira, perguntou a um amigo a bordo do navio de transporte de tropas "se o Pequeno Mestre tinha o hábito de esvaziar sua sopa nos joelhos".

À medida que aquele longo segundo dia de altos e baixos se arrastava, o Pequeno Mestre sentiu que não apenas o glamour da vida marinha havia desaparecido, mas também que ela nunca havia possuído nenhum. A bordo do *Cygnet*, os meninos estavam muito ocupados com a navegação de seu navio, no qual eram auxiliados por apenas dois homens, para pensar em muito mais. Na canhoneira *Turdídeo*, tudo estava alegre como sempre. Bar enganou seus companheiros de refeitório usando sua comida e bebida, e pediu dinheiro emprestado a eles com tocante camaradagem. Por dois ou três dias, o *Cygnet* se separou da expedição principal, e Grande, que era por natureza um tanto pessimista, ordenou que as bandeiras fossem hasteadas a meio mastro antes que eles se ausentassem por 24 horas. No entanto, eles retornaram no terceiro dia, tendo sido apenas afastados de seu caminho por uma violenta tempestade. Depois disso, Grande insistiu que o *Cygnet* navegasse entre seus dois navios companheiros.

Na sétima noite, para o horror indizível do Pequeno Mestre, os Chutneys fizeram uma apresentação amadora de "Os Três Malucos". E assim, dia após dia, a pequena expedição navegou para o norte em direção às Ilhas Tracidade; às vezes eles avistavam a costa de Golfinho a estibordo, mas nunca a tocavam, pois este continente estava cheio de um exército amigo dos xadreses. Depois de uma viagem de quinze dias,

Boxen

uma manhã, quando o mordomo veio e chamou o Pequeno Mestre, ele também lhe contou: — Terra à vista, meu senhor.

Grande se vestiu muito rapidamente e correu para o convés, muito grato por sua viagem não totalmente agradável ter acabado e ansioso para ver a famosa ilha na qual ele havia pensado por semanas.

Capítulo XV

❈ ❈ ❈

O mar estava calmo e de uma cor cinza-claro. O céu estava sem nuvens e quase sem cor, e inúmeras gaivotas estavam girando no alto com gritos altos e estridentes. O ar estava frio e parado, e uma sensação de excitação pairava sobre os três navios, pois ali, a menos de cinco milhas de distância, estava a maior das ilhas Tracidades.

Os motores do *Indian Star* pararam quando o Pequeno Mestre saiu da entrada do salão e andou rapidamente para a frente para ver o destino. Levantando seus binóculos até os olhos, ele conseguiu distinguir uma linha costeira rochosa com cerca de três milhas de comprimento: e os topos de seus penhascos salientes eram encimados por uma muralha contínua através da qual armas de aparência sombria espreitavam de tempos em tempos. No topo da muralha, ele conseguia avistar pequenas silhuetas pretas contra o céu.

Recolocando os binóculos em seu estojo, o Pequeno Mestre voltou para o café da manhã e para o salão.

— Bem, Fortescue — disse ele enquanto se sentava —, qual é o nosso programa para hoje?

— Bem, Pequeno Mestre, você e suas Majestades, eu estava pensando, iriam até Von Quinklë e pediriam formalmente para ele recapitular; e, no caso da sua recusa, declarar guerra.

146

A porta trancada

[N.T.: Lorde Grande e general Passoveloz a bordo do *Indian Star*.]

— Muito bem. Suponho que usaremos a chalupa do *Turdídeo*?

— Sim. Comissário, diga ao capitão Murray para trazer seu barco para o lado e peça a suas Majestades para estarem prontas depois do café da manhã.

— Sim, senhor.

Meia hora depois, o Pequeno Mestre estava sentado na popa da pequena chalupa a vapor e os meninos na proa. A uma distância de 3 milhas da ilha, eles encontraram um

Boxen

pequeno barco a motor, no qual estava sentado um peão, que os informou que eles deveriam entrar em sua embarcação e ir vendados até a ilha se quisessem ver Sua Excelência.

— Rapazes — disse Grande —, isto é uma armadilha.

No entanto, ele se submeteu a ter os olhos vendados e a sentar-se no novo navio. Por algum tempo, ele não conseguiu ouvir nada além do chiado da água enquanto ela se enrolava em volta da proa do barco, mas em cerca de 10 minutos a audição singularmente boa com a qual a natureza dotou todos os sapos permitiu que ele percebesse que eles se aproximavam de alguns penhascos, e alguns segundos depois ele adivinhou que o navio estava passando por uma entrada estreita: então a proa do barco a motor raspou em algo duro e eles foram instruídos a sair. Eles foram levados pelo que o sapo julgou ser 200 jardas, uma porta foi aberta, suas vendas foram arrancadas e eles ficaram piscando na presença de Sua Excelência Frater Sênior Von Quinklë.

Eles estavam em uma pequena sala com janelas altas de vidro fosco, e diante deles, em uma mesa, estava sentado um velho de aparência suave, que de alguma forma os impressionou. Quando ele falou, sua voz era branda e tão uniforme que era quase inexpressiva.

Ele disse: — Eu me dirijo, acredito, aos Reis e Pequenos Mestres de Boxen?

— Sim — disse lorde Grande.

— A que devo esse prazer?

— Viemos exigir que cancele seu regulamento comercial.

— Prazer antes dos negócios! Experimente um pouco deste vinho, é um Middlehoff 60. — Grande olhou para ele com dúvida.

— Ah — continuou Von Quinklë. — Você acha que está envenenado; não se desculpe, é bem natural.

148

A porta trancada

— Bem — disse Grande —, vá direto ao assunto. Ou você consente ou engole suas palavras. Deixe-me avisá-lo que resistir é inútil.

— Parece que li essa frase em algum lugar antes: não é original.

— Senhor, d... cuide de sua insolência. Lembre-se...

— Tire esse sapo insolente da minha presença — disse o xadrês na mesma voz uniforme. Os olhos de Grande foram mais uma vez enfaixados e ele foi levado embora às pressas, mas as injunções do Frater Sênior não foram literalmente executadas.

— Agora —continuou ele —, vocês dois reis têm algo a dizer?

— Nós declaramos guerra.

— Nós também.

— Então tá. Bom dia.

Algum tempo depois, a chalupa chegou sob o balcão do *Indian Star*, e a notícia de que a guerra havia sido finalmente declarada foi recebida com alegria por todos a bordo.

Capítulo XVI

❧ ❧ ❧

Na manhã seguinte, o *Turdídeo* navegou lentamente ao redor da ilha a uma distância de 5 milhas até que estivesse ao norte, de modo que os dois barcos maiores estivessem de frente um para o outro, com a ilha no meio. As ordens do capitão Murray foram para bombardear a ilha pelo norte, para que, após o anoitecer, o *Cygnet*, que agora estava ao lado do *Indian Star*, pudesse se aproximar sem ser observado e fazer um ataque noturno.

Boxen

— Fuzileiros navais para os canhões!

Wilkins, o oficial de artilharia e quatro fuzileiros navais rapidamente caminharam para a proa até o canhão blindado do padrão *Player* estacionado no castelo de proa, pois, embora o capitão tivesse dito com dignidade "para os canhões", se a verdade fosse dita, o *Turdídeo* tinha apenas um canhão! Com eles veio Bar, despido até a cintura, que nessas ocasiões agia como artilheiro, um cargo servil, mas necessário.

Murray balançou lentamente seu navio até que ele estivesse de proa em direção à muralha norte da ilha fortificada.

— Dê a eles — disse Wilkins quando eles se posicionaram. Um dos fuzileiros navais soltou uma alavanca. Houve uma nuvem de fumaça, um estrondo desanimador, e o *Turdídeo* balançou furiosamente com o choque. Quando a nuvem se dissipou, eles viram que o projétil havia apenas desalojado um fragmento de rocha. Naquele momento, uma mancha branca apareceu na superfície escura da distante muralha, então um estrondo alto, e uma granada raspou a água a alguns metros da canhoneira.

Então a troca de projéteis continuou durante toda aquela longa manhã e tarde. Por volta do quinto projétil, um dos artilheiros de Wilkins foi abatido, e mais tarde o choque de uma granada, que atingiu o casco, precipitou Bar no oceano verde e frio. Felizmente, ele logo foi resgatado, não tendo sofrido nada pior do que uma lavagem compulsória, da qual Hogge, o imediato, disse que precisava muito. Alguns casteles foram mortos na ilha, e uma grande extensão da muralha foi levada embora.

No entanto, os dias mais longos devem acabar, e finalmente o sol se pôs e a escuridão caiu. O pequeno convés do *Cygnet* estava abarrotado com a divisão de reconhecimento dos "Terras dos Ratos" sob o comando do coronel Pouter, e

150

A porta trancada

Disparos do N.S.M. *Turdídeo.*

uma parte dos "Chutneys" sob seu próprio coronel. O rajá não desprezava a posição servil de engenheiro, e Benjamim se posicionou ao leme. No pequeno salão estavam Grande, Fortescue e Passoveloz. O mais silenciosamente possível, Coelhinho levou seu pequeno barco para baixo dos penhascos e navegou em busca de um local de desembarque adequado. Mas ele não conseguiu encontrar tal coisa e, em qualquer caso,

Boxen

não havia abertura na alta muralha no topo. Após uma breve consulta, foi decidido que, assim que qualquer ponto acessível fosse alcançado, o canhão de tiro rápido do *Cygnet* faria uma brecha na parede e os homens atacariam. Por quase uma hora, o coelho imperial dirigiu seu barco ao longo da costa e quase se desesperou quando chegou a uma rocha íngreme e inclinada que um homem poderia escalar com dificuldade. Aqui ele parou e, virando sua pequena arma em direção à parede acima dele, disparou. Houve um clarão, um estrondo alto e um estrondo estrondoso de trabalho em pedra acima quando uma parte da parede foi arremessada para longe. Em um instante, os homens estavam subindo a margem com gritos de "Os Chutneys!! As Terras dos Ratos".

Em poucos minutos, uma figura suja apareceu da sala de máquinas, que em uma inspeção mais detalhada provou ser o rajá. Ele, Grande e Coelhinho subiram para a margem juntos; no topo, eles podiam distinguir claramente a forma da ilha, cujo centro inteiro foi escavado pela arte ou natureza para formar uma lagoa ou doca. Em frente a eles havia uma entrada estreita para essa lagoa entre dois enormes penhascos escarpados, pelos quais eles devem ter passado na manhã anterior. Sobre isso estava pendurado em um guindaste um enorme cone de metal (apontado para baixo) pronto para cair em qualquer embarcação indesejada. A ilha inteira descia como o formato de um pires até sua lagoa central. Nela, estava reunida uma vasta multidão de xadreses de todos os tipos, do peão em sua túnica e touca ao bispo em seu magnífico uniforme. Essa multidão estava olhando para o norte em direção ao *Turdídeo*, mas ouvindo o barulho do rápido tiro de Coelhinho, eles se viraram e correram em direção ao sul. E em um minuto xadreses e boxonianos estavam lutando corpo a corpo.

A porta trancada

Capítulo XVII

❈ ❈ ❈

Os boxonianos correram pelo parapeito de pedra e desceram a encosta com a grama grossa roçando seus joelhos, e os xadreses correram firmemente para cima para encontrá-los. Mas quando os boxonianos estavam a poucos passos deles, eles pararam de repente e apresentaram à massa de homens e animais correndo uma parede impenetrável de baionetas.

O Pequeno Mestre, que havia ganhado um impulso considerável na corrida descendente, só se salvou de ser empalado na baioneta de um certo castele robusto ao pular para um lado com tanta rapidez que foi precipitado para a grama. O rajá e o velho Passoveloz mantiveram-se próximos no centro da multidão, enquanto Coelhinho destacou para si um peão branco com quem travou um longo e vigoroso duelo bem no cascalho úmido na beira da lagoa.

Como geralmente acontece em um combate corpo a corpo, a confusão logo se tornou tão inextricável que era muito difícil entender o que estava acontecendo. Sua Excelência, observando a confusão de um dos penhascos altos que cercavam a entrada norte, estava em dúvida sobre o que fazer.

De repente, aqueles no lado sul da lagoa avistaram a proa de um barco abrindo caminho lentamente pela entrada, todos inconscientes do vasto projétil suspenso sobre suas cabeças. Instantaneamente, de uma das guaritas no sul, um raio de iluminação ofuscante disparou, inundando a cena curiosa com o brilho branco de um holofote. Grande, no meio da luta, leu na proa do navio a palavra "Turdídeo".

Virando-se, ele fugiu da multidão, abrindo caminho através da massa de xadreses que lutava. Por fim, ele alcançou o parapeito de pedra e correu a toda velocidade ao longo dele para o norte. Enquanto corria, ele podia ver um cavaleiro do outro lado correndo na mesma direção: Grande percebeu o que estava acontecendo. Se esse homem alcançasse o guindaste antes que ele estivesse ao alcance de ser ouvido no *Turdídeo*, o projétil seria disparado e a canhoneira, irrevogavelmente perdida! Os dois corredores corriam enquanto abaixo deles a batalha se desenrolava ruidosa e ferozmente. Grande não tinha mais ideia disso: seu único objetivo era avisar o capitão Murray a tempo.

Por fim, ele julgou que um grito seria ouvido de onde ele estava até a ponte da canhoneira e gritou roucamente: — Murray, siga em frente com tudo o que puder. Rápido.

Ele ouviu o barulho áspero do telégrafo do navio e nuvens de fumaça preta saindo de sua chaminé. Lentamente a princípio, mas com velocidade cada vez maior, ele avançou furtivamente, agitando as águas do estreito com fúria com sua turbina; ela estava toda fora da passagem, exceto a popa, onde ficava o salão, quando o sapo exausto viu uma figura aparecer correndo no topo do penhasco bem acima de sua cabeça. E a pequena figura vinha e parecia que o *Turdídeo* mal estava se movendo.

Então a figura alcançou o enorme guindaste e moveu uma alavanca!

No instante seguinte, houve um estrondo ensurdecedor de madeira lascada, vidro quebrado e ferro ressoando. A popa do *Turdídeo* estava completamente escondida da vista pelas colunas de água espumosa deslocadas pelo enorme cone, que subia a uma grande altura e caía trovejando no convés da canhoneira atingida. No mesmo momento, a proa do navio disparou até que o canhão blindado em seu castelo de proa apontou para a lua pálida acima. Por quase meio minuto, ele ficou assim, com

A porta trancada

sua popa enterrada na espuma furiosa e sua proa alta e seca acima dele: então ele estremeceu e caiu para seu nível normal tão rapidamente quanto havia subido atrás dele.

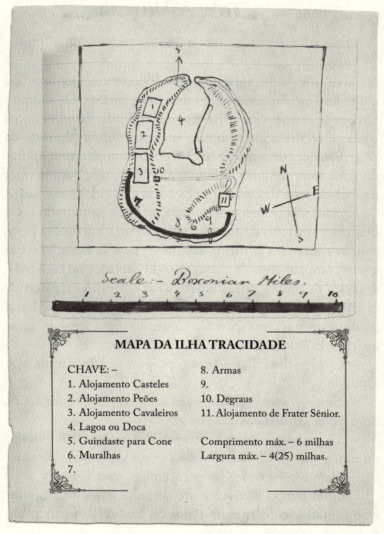

[N.T.: Escala: milhas boxonianas.]

Boxen

Ele disparou para a frente com mais velocidade do que conhecia há muitos dias, cambaleou em seu curso, então tombou para bombordo e ficou completamente imóvel.

Capítulo XVIII

⚙ ⚙ ⚙

Na manhã seguinte, quando o amanhecer cinzento iluminou a ilha de Tracidade, ela exibiu uma cena curiosa. Os xadreses haviam se retirado para seu grupo fortificado de edifícios na costa oeste, deixando os boxonianos possuidores do resto da ilha. A maior parte da expedição, no entanto, havia se retirado mais uma vez para o *Indian Star*, deixando para manter na metade leste da ilha a tripulação da canhoneira avariada.

Exceto pela pequena parte dela mantida pelos xadreses, a ilha era um trecho de matagal de aparência horrível coberto com as ruínas dos edifícios destruídos pelo bombardeio. Bar e seus companheiros de mesa, quando deixados no comando, vagaram desanimadamente pelas ruas em ruínas repletas de cadáveres e destroços até encontrarem um edifício que havia perdido apenas uma parede. Continha uma sala de estar, quarto e *hall* de entrada.

—Este — disse Bar — era o próprio alojamento de Von Quinklë.

— Sim — disse Wilkins —, eu acho que sim. Se for assim, deve haver alguma comida por aí.

— O que, oh! — disse Murray de dentro. — Duas garrafas do raro e velho Middlehoff e uma porção de carne de veado.

— Vamos! — gritou Bar —, acendam uma fogueira.

Em um tempo incrivelmente curto, os marinheiros estavam sentados contentes ao redor do braseiro, tomando um farto café da manhã.

156

A porta trancada

— Eu digo, capitão — disse Bar com a boca cheia de carne —, qual é o programa para hoje?

— Eles estão trazendo algumas armas para terra e bombardeando os brutos.

— Mas — disse Hogge, o imediato —, é verdade que o Pequeno Mestre está morto?

— Não sei.

— Olá — disse uma voz que eles quase tinham esquecido. Virando-se, eles viram um cavaleiro xadrês de estatura mediana, vestido descuidadamente, bem-humorado e inteligente. Era Samuel Macgoullah! Todos gostavam muito de Macgoullah, mas esse encontro foi desagradável. Pois, afinal, ele era um xadrês: não havia como fugir do fato. Ele tinha vivido em Boxen a vida toda, falava boxoniano, pensava boxoniano e bebia como um boxoniano. Eles esperavam que ele, como centenas de outros xadreses, ignorasse a guerra e se mantivesse longe dela. Foi tolice da parte dele, eles pensaram, aparecer agora no meio daqueles que eram seus amigos em Boxen.

— Bom dia — disse Murray sem jeito.

Macgoullah riu. — Você parece ter pensado que eu tinha uma bomba ou algo assim na minha garganta! Vim com uma carta para o velho Von Quinklë de Polô Verde; cheguei ontem à noite no *Bósforo* e cheguei à costa de alguma forma.

— Onde você conseguiu a carta?

— Um dos capitães de Verde ouviu que eu estava indo para Middlehoff com uma carga de rendas (sim, eu tinha pago o imposto) e me pediu para levar isso comigo. Ele disse que Verde tinha dado a ele uma semana atrás e que ele tinha carregado no bolso o tempo todo, esquecendo-se dela. Ha! Ha! Exatamente como um verdense.

— Eu me pergunto se deveríamos confiscar a carta — disse Murray duvidosamente.

157

[N.T.: Encontro inesperado da tripulação do *Turdídeo* com Samuel Macgoullah (Mestre).]

— É tudo a mesma coisa para mim — respondeu Macgoullah.
— Tudo bem, acho que você pode muito bem levá-la.

Macgoullah partiu em uma caminhada rápida em direção às fortificações e, virando os olhos para o mar, a tripulação do *Turdídeo* viu vários barcos cheios de homens e armas puxando para a costa. O primeiro continha suas Majestades, Passoveloz e um pequeno destacamento da Terra dos Ratos.

A porta trancada

— Eu digo, Murray — gritou o rajá, saltando para a praia apressadamente. — Você viu o Pequeno Mestre hoje?

— Não, sua Majestade, temo que não — respondeu o capitão.

— Houve um rumor...

— Sim?

— Que ele foi baleado.

— Meu Deus — exclamou Coelhinho. —Alguém tem mais informações?

— Vamos, Majestades — disse Passoveloz —, não adianta questionar esses cavalheiros, precisamos ir e revistar a ilha.

— Meu senhor — disse o capitão Murray —, isso é impossível: a ilha inteira será varrida pela troca de projéteis.

— Que se danem os projéteis — disse Benjamim. — Vou procurar o Pequeno Mestre.

— Eu também — disse o rajá.

— Vossas Majestades, vossas Majestades — implorou Passoveloz —, não é seguro.

— Oras! — disse o rajá laconicamente. — Vocês vêm também?

— Se vocês estiverem indo — disse Passoveloz e, apesar das advertências dos marinheiros, os três partiram para sua busca medonha. Até que um tiro foi disparado da cidadela xadrês e foi decidido que os boxonianos deveriam permanecer em silêncio.

Os dois reis e o general estavam tão concentrados em sua busca que não pararam para se perguntar por que as armas de cada lado permaneceram truculentamente silenciosas. Seu único pensamento era o Pequeno Mestre. Depois de caminhar exaustivamente por quase três milhas de ruínas e cadáveres, eles chegaram ao parapeito onde o sapo havia corrido tão furiosamente na noite anterior. Na extremidade mais distante, havia um prédio meio destruído.

Boxen

Ao entrar, eles olharam ao redor. O chão, nunca dos melhores, havia sido destruído por uma granada que também havia perfurado um enorme buraco no teto em seu voo. Um fedor úmido e insalubre pairava sobre o lugar e em um canto estava... o Pequeno Mestre.

Capítulo XIX

⚜ ⚜ ⚜

Por um minuto, os três ficaram em silêncio, olhando para a forma encolhida. Finalmente Coelhinho falou — Ele está morto?

— Não sei.

O rajá avançou e tocou o ombro do sapo. Para seu alívio indizível, o último se virou, abriu os olhos e disse irritado: — Oh, aí está você! Por que não me procurou ontem à noite? Eu estava aqui e, antes de voltar para o sul da ilha, os barcos já tinham partido, e eu não conseguia ver ninguém por perto. Consequentemente, tive que passar a noite aqui, o que pode ser algo muito sério para um sapo da minha idade.

— Graças a Deus — disse Benjamim —, achamos que você tinha levado um tiro.

— Ah, bobagem — disse Grande. — De qualquer forma, eu quero uma refeição.

— Oh, podemos conseguir isso facilmente: a tripulação do *Turdídeo* está tomando café da manhã lá embaixo — disse Passoveloz consoladoramente.

— Bem, vamos lá, rapazes.

Enquanto o faminto Pequeno Mestre e seus companheiros caminhavam para o sul, Coelhinho comentou: — Um sujeito muito legal é esse mordomo do *Turdídeo*.

— Quem é ele? — perguntou Grande.

A porta trancada

— Uh, um sujeito chamado Bar: um pequeno urso marrom-jarrete.

— Eu *não* gosto de ursos.

— Nem mesmo os pequenos marrom-jarrete...?

— Ah, eles são os piores de todos!

— Por quê?

— Ah, eles são criaturinhas atrevidas, e não apenas atrevidas, mas às vezes realmente desonestas.

— E os outros.

— Ah, os ursos pardos são animais azedos e cruéis, e os ursos brancos são pessoas exasperantes.

Os meninos e Passoveloz estavam prestes a discutir o assunto, quando foram surpreendidos por um xadrês carregando uma bandeira de trégua e uma carta lacrada.

— Ah — sussurrou Grande —, eles estão começando a cair.

— Para vossa senhoria — disse o peão entregando a carta a lorde Grande.

Ela dizia o seguinte:

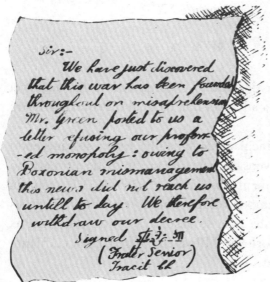

[N.T.: Senhor: Descobrimos que sua guerra foi fundada em todo o mal-entendido. O sr. Verde nos enviou uma carta recusando nosso monopólio proferido: devido à má administração boxoniana, esta notícia não nos chegou até hoje. Portanto, retiramos nosso decreto. Assinado. (Frater Sênior. Tracidade 1h)]

Algumas horas depois, a guerra foi formalmente declarada encerrada e, no dia seguinte, os preparativos para a viagem de retorno foram iniciados. Von Quinklë, agora completamente reconciliado com os boxonianos, auxiliou no conserto do *Turdídeo*, que em menos de quinze dias estava pronto para enfrentar a viagem de retorno.

Mas, embora a guerra tenha transcorrido com sucesso, e com muito menos perda de vidas do que se poderia ter previsto, lorde Grande estava muito insatisfeito. Ele sentiu que de alguma forma todo o caso parecia uma mera farsa, uma peça, já que foi descoberto que eles estavam lutando todo esse tempo por nada. A maior parte de suas tropas compartilhava desse sentimento e, no geral, a animosidade contra os xadreses aumentou em vez de se amenizar pelo término repentino da guerra. A notícia teve, é claro, de ser telegrafada para Boxen, onde os jornais cômicos a pegaram e aproveitaram ao máximo o episódio.

Capítulo XX

※ ※ ※

Em nenhum lugar do mundo o clima bom é tão aceitável quanto em Piscia, a adorável ilha da qual o Pequeno Mestre era nativo.

Milpanela, a principal cidade da ilha, estava se aquecendo sob um céu sem nuvens daquele tom profundo de ultimarinho imaculado tão raramente visto nessas latitudes. A leste, havia acres e acres de campos verdes subindo em encostas suaves até onde a montanha roxa se destacava contra o horizonte. A oeste estava o porto de Milpanela, onde a água cintilante refletia a cor do céu.

A porta trancada

Ao lado do cais, havia uma pequena e imaculada escuna de proa e popa, cujas proas ostentavam a legenda "Bósforo": era o barco de Macgoullah. A poucos metros estava o último empreendimento de Polônio Verde, o *Papagaio-do-mar*, um barco arrumado com pouco mais de 1.000 toneladas de registro.

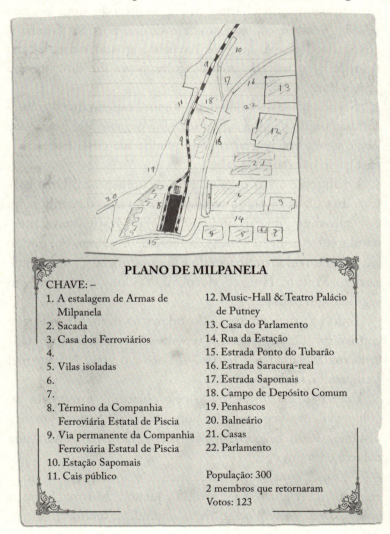

PLANO DE MILPANELA
CHAVE: –
1. A estalagem de Armas de Milpanela
2. Sacada
3. Casa dos Ferroviários
4.
5. Vilas isoladas
6.
7.
8. Término da Companhia Ferroviária Estatal de Piscia
9. Via permanente da Companhia Ferroviária Estatal de Piscia
10. Estação Sapomais
11. Cais público
12. Music-Hall & Teatro Palácio de Putney
13. Casa do Parlamento
14. Rua da Estação
15. Estrada Ponto do Tubarão
16. Estrada Saracura-real
17. Estrada Sapomais
18. Campo de Depósito Comum
19. Penhascos
20. Balneário
21. Casas
22. Parlamento

População: 300
2 membros que retornaram
Votos: 123

163

Boxen

Na baía, o *Turdídeo*, agora totalmente reparado, estava ancorado. A cidade estava sendo honrada por uma visita dos meninos e da Corte, é claro, acompanhada pelo Pequeno Mestre Grande.

Este último agora estava passeando vagarosamente pelo cais, fumando um charuto fino e segurando uma bengala pesada. Seu coração estava cheio de ira, pois Sir Ganso, o advogado-detetive, que ele havia designado para rastrear o infrator do caso da bola de golfe, havia lhe dito que era James Bar.

Grande havia decidido que era inútil esperar que o comissário de bordo de uma canhoneira lhe pagasse 50 libras, e seu plano agora era agarrar o urso quando ele desembarcasse e castigá-lo com sua bengala.

Finalmente a sua paciência foi recompensada! Uma barcaça imaculada disparou rapidamente do lado da canhoneira e se aproximou do cais onde o Pequeno Mestre estava alternando entre a ira frenética e a ferocidade calma. Por fim, o barco foi trazido para baixo do cais, e os oficiais, um por um, saíram. Murray, Hogge, Macphail, Wilkins, passaram; em seguida veio o urso!

Todo inconsciente de sua condenação iminente, o infeliz comissário subiu no píer. De repente, ele se assustou ao ouvir uma voz exclamar por perto: — Você é o urso! Não negue! Venha aqui, senhor!

Com isso, ele foi agarrado pelo colarinho e recebeu um golpe violento seguido por outro e outro. Segurando-o a distância de um braço, o sapo falou com ele, enfatizando cada palavra com um corte.

— Eu... confesso... que... não... vejo... graça... em... encher... a... cama... do... seu... Pequeno... Mestre... com... bolas... de... golfe. Você... me... entende... senhor!!!

A porta trancada

[N.T.: Lorde Grande tem a oportunidade de castigar corporalmente James Bar.]

Bar tinha o hábito de tagarelar quando estava irritado, e a ocasião presente não foi exceção; infelizmente para ele, seu fluxo de eloquência foi afogado pela torrente da indignação do pequeno magistrado. Acredito que é um axioma aceito que todas as coisas humanas devem chegar ao fim: Bar tinha começado a se desesperar de ver seus amigos novamente, quando finalmente o sapo deixou de lado sua bengala e carregou o comandante tagarela até a beira do píer.

Aqui, Grande deu um chute violento no urso, ao mesmo tempo que soltava a gola da camisa de sua vítima. O resultado foi que este último foi precipitado com grande força no porto.

Boxen

— É melhor você ficar onde está — gritou Grande enquanto Bar se levantava ofegante e sacudia a água de seu focinho marrom-jarrete.

Se virando, Grande viu os meninos se aproximando.

— Ah — disse —, acabei de dar uma lição a um desses ursos da qual ele vai se lembrar por muito tempo.

— Como? — perguntou Hawki.

— Eu o espanquei com minha bengala — disse lorde Grande.

Capítulo XXI

❋ ❋ ❋

Desde que Polônio Verde brigou com o visconde Puddiphat, ele mudou completamente seu modo de vida. Ternos de fraque, bailes e jantares não tinham mais nenhuma atração para o papagaio; em si mesmos, eles nunca tiveram, mas nos dias em que ele era amigo do visconde, ele os via como os passos necessários para aquele desconforto vago, mas invejável, conhecido como "sociedade". Mas isso tudo acabou agora: o fato de que ele havia sido subornado por Frater Sênior Von Quinklë para obter os assentos xadreses na camarilha de Boxen era agora universalmente conhecido para admitir qualquer ocultação, e isso acabou com suas chances de sucesso social.

Por uma semana ou mais, Polônio lamentou isso e fez uma ou duas tentativas de recuperar seu status perdido: todas foram fracassadas. Ele se excluiu completamente por suas ações.

Achando a restauração impossível, ele desistiu da ideia e retornou à antiga vida que levava antes de seus vapores clandestinos o tornarem rico. Primeiro, ele vendeu a Casa Shelling para Sir Ganso, que lhe pagou metade do que ele havia gasto;

ele então construiu uma casa pequena e aconchegante nas docas de Alegrete. Encontrando muito dinheiro em suas mãos, ele construiu para si dois novos navios, o *Pinguim* e o *Papagaio-do-mar*, navios irmãos de mil e cinquenta toneladas cada.

Na noite do dia em que Bar foi completamente derrotado, Polônio Verde estava sentado fumando no salão do último navio, que, como mencionamos, estava atracado em Milpanela.

Embora os tênues resquícios do adorável dia de primavera derramassem uma iluminação nada fraca através da claraboia aberta e das escotilhas polidas, a luz estava acesa: em seu brilho amarelo, era possível distinguir os contornos de uma cabine confortável. De cada lado havia um beliche, um para ele e outro para o imediato. O chão estava coberto com um luxuoso tapete de peru, pois, embora tivesse renunciado à sociedade, Polônio não tinha intenção de negar a si mesmo os confortos que podia pagar.

Pequeno jantar a bordo do *Papagaio-do-mar*.

Em um canto havia um grande fogão no qual queimava uma pequena chama e chiava uma formidável chaleira. Nas paredes, emolduradas, estavam penduradas a certidão de capitão de Verde, um calendário e um desenho a óleo mal pintado do navio. Do outro lado da mesa estava sentado Willoughby, o imediato, um marinheiro hábil que fazia parecer ter uma grande habilidade em questões de alfaiataria.

A mesa, na qual havia um salmão e uma língua enlatada, estava posta para quatro.

Polônio estava esperando companhia.

Capítulo XXII

❈ ❈ ❈

A porta do salão foi aberta e duas figuras entraram. O primeiro foi o sr. James Bar R.N., vestido com um excelente terno de passeio cor de chocolate, chapéu de palha e colete verde e vermelho. Ele foi seguido por Samuel Macgoullah, vestido com seu terno de sarja azul e chapéu-coco.

— Boa noite, cavalheiros — gritou Verde, levantando-se.

— O que diabos você estava fazendo, Bar, esta tarde?

— Quando?

— No cais com o Pequeno Mestre.

Bar corou de aborrecimento, que felizmente era invisível sob seu pelo castanho-avermelhado.

— Oh — ele respondeu após um momento de hesitação.

— Um pequeno caso de honra, um pequeno caso de honra!

— Sente-se — disse Verde. — Eu não acredito em você, Bar.

— Claro que não — disse Macgoullah. — Vamos Bar, desembucha!

— Desembucha o quê?

— A história da sua surra.

A porta trancada

Bar engasgou.

— Bem, é tudo por sua conta, Polônio.

— Eh. Tentando gentilmente transferir a responsabilidade?

— Bem, se você não tivesse sido expulso da camarilha, isso nunca teria acontecido.

— Como assim?

— Manteiga, por favor – Se você não tivesse vindo até mim naquela noite na... (sal)... escuna e me persuadido a encher a cama do Pequeno Mestre com bolas de golfe, eu teria ficado bem.

— Meu querido pequeno Bar — gritou Verde —, foi tudo ideia sua.

— Sim, mas por sua instigação.

— De qualquer forma — disse Willoughby —, a surra fez um bem enorme a ele.

Todos, exceto o próprio urso, concordaram de coração com essa declaração.

— O que você acha do Pequeno Mestre? — perguntou o cavaleiro xadrês imediatamente.

— Ele é um falço — disse Verde.

— Talvez — disse Bar —, mas ele é ok em algumas coisas.

— Por exemplo... — perguntou Verde.

— Bem, ele não me fez pagar por aquelas bolas de golfe. E embora ele tenha insistido em se envolver em uma briga vulgar nas docas, não tenho certeza se pagar não teria sido muito pior.

— Ah, mas ele é um amigo seu.

— Ele não é — disse Bar com grande ênfase. — Ele odeia todos os ursos e especialmente os pequenos de cor marrom--jarrete. Talvez eu pudesse ter me tornado seu amigo aos poucos, mas pelo truque da bola de golfe eu tranquei a porta para seu conhecido para sempre!

Fim

Obri-Gad

Um rascunho

I

✡ ✡ ✡

Lorde Grande já foi um sapo jovem. Houve um tempo (antes de ser Pequeno-Mestre) em que ele era pequeno e até ágil; quando ele se sentou em um obscuro banco traseiro no Parlamento como um novo membro impressionado; quando ele estava impressionado, mas pouco notado pelo continente que estava destinado a governar, falando em termos práticos: quando seus inimigos não podiam irritá-lo mais do que chamando-o de "girino imaturo".

Foi *nesse* estágio que ele estava quando ficou perigosamente doente e entre a vida e a morte por muitas semanas. Em sua recuperação, ele foi enviado em uma curta viagem marítima para se recuperar: seu pai, o velho Grande de Grandevila, decidiu mandá-lo para Obri-gad, um obscuro estado independente entre a Turquia e Pongee.

Assim, ele embarcou a bordo do *Albatroz*, uma escuna comercial de 500 toneladas equipada com motores auxiliares de pás de 27 cavalos de potência (nominal).

Os dias de dirigir a meia nau ainda estavam em sua infância, e o *Albatroz* era controlado por um volante em seu elevado

Obri-Gad

castelo de popa. O capitão era um tal de Nicholas Redige, um robusto papagaio-do-mar por quem lorde Grande logo desenvolveu grande afeição e admiração.

O navio tinha casco de madeira, e o pistão — no topo de seu curso — subia alto acima do convés através de uma abertura oblonga construída para esse propósito; o topo da caldeira projetava-se alguns metros acima do nível do convés, mostrando a cúpula e as válvulas de segurança.

[N.T.: A Jornada.]

Com seu porão cheio de carvão, ela estava fazendo uma excursão a Constantinopla, atracando em Obri-gad. O salão, que ficava no castelo de popa, e as cabines abaixo dele, podiam acomodar 12 passageiros, mas lorde Grande era, nessa ocasião, o único.

Assim era o navio, em cuja popa o jovem sapo se encontrava, enquanto a embarcação bufava e ofegava em seu laborioso caminho para fora de Alegrete. Ao lado dele estava Redige perto do leme, que estava nas mãos de um peão xadrês.

— Sim, meu senhor — disse o capitão —, é uma vida boa para eles que gostam disso, e não sei, mas eu não faria isso de novo. Mas eu estaria perdido se gostasse dessas viagens turcas; me dê uma virada de vendaval uivante se quiser, mas não um turco.

— Por quê? — perguntou o outro.

— Boum — disse o papagaio-do-mar —, você nunca pode "ter" eles. E eles são tão escorregadios, meu senhor, você preferiria segurar um peixe. Eles nunca ficariam parados em Ponto do Arenque.

— Eu suponho que não.

— É para Obri-gad que estaria indo, meu senhor?

— Sim. Que tipo de pessoas eles são?

— Os piores. Mas alguns deles vão servir um pouco. Mas é um lugar grandioso.

— Eu suponho que sim.

— Sim, e você também saberá! O que foi que o poeta disse… "Danphabel com seus mil choupos coloridos"? Mas não tinha um saveiro fora Obri-gad'.

— "Cópulas coloridas", eu acho.

— Sim, era isso. Mas não importa, não importa, Uma cerveja à porto Joe, nunca consegui distinguir uma planta da outra.

Obri-Gad

— Quando chegaremos a Obri-gad?

— Talvez em quatro dias.

— Oh. Bem, você vai nos chamar para lá novamente no seu caminho de volta...?

— Eu vou.

— Bem, você vai me pegar então. Isso será em cerca de dez dias...?

— Dez dias?... O que você tá achando que é a velha escuna? Dez...? Por que sete a noz por hora.

— Oh, peço desculpas. Ela deve ser um barco rápido.

— Você não consegue ver por si mesmo? — perguntou Redige indicando a costa da Terra dos Ratos a bombordo, que estava se movendo muito lentamente.

— Ora, com certeza — disse lorde Grande. — E agora devo lhe desejar boa noite.

— Certo, meu senhor. Grite pelo comissário, não há sino.

II

❈ ❈ ❈

— Lá é Obri-gad?

Foi lorde Grande quem falou. Ele e Redige estavam de pé na barriga do navio, bem perto do topo da caldeira fervente: foi cerca de quatro dias depois da conversa narrada em nosso último capítulo. Enquanto falava, ele apontou para um trecho de terra baixa bem longe, a estibordo.

— Isso mesmo, meu senhor — respondeu o capitão —, tão certo quanto eu estou bufando.

— Estaremos lá em cerca de uma hora?

— Três quartos de hora, nem um minuto a mais! Você tem uma opinião ruim sobre meu barco.

Boxen

— De jeito nenhum, mas eu sei pouco sobre navios.

— Eu nunca conheci ninguém que soubesse menos, peço desculpas mesmo assim.

— Oh, claro: eu mesmo confesso. Então você vai me chamar em sete dias?

— Sim, meu senhor.

— Sem falta?

— Eu nunca falhei com um passageiro — disse o papagaio-do-mar orgulhosamente.

Deixando o passageiro refletir sobre isso, ele se virou e subiu os degraus para o castelo de popa.

Lorde Grande andou para a frente e sentou-se no degrau mais baixo da escada que levava ao castelo de proa. O navio estava acelerando, com cada ponto de lona definido, sob a dupla proa do vento e do vapor: virando em um ângulo considerável com uma de suas rodas de pás enterrada em espuma cinza e os outros três quartos fora d'água, ele estava fazendo uma velocidade de nove nós por hora, um progresso considerável para o tempo do qual estamos falando. Observando com ansiedade a linha da costa (para a qual estavam convergindo com rapidez tolerável), ele conseguiu distinguir as cúpulas e minaretes brancos brilhantes da cidade onde esperava passar uma semana agradável. Os minutos passaram rapidamente, interrompidos apenas pelos comandos que Redige gritava ocasionalmente da popa e pelos relatos roucos do vigia.

Por fim, a escuna começou a abrir caminho para a baía confortável da qual o porto de Obri-gad era formado. Pouco a pouco, o capitão recolheu sua lona e o operador ficou pronto para parar sua maquinaria. Por fim, o barco chegou ao lado do parapeito de pedra que era dignificado pelo nome de cais: estava lotado de islamitas de túnica e barba, que se moviam com gritos e preguiça. A passarela foi empurrada para bordo e, levantando sua bolsa, lorde Grande caminhou até o solo de Obri-gad.

III

⚅ ⚅ ⚅

O brilho implacável do sol batia na rua angular do bazar dos vendedores de vinho, tão brilhantemente que doeu nos olhos de lorde Grande olhar para as paredes de alabastro branco das casas; que as sombras claramente definidas pareciam tão negras quanto azeviche; uma confusa babel de vozes estridentes e discordantes enchia a atmosfera pesada.

Lorde Grande estava de pé, bolsa na mão, olhando ao redor. Meia dúzia de nativos o cercavam gritando para carregar sua bolsa. Dando-a a um, ele desejou ser levado à Estalagem do "Dragão". Seguindo o homem, ele subiu rua após rua sempre para cima, até que, depois de um quarto de hora de caminhada, eles pararam diante de um longo edifício baixo. Ao entrar, ele se viu em uma sala de estar rebaixada e mal iluminada, mobiliada com três mesas e alguns bancos baixos.

Seus companheiros de viagem, três em número, eram notáveis. O primeiro, um lama do norte, estava sentado em um canto escuro balançando-se para a frente e para trás enquanto rezava suas contas; o segundo, um comerciante gordo de Constantinopla, estava comendo um prato desagradável na mesa; o terceiro estava deitado no chão no caminho do sapo. Ele era envelhecido e parecia furioso.

— Você se importaria de se mover, por favor, senhor? — disse Grande. A figura prostrada lançou-lhe um olhar e fechou os olhos novamente. O sapo reiterou sua pergunta e desta vez não teve efeito algum.

Boxen

— Ah, juro por mim que não vou tolerar isso — gritou lorde Grande, dando um chute selvagem no ofensor e entrando em casa. A figura magra e bêbada levantou-se e xingou com uma fluência e acabamento artístico que daria crédito a um capitão mercante Clarendoniano.

Então lorde Grande continuou a viver na Estalagem do Dragão, assim como o outro, mas o Sapo esqueceu e ele não esqueceu.

IV

⊗ ⊗ ⊗

No sétimo dia, enquanto lorde Grande caminhava alegremente pela estrada em que a "Dragão" estava situada, ele ficou surpreso e um tanto alarmado com o advento repentino e barulhento de cerca de meia dúzia de soldados armados do governador. Seu desânimo e ira podem muito bem ser imaginados quando os robustos patifes avançaram até ele e, sem lhe dar tempo para repreensão ou questionamento, o agarraram firmemente e começaram a apressá-lo em ritmo rápido.

Por alguns minutos, o infeliz Pisciano ficou surpreso demais para pronunciar uma palavra e, quando se recuperou o suficiente para formular uma frase, descobriu que tinha que dedicar todo seu fôlego e concentrar toda sua energia no trabalho de correr. Seus captores o fizeram correr pelo labirinto de íngremes vias que levavam ao porto; ao alcançá-lo, o sapo encontrou duas pessoas que pareciam esperar a chegada de seus carcereiros e dele: uma era o excelente cavalheiro que ele havia chutado em seu primeiro dia, e seu companheiro era sua excelência o vice-governador imperial de Obri-Gad.

Este último falou: — Meu bom senhor, tenho um dever desagradável a cumprir: é lei do Imperador que nenhum estrangeiro deve permanecer em nosso solo por seis dias consecutivos; você ultrapassou seu tempo e, portanto, deve ser expulso.

— Expulso? Vamos, senhor, isso é irregular — reagiu o sapo — e, além disso, não vou tolerar isso. Não sabia nada sobre essa lei.

— Você deveria ter se dedicado a aprender nossas leis — disse o cavalheiro que lorde Grande havia chutado.

— Oh, é a você que devo agradecer por isso? — disse Grande.

O cavalheiro fez uma reverência.

Com um monossílabo do governador, o sapo foi escoltado até a beira do cais. Então, ele sentiu uma emoção repentina, uma lufada de ar e o estalo de água morna.

Dez minutos depois, um sapo pingando estava desconsolado no convés do *Albatroz*. — Bem, Redige — disse ele —, não posso voltar lá por algum tempo.

— Nunca mais — disse o papagaio-do-mar.

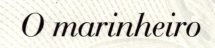

O marinheiro

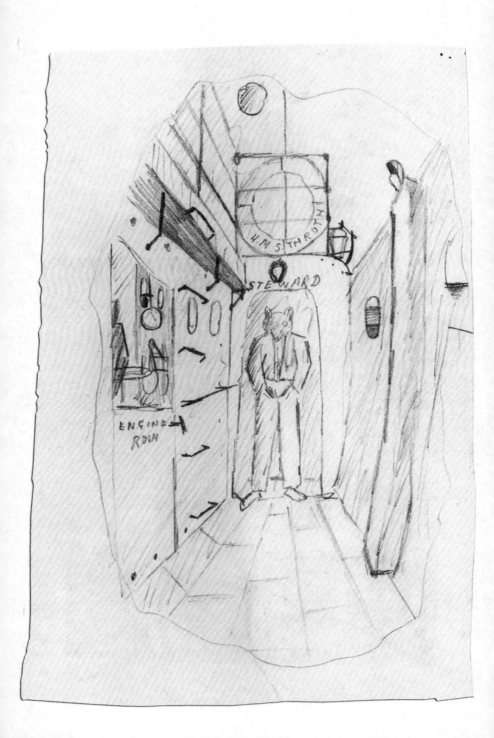

O marinheiro

Um estudo

VOLUME I

Capítulo I
O VIAJANTE

O expresso de Charlestown ofegava em seu caminho barulhento para o terminal de Alegrete, e sua sentinela foi o sinal para uma corrida de carregadores ansiosos em direção à borda da plataforma marrom cuja superfície permitia o pouso dos passageiros do trem. Quando os freios rangeram e as rodas pararam de girar, a porta de um compartimento de primeira classe se abriu para dar saída a um passageiro, de quem é desejável que façamos uma breve inspeção.

Ele era um gato jovem, forte e rijo, cuja baixa estatura não era deformidade, já que o resto de sua figura bem moldada era modelada em harmonia com suas polegadas. Seu rosto não tinha nada em comum com a maioria de seus compatriotas, aquela expressão suave de preguiça lânguida, que é tão frequentemente predominante na fisionomia de um gato, sendo substituída por uma de vivacidade intelectual cujo vigor equivalia quase à ferocidade. Sua cabeça, como a de todos os

Boxen

gatos, era bonita e bem colocada sobre seus ombros firmes, e era adornada com uma riqueza de pelo cinza macio que o revelava como um suposto "persa". Seu passo firme e elástico, sua expressão clara e inquisitiva, a decisão e compostura com que ele respondia a qualquer observação de seus companheiros de viagem, tudo tendia a mostrar um caráter borbulhando com entusiasmo juvenil e decisão. Embora seu traje não revelasse nenhuma ostentação, nem mesmo uma atenção indevida ao banheiro, seu terno de sarja azul e gravata marrom cuidadosamente amarrada estavam limpos e bem conservados.

Tendo recolhido seus pertences e, não sem dificuldade, conseguido um táxi, ele direcionou o motorista para o Cais Real, um centro bem conhecido das docas de Alegrete. Enquanto era conduzido pelas ruas movimentadas da capital de Terranimal, o jovem gato criado em casa não pôde deixar de se interessar pelo panorama curioso e vivaz que elas apresentavam à sua vista. Os prédios altos e as ruas lotadas dificilmente deixariam de impressionar alguém que tivesse visto apenas as avenidas tranquilas de Charlestown ou os mercados sonolentos de vilas felinas.

Assim agradavelmente ocupado em observar os arredores tão novos quanto atraentes, o jovem gato não percebeu o lapso de tempo ou a distância que seu veículo viajou, e ficou um tanto surpreso ao perceber que havia parado, e seu motorista abriu a porta para deixar entrar a névoa cinza e úmida e a chuva fina que estavam no momento honrando a metrópole com sua presença.

— Oh... er... sim: para onde eu quero ir? Oh, você sabe onde eu poderia conseguir um barqueiro para me levar até o navio de sua Majestade, o *Greyhound*?

— Sim, senhor. Você gostaria de pegar a barcaça?

— Se eu puder — respondeu o gato. Como resposta, o motorista do táxi agarrou o baú solitário de seu passageiro

O marinheiro

e, ordenando que o seguisse, levou-o até a beira do cais e, olhando para a névoa, chamou: — Sr. Mus?

Os olhos penetrantes do viajante não tiveram muita dificuldade em decifrar uma pequena lancha a vapor deitada na água oleosa abaixo de seus pés. Na popa, o que antes parecia um fardo inanimado, mas que agora era presumivelmente "sr. Mus", levantou-se e gritou com um forte sotaque de rato: — É você, Harvey?

— Sim. Tenho o cavalheiro aqui.

— Vou apenas levar meu pequeno barco até os degraus, e você terá paz.

Caso nossos leitores não tenham adivinhado, pode ser conveniente declarar que nosso jovem felino era um oficial da marinha, que, tendo sido recentemente libertado das amarras de uma faculdade naval, estava a caminho de se juntar ao seu primeiro navio. Assim, como pode ser facilmente compreendido, ele ouviu com emoções misturadas de expectativa e nervosismo esse diálogo, e olhou para a névoa fumegante, em uma tentativa vã de distinguir o navio que já era em sua mente o cenário de muitos triunfos e aventuras. Mas o motorista da barcaça não lhe deu muito tempo para tais reflexões e, puxando seu navio até um lance de degraus construído para esse propósito contra a parede imponente do cais, interrompeu-os com um respeitoso, mas animado — Pule a bordo, senhor! O senhor é o sr. Cottle, o novo oficial da marinha, não é?

— Sim — respondeu o jovem —, e estou falando com...?

— Jerry Mus, senhor, segundo engenheiro e chefe do grupo de proa.

Grandemente aliviado ao descobrir que ainda estava na presença de seu oficial inferior, Alexander Cottle pagou o taxista e se acomodou nas tábuas de popa da barcaça, onde dois assentos acolchoados foram fornecidos para o engenheiro e seu passageiro. Seu baú foi acomodado em um assento correspondente na proa, o rato abriu o acelerador e o jovem felino partiu em direção ao *Greyhound* e em direção à sua carreira naval.

Enquanto o pequeno barco soprava ruidosamente nas águas oleosas do rio, ele teve tempo de sobra para observar seu companheiro e adivinhar sua provável posição a bordo do navio. Mus era um rato baixo e magro, cujo focinho magro e irregular tinha mais sabor de rato do que daquela tribo à qual ele professava pertencer.

Após cerca de dez minutos de corrida, uma massa negra surgiu na névoa, e o coração de Cottle bateu forte quando ele olhou finalmente para o navio que ele tantas vezes construiu em sua mente e salvou do desastre em seus sonhos. Era um cruzador de segunda classe e havia sido construído há apenas uma semana, de modo que, mesmo através da névoa ondulante, parecia brilhante e novo. De seus detalhes, Cottle conseguiu entender pouco e, assim, sem nenhum conhecimento do que estava diante dele, ele pisou a bordo.

Capítulo II
O serviço

⬙ ⬙ ⬙

Apenas quando Cottle ganhou um ponto de vantagem ao chegar ao convés do cruzador que ele percebeu que o navio não estava sozinho no rio, e sim ao lado de uma pequena canhoneira na qual inúmeros homens — parecia ser toda a tripulação — estavam envolvidos no transporte de todos os tipos de mercadorias, desde rifles e canhões até mesas e pratos. Eles estavam tão absortos em sua tarefa que o jovem gato conseguiu ficar ali parado sem ser notado por algum tempo,

O marinheiro

contemplando a cena movimentada que era tão diferente de qualquer experiência que ele já tivesse tido. Ele entendeu, e com razão, que o navio menor era o *Turdídeo*, que agora estava sendo tirado de linha, enquanto seus oficiais e tripulantes estavam assumindo o recém-construído *Galgo*.

No passadiço havia um homem alto e de barba feita, cujo rosto bonito, mas um tanto cáustico, estava nublado por uma expressão de preocupação e ansiedade. Cottle entendeu que essa pessoa era comodoro Murray, o mestre do navio, o que se supõe que ele estava correto. Um gato jovem e inteligente, que conhecia o uniforme de cada hierarquia e departamento, naturalmente não teria dificuldade em reconhecer mentalmente a maioria dos funcionários que estavam envolvidos no transporte das mercadorias.

Na porta do salão estava um urso baixo, tão baixo que até Cottle poderia olhar por cima de sua cabeça. Ele era roliço e bem nutrido, para não dizer inchado, e seu pelo, que era da cor mais rica de marrom, tinha sido devidamente penteado e escovado em sua cabeça de projétil: ele usava um sorriso largo e acolhedor, e parecia absurdamente satisfeito consigo mesmo e com todo o mundo. Ele estava vestido com calças azuis empoeiradas e um longo sobretudo. Esse personagem grotesco, no entanto, parecia exercer autoridade ilimitada sobre seus companheiros, e de seu posto ele gritou ordens tirânicas para aqueles que estavam trabalhando. Assim, apesar de uma certa ausência de decoro em seu traje e uma insignificância de semblante e estatura, Cottle não pôde deixar de pensar que o pequeno urso era um almirante inspetor pelo menos.

Enquanto refletia sobre essa tensão, sentiu um leve toque em seu braço e, virando-se, viu-se cara a cara com o indivíduo que ele havia espiado alguns minutos antes no passadiço.

— Ah! — disse o estranho. — Suponho que seja o sr. Cottle, o oficial júnior da marinha.

Boxen

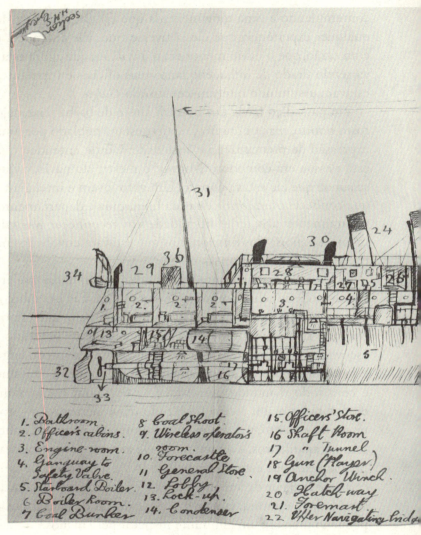

[N.T.: 1. Banheiro; 2. Cabines dos oficiais; 3. Sala de máquinas, 4. Portalós para a válvula de segurança; 5. Caldeira de estibordo; 6. Casa de caldeiras; 7. Paiol de carvão; 8. Calha de carvão; 9. Cabine do operador de rádio; 10. Castelo de proa; 11. Armazém geral; 12. Saguão; 13. Cela; 14. Condensador; 15. Armazém dos oficiais; 16. Sala do eixo; 17. Túnel do eixo; 18. Canhão (artilheiro); 19. Guincho de âncora; 20. Escotilha; 21. Mastro de proa; 22. Ponte de comando superior.

O marinheiro

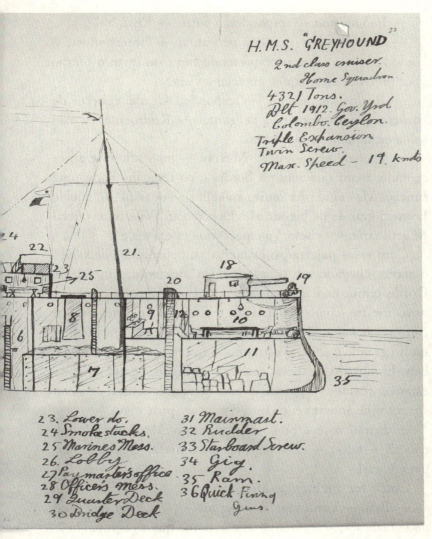

23. Ponte de comando inferior, 24. Funil;
25. Rancho dos marinheiros; 26. Saguão;
27. Escritório do intendente; 28. Rancho dos Oficiais; 29. Tombadilho; 30. Convés do passadiço; 31. Mastro principal; 32. Leme; 33. Hélice de estibordo; 34. Bote; 35. Rostro; 36. Canhões de tiro rápido.

HMS "Galgo"
Cruzador de 2ª classe.
Esquadrão Nacional.
4321 toneladas.
Construído em 1912. Estaleiro do governo.
Colombo. Ceilão.
Expansão tripla.
Hélices duplas.
Velocidade Máxima – 19 nós.]

Boxen

— Isso mesmo — respondeu o outro. — Eu...

— Bem, se me permite perguntar — interrompeu o comodoro —, o que você pretende fazer ou quanto tempo você pretende ficar aqui e apreciar a vista?

— Realmente, senhor — respondeu Cottle, coberto de constrangimento por essa pergunta. — Realmente, eu não sabia exatamente o que fazer.

— Você deveria — disse Murray — ter vindo e se apresentado assim que subiu a bordo, e eu teria lhe dado uma função. Mas ainda há muito trabalho a ser feito. Vê aquele homem grande de bigode ali? Esse é o sr. Wilkins, o oficial de artilharia, seu chefe. Vá e peça uma tarefa a ele.

Com essas palavras, o estranho saiu apressado, deixando o recém-chegado em uma condição um tanto sem fôlego. Cottle temia não ter causado uma boa impressão em seu novo mestre, como gostaria de ter feito, e se apressou em compensar, correndo para o sr. Wilkins, que era um homem muito grande e de jeito estranho, com um rosto preguiçoso e bem-humorado, e cabelos cacheados e bigodes castanhos; ele estava encostado na parede da casa do convés central e piscou em reconhecimento enquanto o gato se aproximava.

— Então você é nosso jovem amigo Alexander Cottle, não é? — falou. — E você quer uma tarefa? Quem sou eu para julgar!

Cottle fez um barulho afirmativo.

— Bem — continuou seu mentor —, o melhor que você pode fazer é entrar no arsenal e garantir que os companheiros arrumem todas as coisas: preciso tirá-las do *Turdídeo*. Querido velho *Turdídeo*! Você se lembra — bem, seria como puxar um fio velho. Pode ir!

Cottle correu pela porta da casa do convés e, tendo abordado o primeiro marinheiro que conheceu quanto ao local do

O marinheiro

arsenal, desceu para lá e passou o resto da manhã trabalhando mais, talvez, do que qualquer um a bordo. Foi, portanto, com alívio que ele ouviu a campainha para o almoço e correu no convés para encontrar seu novo amigo, Wilkins. Este estava no convés de passeio e o escoltou para o salão: se dirigindo a Cottle, perguntou:

— Quem é aquele urso marrom, que está gerenciando tudo? Algum almirante?

O outro riu alto e desengonçado e respondeu:

— Oras, é o só o pequeno James Bar, o comissário.

— Quem me chamou de comissário? — gritou o urso, surgindo do salão; ele virou-se para Cottle e disse em um tom altamente paternalista. — Eu, meu amiguinho, sou o segundo tenente, James Bar, da Marinha Real, intendente e chefe do departamento de abastecimento. Você não deve acreditar em tudo o que Wilkins diz.

Seja condescendência do pequeno urso ou o próprio orgulho de Cottle, não se sabe bem, mas esse discurso deixou uma impressão altamente desagradável na mente do gato. Enquanto ele tentava sufocar o que considerou um mero preconceito, eles chegaram ao salão e sentaram-se para um merecido almoço. Cottle notou uma nova face no rancho dos oficiais e foi formalmente apresentado ao dono dela como Macphail, o engenheiro. Ele era um homem esguio, amargurado, mas não era desagradável, cujo comportamento, que era grave e até melancólico, parecia apontar para uma idade maior do que a de outros membros do rancho, exceto apenas pelo comodoro.

A conversa durante a refeição caminhou para tópicos navais, sobre os quais o jovem gato tinha pouco a dizer. Assim que eles estavam saindo da mesa, um marinheiro entrou para dizer que uma mensagem havia acabado de vir de Oliver

Vant, o primeiro lorde, informando que o sr. Cottle deveria ir à terra firme, ao almirantado, imediatamente.

Capítulo III
Os políticos

✠ ✠ ✠

Embora a cidade de Alegrete realmente fique no terreno de Terranimal e seja separada por água de qualquer parte da Índia, no entanto é aqui, no seu imponente palácio Riverside, que os monarcas dessas duas nações unidas se hospedam principalmente. E é para cá também que o Pequeno Mestre os segue. O cargo de pequeno magistrado é, como todos sabem, um posto pesado e cheio de responsabilidade, mas, tendo isso em mente, ainda podemos dizer que lorde Grande o exerceu admiravelmente.

Esse sapo notável, além de suas muitas excelentes qualidades, possuía uma vantagem sobre seus dois soberanos, o que era de grande utilidade para si mesmo. Como um sapo jovem, ele era o tutor deles e, por vários anos, cumpriu os deveres daquela função bem e devotamente; e como os príncipes de sangue têm pouquíssima chance de se associarem aos seus próprios pais, os dois príncipes vieram considerar o lorde Grande, se não como pai, pelo menos como uma relação estimada e venerável. Portanto, em sua capacidade de Pequeno Mestre (que, posso acrescentar em benefício dos estrangeiros, é um ofício que compreende os deveres de presidente da Câmara Dupla e conselheiro-geral dos reis), nessa capacidade, eu digo que ele exerceu um poder que, mesmo que ocasionalmente o dirigisse erroneamente, sempre quis fazer o melhor.

Tal era o bendito que andava ansiosamente na Grande Galeria do Palácio Riverside, com uma expressão ansiosa e

O marinheiro

impaciente em seu belo rosto. Ele estava vestido com um terno sóbrio de sarja, bem cortado à moda de dez anos atrás e, repetidamente, virou seus grandes olhos âmbar na direção do relógio, como se aguardasse um convidado. Quando o mecanismo assustou o mestre ao badalar as três horas bem perto da orelha do pequeno magistrado, a porta da galeria foi aberta e um lacaio anunciou:

— Lorde Oliver Vant e marechal de campo Fortescue, para ver vossa senhoria.

Esses dois indivíduos entraram e avançaram em direção ao sapo. O primeiro, de quem já ouvimos falar como primeiro senhor do almirantado, era um porco alto e magro, de semblante extremamente melancólico, mas gentil. Estava vestido com um fraque adornado com cordões e meias de seda condizentes com seu cargo e andava com seus pequenos olhos fixos no chão de pedra diante de si. Seu companheiro era um homem de médio porte, vestido com um terno sóbrio e liso. Seu rosto estava vivo, cheio de vigor e interesse, e seus olhos tinham um olhar penetrante que parecia ser onipresente. Essas duas pessoas, respectivamente os chefes do escritório de guerra naval e do militar, eram homens de personalidades amplamente diferentes.

O motivo de o primeiro ter conseguido seu posto era um mistério que poucos boxonianos conseguiam resolver: ele era um filósofo pomposo e pouquíssimo prático, sobre quem o mais simplório dos súditos poderia se impor com facilidade. Antes, ele era originalmente um corretor de bolsa de valores e, nessa profissão, exibiu uma inteligência bastante oposta ao seu modo habitual.

Fortescue, por outro lado, era um soldado rápido e prático, que fez uma tentativa tão vigorosa para reformar o exército que era agora um dos homens menos populares em Boxen.

191

Boxen

Tais eram os visitantes do sapo, e ele parecia feliz de vê-los.

— Pois não? — disse ele.

— Meu querido Pequeno Mestre — disse o porco —, é como temíamos. Ao consultar nosso amigo Putney, o tesoureiro, ele confirma sua opinião de que a dívida nacional é tão grande que Boxen mal pode manter a cabeça acima da água, muito menos promover a reforma dos serviços.

— E — interrompeu Fortescue —, em sua condição atual, estão bastante inaptos para defender o país contra qualquer poder de primeira linha.

— Bem — disse lorde Grande —, onde está a falha? O que exatamente há de errado? Como isso pode ser corrigido?

— Com dinheiro! — falou o marechal de campo, asperamente.

— E não apenas com dinheiro, meu jovem amigo — disse Oliver —, mas com reformas. Não é a falta de navios ou armamentos que degenerou a nossa marinha, transformando-a no que é. É a incompetência e a imoralidade dos indivíduos — a falta de "espírito de equipe".

— Ah, que bobagem — disse o Pequeno Mestre, esquecendo todas as convenções. — Claro, vocês podem falar assim a noite toda e nunca chegarão a nada concreto.

— E, no entanto, meu senhor — disse Fortescue —, há verdade nas observações de lorde Vant. Os oficiais deram um mau exemplo.

— Ah, eles deram? — disse lorde Grande. — Bem, demitam todos eles.

— Não é possível — explicou Fortescue — agir assim neste caso. É um tom contra o qual nos movemos, não um crime concreto.

— Ou melhor — observou Oliver —, uma ausência de tom.

— Pois bem — disse Grande —, confesso que não sei o que fazer!

O marinheiro

— Escute! — explicou Oliver. — Há um fluxo constante de recrutas jovens entrando o tempo todo em nossas faculdades navais e militares, e é nelas que devemos colocar nossa esperança. A geração atual está perdida demais para ser influenciada por quaisquer de nossos esforços. É nosso dever, portanto, escolher um jovem confiável em cada navio ou regimento e fazer que seu trabalho seja reformar aquele navio ou regimento. Se for jovem, entusiasmado e discreto, e estiver bem alertado contra aqueles que deve enfrentar, ele terá toda a esperança de sucesso.

— Seu plano é excelente em teoria, meu lorde — respondeu o marechal de campo —, mas temo que seja impraticável. Onde devemos encontrar esses jovens oficiais e como garantiremos seu valor?

— O plano está bom — disse lorde Grande, com grande aprovação em sua voz.

— Bem — disse Vant, com o ar de um mágico que acabou de tirar um ovo do chapéu —, eu, providencialmente, trouxe comigo para experimento um jovem que observei cuidadosamente durante a sua carreira na faculdade e estou convencido de sua integridade e de seu patriotismo. Permita-me trazê-lo da antessala.

— Mas é claro — respondeu o Pequeno Mestre, com interesse.

Capítulo IV
A MISSÃO

❈ ❈ ❈

Lorde Oliver Vant deixou a galeria e voltou alguns momentos depois, trazendo consigo um jovem felino oficial da marinha, o qual meus leitores imaginaram sem dúvidas ser ninguém mais do que Alexander Cottle, que naturalmente ficou surpreso e envergonhado por ser assim conduzido na presença do governante virtual de Boxen.

— Este é meu jovem amigo — apresentou Vant com um ar de propriedade. — E, eu confio, um excelente precursor da linha de reformadores que esperamos enviar.

— Qual é o seu nome? — perguntou lorde Grande.

— Alexander Cottle, meu senhor — respondeu o gato.

— E você está ciente do propósito — perguntou Fortescue — para o qual lorde Vant trouxe [você] aqui?

— Eu sei, meu senhor — respondeu Cottle —, que o seu senhorio pretende reformar a marinha, mas ainda não fui informado em qual parte eu posso ter serventia em tal trabalho.

— Bem — disse Oliver —, você entrou neste dia em seu primeiro navio, e ainda conhece pouco os seus colegas oficiais.

O marinheiro

Você é jovem e, acredito, vigoroso, e estou confiando a você uma tarefa que pode alterar o mundo.

Cottle olhou para seus ombros musculosos, como se esperasse vê-los esmagados por tal imposição. Oliver continuou:

— Você se esforçará por todos os meios em seu poder para reformar e limpar seu navio? Você enfrentará oposição e encontrará um trabalho difícil. Mas o sucesso não é impossível. Uma palavra de aviso — sussurrou essas palavras em uma voz inaudível para o resto da companhia —, em seu navio, você encontrará um ursinho traiçoeiro; o caso dele não é perdido, você pode reformá-lo.

— Vou tentar, meu senhor — disse Cottle —, mas não tenho muita clareza sobre o que devo reformar.

— O tom — explicou lorde Grande.

— Mas, meu senhor — retorquiu o jovem gato —, não vejo nada de errado com o tom.

— Que absurdo! — exclamou lorde Grande, nervoso. — Se você...

— Lembre-se — insistiu Oliver —, o garoto está neste navio há menos de vinte e quatro horas.

— Bem — interferiu Fortescue —, o sr. Cottle tem a nossa licença para sair do palácio?

Isso foi respondido afirmativamente e Cottle saiu de Riverside como em um sonho. No caminho para o palácio, lorde Vant havia lhe contado uma longa diatribe sobre a decadência da marinha, a qual o jovem havia ouvido a princípio com incredulidade e depois com profunda tristeza. A ideia de que o bondoso porco poderia estar exagerando ou tivesse enganado nunca ocorreu a Cottle, que viu a marinha ideal, que ele imaginou em sua mente, se despedaçar como um castelo de cartas. Aos contrário de Bar, sinto dizer que Cottle estava pronto demais para acreditar ser um degenerado,

Boxen

porque o caráter negligente, divertido e um tanto solto do pequeno urso mal-humorado não podia deixar de se chocar com o jeito entusiasmado e forte do gato. Mas foi um golpe cruel para ele pensar em seu novo amigo Wilkins como um criminoso, pois, após a afirmação de Vant, ele o considerava um pouco melhor. Esta era então a marinha!

Mas ele inflou de orgulho pensando na missão que havia aceitado, e na sua imaginação se viu já famoso como o reformador da marinha de Boxen. Nunca ocorreu ao jovem patriota que havia algo ridículo na ideia de ele, um jovem tenente, ser incumbido de reformar marinheiros como Murray ou Macphail.

Pensando assim, ele pegou um bonde pelas ruas iluminadas até o Cais Real onde a pinaça estava ao lado da massa de luzes que mostravam o *Galgo*, e pagou um barqueiro para levá-lo até lá.

Quando entrou no salão, de onde vinha um brilho de luz vermelha e quente, ele viu uma figura avançando para encontrá-lo. Era Bar.

— Olá — cumprimentou o intendente com uma risada. — O que você foi fazer no almirantado? Eu conheço Vant, um pouco. O que você achou dele?

— Eu não vi — respondeu Cottle rigidamente — nada para se opor no caráter de seu senhorio.

— Ora — disse Bar com raiva —, não precisa falar assim sobre isso.

Cottle viu Wilkins no feixe da luz lançada pela porta aberta do salão e, passando pelo pequeno [urso] castanho, foi recebido alegremente pelo oficial de artilharia:

— Olá, Cottle, está atrasado para ter licença para ir à terra firme, isto é, se quiser comer algo no jantar. A pinaça está partindo.

O marinheiro

Então Cottle comeu sua refeição sozinho e foi para a cama, meditando sobre os estranhos acontecimentos de seu primeiro dia de vida naval.

Capítulo V

O INTENDENTE

⊠ ⊠ ⊠

A primeira pessoa a acordar na manhã seguinte a bordo do *Galgo*, ou de qualquer forma entre os oficiais, foi o nosso amigo James Bar. Esse bendito, que apesar da bebedeira à qual se entregou durante a noite, acordou com a mente clara, pronta para enfrentar o que o dia pudesse trazer.

Enquanto estava deitado em seu beliche, percebeu que, com seu transporte para sua nova embarcação, um novo estágio de vida havia começado para ele e seus camaradas; viu, com um pressentimento sombrio, o cronograma em sua parede, que ordenou insensivelmente o dobro do trabalho por dia do que ele fazia no *Turdídeo* e, o pior de tudo, pensou em seu novo camarada de rancho, Alexander Cottle. A presunção e a indulgência não haviam cegado tanto o urso a ponto de ele deixar de perceber que o recém-chegado seria um fator muito importante na economia interna do navio e, sendo um juiz astuto dos homens, ele imaginou que o gato não seria apenas vigoroso, mas também ansioso para transmitir essa qualidade àqueles a sua volta.

E, de novo, houve aquela visita de Cottle a Vant! O próprio Bar estava na posição altamente embaraçosa de ser um dos "protegidos" do almirante e, embora ele não tenha gostado desse estado de coisas, ele não desejava compartilhar isso com um jovem que percebeu que seria seu rival.

Com pensamentos como esses em sua mente, o intendente acordou e, vestindo-se com um uniforme de trabalho surrado, acendeu um cigarro e foi para o convés. Enquanto o urso estava andando lentamente no convés de passeio e vendo os edifícios que se alinhavam de ambos os lados do rio, foi recebido por Cottle, que, vestido com nada além de seu pelo, estava encharcado de água salgada.

Como Bar não tinha intenção de deixar seus sentimentos serem vistos, ele disse alegremente:

— Homem ao mar, Cottle?

— Não.

— O que aconteceu então?

— Eu tomei um banho.

— O quê??

— Eu tomei um banho.

— Onde?

— No rio.

Alguém poderia ter derrubado Bar com uma pena.

— Você... quer... dizer... quer me dizer que... você foi para a água... de propósito?

— Certamente.

Bar parou com a boca aberta por alguns segundos e depois explodiu em uma risada. E daí retomou em um tom confidencial.

— Aliás, Cottle, o que Vant tinha a dizer para você ontem?

— Ah — respondeu o outro, evasivo —, ele só conversou sobre a marinha.

— Claro, mas o que ele disse?

— Isso, sr. Bar, é [uma] questão que diz respeito apenas a mim.

— Ah, como assim! Me conte apenas como amigo.

— Realmente, senhor, nossa amizade extremamente leve não parece justificar que eu abuse da confiança que lorde Vant depositou em mim.

O marinheiro

— Ah! — exclamou Bar, incapaz de manter seu jeito amigável por mais tempo. — Bem, um dia desses, deixe-me avisá-lo, todos os camaradas de rancho se sentirão no direito de abusar de seus ouvidos.

Felizmente, o atrito foi interrompido naquele instante pelo tilintar da campainha do café da manhã, e uma briga que poderia ter se tornado grave foi adicionada por cada oponente a uma série de rancores já volumosa para ser paga em alguma data futura. Talvez fosse melhor se eles tivessem resolvido naquele momento!

Naquela manhã, um membro tardio do rancho chegou na pessoa de Hogge, o primeiro tenente. Este bendito era um porco firme que, embora de modo algum fosse um malandro como Bar, ainda era o líder da tripulação em todos os empreendimentos desesperados e um mediador hábil entre ela e seu comodoro cáustico. Ele mal reparou em Cottle e não demonstrou interesse quando o intendente lhe explicou em particular as suas brigas com o recém-chegado, respondendo assim a essas histórias: "que ele não viu motivos para interferir nos assuntos de Bar e estava contente em se opor a Cottle quando o encontrasse".

Assim, o tenente diplomático garantiu sua popularidade com todas as partes e fez um esforço robusto para impedir que essas brigas chegassem ao conhecimento de Murray.

A segunda manhã de Cottle foi empregada para preparar o *Galgo* para sua partida, que deveria ocorrer na maré das oito horas do dia seguinte. O urso foi mantido ocupado para fazer um inventário em seu escritório, enquanto o gato estava ocupado em outra parte do navio superintendendo a estiva de munição. A viagem que a embarcação deveria realizar era a de levar documentos selados para o navio-almirante da frota clarendoniana — uma tarefa que, na presente temporada do inverno, não podia ser realizada em menos de seis semanas.

Naquela tarde, enquanto James Bar estava desfrutando de alguns minutos de descanso merecido no tombadilho, avistou um pinaça muito elegante se afastando do cais em direção ao *Galgo*, que, quando se aproximou, provou conter nada menos do que a personagem do seu patrono particular, lorde Oliver Vant. Assim que o bom almirante despachou seus negócios com o comodoro e estava se preparando para ir, foi abordado pelo chefe do departamento de abastecimento e conduzido a um caixote cheio de papel e calendários que ele chamava de seu escritório.

— Bem — disse o lorde quando se sentou —, e qual é a sua queixa, meu pequeno urso?

— Veja isso, meu senhor! — disse Bar, estendendo o novo cronograma.

— Ora, vejo um cronograma comum.

— Comum! — gritou o urso. — Eu tenho pelo menos três horas de trabalho de escritório todos os dias, além de minhas funções como chefe social da embarcação.

Vant fitou seu protegido por cima de seus óculos e disse:

— Mas, meu bom urso, você deve ter algo para mantê-lo longe de travessuras.

E assim, advertido gravemente, como se fosse uma criança de cinco anos, o pobre tesoureiro só pôde dizer "que aquilo acabaria com ele", enquanto apertava a mão do porco carinhosamente antes de embarcar em um cruzeiro tão fatal.

Naquela noite, Cottle aproveitou a licença para ir à terra firme e foi visitar um amigo na cidade, enquanto seus camaradas de rancho correram para um salão de música. Quando, pelo menos, ele se jogou em seu beliche, não pôde evitar ficar acordado para pensar não apenas dos eventos do dia, mas também de sua partida em uma viagem cheia de horrores improváveis e ainda menos prováveis sucessos.

O marinheiro

Capítulo VI
TÁLASSA!

❈ ❈ ❈

Cottle estava acordado e de pé na manhã de sua primeira viagem, ansioso para não perder nem um momento da cena da partida. Quando entrou no convés, não encontrou ninguém lá, salvo alguns marinheiros que estavam ocupados em lavar as tábuas até que ficassem tão brancas quanto a neve. A névoa e a neblina haviam se dissipado alegremente e foram substituídas por um céu frio e claro e um vento oeste pinicante que, mesmo na reclusão do rio, agitava as águas e indicava mares rugindo ao longe. Assim que o enorme relógio em cima do Parlamento Duplo bateu as duas badaladas anunciando sete e meia, ele sentiu o sacudir dos passos pelas escadas e uma multidão de homens e animais; alguns deles semiacordados tombaram e se levantaram como se estivessem esperando o resultado de algum concurso teatral. Os oficiais permaneciam os mesmos em seus hábitos, pois Cottle observou seus camaradas de rancho em pé nos conveses de passeio em um pequeno grupo grosso e olhando para o passadiço. Quando o novato estava prestes a perguntar a seu amigo Wilkins o significado dessa pantomima, Murray apareceu vindo da entrada do salão e assumiu sua posição no passadiço.

— Como vocês sabem — disse o comodoro —, devemos ir, e esta viagem para as águas clarendonianas, a julgar pelo vento, também não será brincadeira de criança. Antes de começarmos, gostaria de recomendar um de nós, que tem muito tempo de sobra — ele olhou duro para o sr. Bar — não o ocupar transformando meu navio em um pandemônio: sem truques nesta viagem, intendente. Com esta moeda, como

Boxen

sempre, jogarei para escolher o primeiro turno. Escolha, sr. Hogge!

— Cara! — respondeu o porco.

— Deu cara.

— Vamos fazer o primeiro — disse Hogge.

— O meu turno, lá embaixo! Tenha um bom dia, sr. Hogge.

Com essas palavras, o digno comodoro virou e deixou o passadiço. Enquanto se movia para o salão, observou Cottle apoiando-se nas muradas e olhando em volta com interesse.

— Ei, Cottle, o que está fazendo? Você passou a infância lá?

— Não senhor. Não sei em que turno estou.

— Ora, por que não me perguntou antes? Hein? Bem, você permanece no turno de Hogge. Direto para o passadiço!

Cottle adequou ação à palavra e se apressou até o convés do passadiço e depois para o passadiço, um local sagrado onde ainda não havia se aventurado. Estava ocupado por duas pessoas: Hogge, de pé na extremidade do bombordo, e um marinheiro encarregado do leme. Hogge se virou quando ouviu o passo apressado do gato.

— Ah, você apareceu? Sabe o que fazer?

— Não exatamente.

— Bem, você pega o lado de estibordo do passadiço, e sempre que passarmos por um barco, tome o nome, o proprietário e a tonelagem, e os leve para os ouvidos do seu amigo sr. Bar, para ele adicionar ao registro dele.

Hogge atirou um olhar astuto a seu companheiro para ver que efeito sua menção a Bar teria, e, ao fazê-lo, viu o gato se esforçar febrilmente para tomar os nomes das inúmeras embarcações que enchiam o grande rio.

— É óbvio — disse o porco com uma risada — que você não precisa reportar nenhum navio até entrarmos em mar aberto.

202

O marinheiro

Com um fervoroso suspiro de alívio, o jovem gato abandonou sua tarefa hercúlea e foi capaz de ver calmamente o progresso do barco através do Jemima que se ampliava. Quando Hogge telegrafou para Mus para colocar os motores a toda velocidade, não levou mais do que vinte minutos para o novo cruzador chegar à cidade de Vira-Mexe, que fica na foz do rio, e virar-se para o norte no mar aberto. Então, primeiro Cottle percebeu que as pequenas ondulações do rio podem indicar consideráveis correntes no mar. As grandes massas cinzentas de água atingiram o *Galgo* repetidamente em sua alheta de bombordo tão vigorosamente que o navio balançou e levantou, tornando para Cottle manter seu posto uma tarefa nada fácil.

Enquanto isso, nosso amigo urso não estava ocioso. Quando o comodoro entrou no salão depois de entregar sua homilia, ele foi recebido por Bar, que estava, com sua audácia habitual, determinado a descobrir as opiniões de seu mestre sobre Alexander Cottle. O pequeno urso era, obviamente, velho demais para se afobar em uma tarefa tão delicada e preparou uma longa conversa para cobrir sua curiosidade e sondar o comodoro.

— Bem — disse ele alegremente. — Pra começar, temos uma boa manhã.

— Sim — retornou o outro, olhando para o seu intendente com suspeita.

— Entendo... — continuou Bar. — Você teve azar com o sorteio: ou gosta de fazer o outro turno?

— Sim, acho que sim — respondeu Murray, vendo que Bar estava empenhado na conversa.

— A propósito — perguntou o outro —, em qual turno está Cottle?

— No de Hogge.

Boxen

— Hum! Eu pensei tê-lo visto de pé no convés de passeio depois que Hogge assumiu o passadiço.

— Sim, ele não sabia em que turno estava.

— Ele não lhe perguntou isso antes?

— Não. Ele é esse tipo de sujeito.

Isso era mais esperançoso.

— Que tipo de sujeito?

— Ah, quieto e avoado.

Bar agora conseguiu o que queria e foi correr no tombadilho de felicidade. A felicidade, no entanto, não seria tão intensa se estivesse ciente de que Murray tinha sentido o cheiro do plano de Bar e deu um veredito sobre Cottle, o qual ele não considerava nem longe.

Capítulo VII
Os canhões

⊗ ⊗ ⊗

Os turnos na marinha boxoniana são das nove às três e das três às nove, então o jovem gato, tendo saído do passadiço às três da tarde, voltou ao seu posto às nove. A escuridão era espessa desde as quatro e, quando ele saiu do salão, o *Galgo* estava avançando fortemente na água gelada, enviando uma chuva de borrifos ardidos até o passadiço, quando sua proa se enterrava na massa preta-azeviche de água.

Ciente de suas falhas daquela manhã, Cottle havia se permitido bastante tempo e, quando chegou ao convés do passadiço, o outro turno ainda estava em seus postos. O gato, que nunca havia experimentado um mar mais terrível do que o que poderia ter encontrado em sua passagem de Botápolis para Bombaim, encontrou grande dificuldade para

O marinheiro

permanecer de pé no convés do passadiço escorregadio e sacolejante. Naquele momento, um ponto de luz vermelha apareceu vindo de baixo, que provou ser o cigarro de Hogge e, ao mesmo tempo, as batidas de pés sinalizavam que o turno do tenente estava pronto. Com uma saudação murmurada a Cottle, o porco experiente subiu ao passadiço, acompanhado pelo gato e um timoneiro.

— Boa noite, Hogge — cumprimentou Murray, quando ele se virou para descer. — Teremos um clima ruim antes de chegar no sapal.[1]

— Pois é — disse o outro, gravemente. — Boa noite.

Para Cottle, parecia ruim o suficiente no convés do passadiço, mas na galeria estreita e desprotegida do passadiço, suas sensações eram indescritíveis. Tudo, é claro, era escuro como breu, exceto o brilho vermelho da bitácula e o brilho fraco das luzes de bombordo e estibordo; a proa da embarcação foi marcada apenas pela crista fosforescente de espuma, e o castelo de proa era um vazio aveludado. E o todo foi observado a partir de uma plataforma estreita que balançava e rolava e oferecia um alvo para os ventos barulhentos e para as rajadas de água formadas pelo vento. A voz de Hogge falou da escuridão da extremidade de bombordo do passadiço.

— Jeff?

— Sim, sim, senhor! — Veio uma voz da proa invisível.

— Coloque uma lona encerada na claraboia do castelo de proa: ela ainda pode estourar!

— Sim, sim, senhor!

Hogge então ordenou que os dois marinheiros que estavam se esforçando para andar nos conveses de passeio subissem ao convés do passadiço, onde estariam mais seguros.

---

[1] Sapal é um trecho de terra alagadiça, em geral nas margens de rios. (N. T.)

Boxen

O cruzador mergulhou e enterrou cada vez mais fundo nas ondas e, em adição àquelas que estavam à frente, mal haviam avistado os sapais, deixando, assim, o abrigo da costa norte de Terranimal, e outras ondas, mais vigorosas em força e mais corpulentas em volume, atacaram-nos do lado do bombordo. E essas últimas cresceram cada vez mais alto à medida que as horas passavam até que correram sobre o convés de passeio e subiram até quase o nível do convés do passadiço.

Bem, foi o cuidado e a previsão de Hogge que removeu os marinheiros de um posto que eles não poderiam ter mantido com segurança. Mas havia ainda mais um perigo a ser enfrentado e, contra ele, a ingenuidade do tenente não conseguia formar nenhum plano. Em ambos os lados do convés do passadiço, havia canhões leves e rápidos, e, quando as ondas aumentavam mais uma vez, se lançavam com um solavanco de reverberação contra a parede da casa do convés. Ficou evidente para o porco vigilante que elas chegariam em breve nos canhões, que, frouxamente construídos e presos levemente, mal suportariam tal tensão.

Ele mencionou seu medo a Cottle, e o gato desceu do passadiço para ordenar aos marinheiros que fortalecessem os canhões com amarrações transversais, e ele inclusive permaneceu para ajudar no trabalho. Era uma cena que posteriormente se repetia para o gato: o convés escorregadio cambaleando em um ângulo inconcebível e coberto de correntes de água causadas por cada onda; as três figuras, dele e dos marinheiros, que trabalhavam com energia quase sobre-humana para terminar a amarração antes que as águas subissem à altura dos canhões; e o fraco contorno de Hogge e do timoneiro no passadiço lá em cima.

Assim que ele se inclinou para prender a última corda, teve a visão de uma onda de crista alta vindo para cima dele

206

O marinheiro

e do canhão. Houve uma colisão, e ele foi enterrado em um mundo de frio esverdeado e tinha uma vaga ideia de estar misturado com os cantos e ângulos afiados do canhão; ele foi carregado por cima da murada distante e teria sido varrido para o fundo do oceano revolto se não fosse pelos dois marinheiros que o pegaram pelos braços e o puxaram de volta. Ele cambaleou, pingando, até conseguir ficar de pé e, agarrando-se nas amarrações parcialmente submergidas, viu uma lacuna distorcida na murada mais distante, onde a onda cruel havia carregado consigo o canhão! Sua cabeça apitou, como se tivesse recebido algum golpe metálico.

— Você está bem, Cottle? — Veio a voz de Hogge da escuridão acima.

— Sim, mas o canhão se foi — ofegou o gato.

— Bem, suba para o passadiço novamente e traga os marinheiros com você. Você não pode fazer mais nada aí embaixo.

Antes que Cottle pudesse obedecer ou responder, foi jogado novamente por uma segunda onda. Ele se sentiu chutando e sendo chutado pelos dois pobres marinheiros. Em seguida, instantaneamente sua cabeça atingiu as muradas, e ele ficou desacordado.

Quando Cottle reviveu, ele se viu deitado em um cobertor diante do fogão do salão, com o comodoro em pé sobre ele, segurando na mão uma pequena garrafa de conhaque.

— Tudo bem?

— Sim, obrigado.

— Pelo amor de Deus! Que noite! Já estava ruim o suficiente quando voltei às três, mas deve ter sido horrível para você e Hogge.

— Eu não sabia que era possível ter um clima assim por aqui.

— É a pior tempestade em anos.

Boxen

— O outro canhão se foi?

— Sim. Bar, leve Cottle para a cabine dele.

Como se pode imaginar, Cottle não estava nem um pouco chateado, mesmo tendo Bar como seu condutor, de procurar seu beliche e esquecer seus problemas no sono.

Capítulo VIII
A SUGESTÃO

❊ ❊ ❊

Nos dois dias seguintes, o novato desventurado levou uma vida simples e plácida sem sair de seu beliche, da pena de si mesmo e da inveja de Bar. No terceiro dia, ele conseguiu sentar-se no tombadilho em uma cadeira de convés e desfrutar do clima calmo, que lhe parecia ainda mais agradável em contraste com o que ele havia experimentado dias antes.

Enquanto estava sentado com o pessoal que estava de folga, a saber, o turno do comodoro, que consistia em Wilkins e Macphail, e o próprio Murray, que estava no salão compilando seu registro. É claro que Bar estava presente, já que o pequeno bendito intendente não fazia nenhum dos turnos.

— A propósito — disse Cottle —, quando não estamos em viagem, quantas práticas de artilharia temos durante a semana?

— Uma — respondeu Wilkins. — E é suficiente.

— Por quê? — devolveu Cottle, com surpresa. — Certamente você gosta de praticar.

— Pelos céus, não! — exclamou Wilkins. — Qual é a graça?

— Bem — disse Cottle —, há toda a emoção de ganhar o prêmio.

— E da detenção — completou Bar.

O marinheiro

— Verdade. — Riu Wilkins. — O pobre Bar sempre é abatido.

— Mas — disse Cottle —, é preciso ser um atirador muito, muito ruim para isso.

— Ah, realmente! — Riu Bar com alguma cordialidade.

— Estamos muito tristes que nossa mira não passa na aprovação alexandrina!

— Mas — disse Cottle à companhia em geral e ignorando o sarcasmo —, deixando de lado a questão do sr. Bar, não podemos discordar que o valor educacional de uma prática de artilharia é inegável.

— Tendo sua palavra de que é inegável, não nos atreveríamos a fazer isso — disse Macphail, que estava assistindo seus camaradas de rancho com o ar divertido de um filósofo que observa crianças brincando.

Cottle se controlou.

— Sendo meu oficial superior, sr. Macphail — disse ele —, suponho que o senhor TENHA o direito de brincar com o que é sério, mas peço permissão para desaprovar o que o leva a fazê-lo.

Macphail não parecia nem um pouco irritado com esse ataque, mas se recostou na cadeira e sorriu obscuramente para as nuvens, enquanto Bar riu abertamente. Mas Cottle tinha em mente o que aconteceu em Riverside e não seria intimidado a desistir de seu plano heroico: ele acreditava que era sua missão na vida reformar a marinha boxoniana e pretendia cumpri-la. Então, continuou com ousadia.

— Vou perguntar a Murray se podemos ter duas por semana, quando chegarmos em casa.

Se um trovão de repente caísse no tombadilho do *Galgo*, os oficiais teriam ficado ligeiramente mais surpresos. Bar ficou com o queixo na mão e olhou com horror para aquela "víbora que todos estavam valorizando", como ele contou a seus amigos depois. Wilkins, bonito, indulgente e preguiçoso, ria desajeitadamente. Apenas Macphail não estava constrangido e sorria indulgentemente.

Para quebrar essa pausa desagradável, veio o badalar do sino para a troca de turno, e os oficiais saíram do tombadilho, deixando Bar e Cottle, pois este ainda não havia retornado aos seus deveres.

— Cottle — disse Bar com voz grave —, você pode descer e falar comigo na minha cabine por alguns minutos?

— Certamente — respondeu Cottle, querendo dizer exatamente o que disse.

O urso se levantou e liderou o caminho pelo salão e desceu até sua cabine.

Cottle seguiu com passos instáveis e, enquanto caminhava, sabia que a crise estava próxima: ele percebeu que a longa série de rancores armazenados entre ele e Bar finalmente havia chegado à tona, que seria uma batalha entre o antigo e o novo.

E Bar tinha total ciência desses fatos e aguardava com confiança uma contenda na qual ele tinha certeza de que sua inteligência superior e experiência mais longa deveriam ser triunfantes. Uma coisa, no entanto, ficou clara para ele: ele não deveria provocar o seu oponente a ponto de induzi-lo a recorrer aos seus punhos, pois, como o astuto intendente não demorou a ver, sua parte em tal altercação poderia não ser nada além de uma dolorosa vergonha e dano. É claro que, mesmo se chegasse a esse evento, ele tinha um último recurso, a saber, recorrer aos seus companheiros oficiais contra "o gato cruel que de repente o agrediu no meio de uma discussão amigável" e, assim, trazer a força da opinião pública no que diz respeito a seu rival. Mas a frieza com que suas queixas foram recebidas por Hogge e a simpatia de Wilkins em

O marinheiro

direção ao intruso mostrou-lhe claramente que ele receberia pouco apoio de seus camaradas de rancho; se a briga fosse de propriedade de todo o rancho, dificilmente escaparia de se tornar uma briga do comodoro também, e isso estava inteiramente em desacordo com os planos de Bar.

Todas essas ideias, que passaram pelo cérebro do intendente na velocidade da luz, levaram algum tempo para serem descritas, mas, na realidade, a caminhada até a cabine de Bar levou menos de um minuto, de modo que Cottle, não tão habilidoso ou experiente quanto seu adversário, teve pouco tempo para organizar seus planos antes que a porta fosse aberta e entrasse na cova dos leões.

A cabine de Bar era, é claro, a mesma em construção que qualquer outra, e ainda assim era diferente. A maior parte das economias do urso foi para fornecer uma grande poltrona acolchoada que formava a mobília principal do apartamento. O chão estava coberto de livros, casacos, panfletos e papel pardo, tão densamente que o carpete era quase invisível. O beliche estava coberto de roupas de ir à costa, sendo estas as únicas no quarto que estavam cuidadosamente colocadas e dobradas. As paredes estavam cobertas com fotografias assinadas de atrizes, misturadas com as do próprio urso. Cottle sentiu que estava em desvantagem, e sua mente jovem e entusiasmada recebeu uma impressão doentia da cabine de seu rival.

Capítulo IX
O MOMENTO CRÍTICO

✖ ✖ ✖

— Olha aqui — começou Bar assim que fechou a porta.
— Isso não pode continuar!

Boxen

— Do que você está falando? — perguntou Cottle.

— Digo, ou você ou eu quem administra este barco. Quem vai ser?

— Não sabia que qualquer um de nós deveria fazer isso.

— Quem, então?

— Certamente, o comodoro Murray é o mestre do *Galgo*.

— Ah, sim, claro — disse Bar cansado. — Mas não foi isso que eu quis dizer.

— De verdade, sr. Bar, não está sendo muito claro.

— Digo, para ser simples, que suas maneiras ou as minhas devem prevalecer.

— Quais são as suas maneiras?

— O oposto das suas! Não quero dois dias de artilharia por semana. Não quero muita besteira nos meus deveres. Posso administrar bem meu dever e espero que você cuide do seu.

— É o que eu faço. Mas eu quero que o navio inteiro esteja interessado.

— Interessado em quê?

— Em trabalho e competição, e esse tipo de coisa.

— Que bobagem horrível. Aliás, isso lá é da sua conta?

Cottle pensou um minuto e, decidindo que era hora de jogar o que ele considerava seu trunfo, disse:

— Você realmente quer saber?

— Sim, claro, ou eu não perguntaria!

— Bem, então ouça: antes de deixarmos Alegrete, os lordes Vant, Fortescue e Grande me entrevistaram e me honraram com a incumbência de reformar este navio.

Cottle olhou para Bar com um ar satisfeito, como se esperasse que este caísse em pedaços e se desculpasse, e ficou desapontado ao ouvir seu adversário responder descuidadamente:

— Mas ninguém liga pra aquele velho bacalhau do Vant. — Ele sabia muito bem que essas palavras destruíram

O marinheiro

o último apoio de seu inimigo e jogou um volume inteiro de sarcasmo e crueldade nelas, cujo aparente descuido foi o resultado de uma arte impecável.

— É mentira!

— Ah — disse Bar com um sorriso jovial. — E quem respeita aquele doloroso tagarela?

— Todo marinheiro boxoniano que é fiel a seus mestres, aos reis, e sob eles ao almirantado! E você que...

— Não fique bravo — disse Bar com sua habilidade diabólica em interromper seu oponente justamente quando este estava prestes a levar as coisas a um ponto crítico e, por um insulto deliberado, o intendente foi forçado a recorrer aos punhos. — Por favor, não fique bravo! Vamos discutir este assunto como homens sãos. Voltando ao assunto, você pretende seriamente nos reformar?

— Eu farei o meu melhor.

— Ah! E você começou a reformar o comodoro?

— Seu sarcasmo é completamente desnecessário. O comodoro é um homem de honra e não tenho necessidade de abordá-lo.

— Ah, claro! Um homem de honra e alguém que o chutaria pela porta, como eu deveria, se você não tivesse acabado de se recuperar de uma doença.

— Não se preocupe com a doença. Tente.

— Eu não sou idiota — retrucou Bar, adotando o tom de um mártir. — Eu conheço seu jogo: vai me fazer atacá-lo e depois falar com Murray sobre como bato em gatos fracos e doentes.

— Se você disser isso de novo — ameaçou Cottle, elevando-se sobre o ursinho —, vou bater em seu focinho feio e colorido de verniz até você parecer um pedaço de lama — quer dizer, até você parecer mais lama do que já é!

213

— Mas, voltando à questão da reforma — disse Bar, que viu o argumento entrando em canais perigosos novamente —, como você iria fazer isso?

— Como eu "iria"? Como eu ESTOU FAZENDO, você quer dizer.

— Ah, você vai continuar com isso?

— Não vejo razão para interromper meus esforços.

— Escuta aqui — disse Bar. — Deixa pra lá. Esse é o conselho de um homem que está no jogo há quinze anos.

— Sim. E o que ele fez em quinze anos?

Bar deu de ombros.

— O que qualquer pessoa faz? — perguntou ele.

— Seu dever! — Cottle disparou as palavras em seu oponente, como tantas balas de canhão.

— O que é dever?

— Bem, suponho que seja trabalho.

— Ora, eu trabalho bastante, de qualquer forma.

— Você não faz nada.

— E você, o que fez? Nada além de brincar melodramaticamente no convés passadiço.

— Dei o meu melhor.

— Bem, tenho dado o meu melhor por quinze anos.

— Duvido.

— Isso não muda o fato.

— Bem, de qualquer forma, o que você quer comigo aqui, hein?

— Quero avisá-lo para abandonar essa ideia absurda sobre reforma: não vai funcionar. E tenho todos os oficiais para me apoiar.

Foi uma boa mentira e correu bem.

— O que eles podem fazer? E não acredito que você os tenha.

— Ah, bobagem!! Mas esse não é o ponto: você vai desistir?

O marinheiro

— Não.
— Bem, então cuidado, jovem herói.

O chefe do departamento de abastecimento... foi chutado através de sua própria... porta.

— Certo. Mas, antes de ir, devo dar-lhe algumas lições, meu belo marrom-avermelhado.

Essas palavras eram a sentença de morte para a esperança de Bar de evitar o combate corpo a corpo e, ao ouvi-las, viu o gato rápido e bem treinado se jogando em uma postura de boxe, cuja habilidade deu um mau pressentimento para o intendente. Em sua longa vida na marinha — uma vida manchada por uma ou duas marcas feias —, Bar adquiriu o hábito de pensar muito rapidamente, e não demorou muito para perceber sua posição. Sabia que não tinha chance de vitória, nem mesmo de segurança, em uma luta aberta, e apressadamente fez o plano de disparar sobre seu oponente, dando um golpe devastador e escapando instantaneamente pela porta. Assim, e apenas assim, o intendente poderia ter a esperança de escapar do castigo que ele tanto merecia: em uma batalha longa e uniformemente disputada, a vida limpa e a experiência difícil de uma academia naval certamente derrotariam a autoindulgência e a corpulência prejudicial.

Esses pensamentos passaram pelo cérebro do intendente em alguns segundos e (pareceu a Cottle) que ele quase imediatamente se colocou em uma postura defensiva. Por um momento, os dois oficiais se mediram com os olhos e, em seguida, Cottle deu um golpe canhoto, o que teria levado Bar ao chão, se o bendito não tivesse desviado de lado e entregado ao seu adversário um soco ardente no nariz. Com esse golpe, Bar se virou em direção à porta, mas, mesmo quando o fez, percebeu que Cottle havia entendido a sua manobra e estava na sua cola. Um passo seria suficiente para atravessar a sala e, para dar esse passo, Bar concentrou todo o poder, velocidade e vigor dos quais a sua natureza era capaz. Mas seus esforços foram em vão! Uma mão incansável agarrou a parte de trás da sua gola e o levantou do chão, enquanto um insulto feroz vibrou em suas orelhas marrons.

Um momento depois, o tenente James Bar, Marinha Real, intendente e chefe do departamento de abastecimento foi ignominiosamente chutado através da porta de sua própria cabine!

Fim do Volume Um

O marinheiro

VOLUME II

Capítulo IX
O RETORNO

✺ ✺ ✺

Nos fundos do Alhambra, na pequena e tranquila cidade de Danphabel, há uma casa com jardim baixa e pequena, mas aconchegante, separada do salão de música apenas por um pátio com muros altos usado para armazenar cenários, com dois portões pesados, um abrindo para uma rua estreita pela qual se chega à entrada da plateia, e o outro para a linha ferroviária. Muitas pessoas pensam que esta casa faz parte do salão de música, uma opinião que, embora não seja realmente correta, tem considerável tom de verdade, pois é a residência do gerente, o sr. Vorling. No entanto, o sr. Vorling não a ocupa no momento, mas a entregou ao visconde Puddiphat, o coruja que, sendo o dono deste e de outros quatorze salões de música, veio de Alegrete para dar férias ao seu subordinado e inspecionar esta casa afastada, da qual ele sabe relativamente pouco.

Boxen

O visconde Puddiphat há muito tempo detinha o invejável título de cavalheiro mais bem vestido de Boxen, e manter e confirmar essa reputação era o objetivo de vida do coruja.

Em uma certa manhã de primavera, o criado do visconde entrou no quarto de seu mestre com uma xícara de chocolate quente e o jornal matinal passado a ferro. Assim que seus passos ressoaram no chão, uma massa de penas se agitou na cama grande, e o coruja se ergueu sobre o cotovelo, piscando os olhos. Ele era um pássaro bem construído, de altura média, cuja forma teria sido das melhores, se não fosse inclinada à corpulência; seu rosto era inteligente e até bonito, e seu bico curvo brilhava como mogno quando banho pela luz; sua expressão era de benevolência branda e imperturbável, apenas ocasionalmente atiçada por gênio ou excitação, e seu modo usual de expressar raiva era emprestando um tom quase inaudível de aborrecimento à sua voz suave.

— Seu chocolate, meu senhor — disse o servo.

O outro o pegou e, enquanto bebia, perguntou qual era o conteúdo do jornal.

— O principal, meu senhor, é que um cruzador chamado *Galgo* ancorou na baía esta manhã.

— Ah — disse Puddiphat, meio para si mesmo, meio em voz alta —, suponho que meu amiguinho James Bar estará a bordo. Ou o barco dele era o *Ariadne*? Mais alguma coisa?

— Uma longa revisão do projeto de lei de Alhambra ocorreu ontem à noite.

— Favorável, espero?

— Sim, meu senhor.

O visconde terminou seu chocolate em silêncio e, depois de se vestir, tomou café da manhã na estalagem local e foi até o porto para um passeio e um charuto no píer. Enquanto estava agradavelmente ocupado, notou uma pinaça a vapor

O marinheiro

imaculada partindo de um grande cruzador que estava ancorado ao longe e que, conforme a pinaça se aproximava, viu que continha uma pessoa com quem ele estava bem familiarizado — ou seja, o sr. James Bar, um pequeno urso castanho. Este digníssimo saiu da pinaça assim que ela ficou ao lado do píer e se aproximou do pássaro de braços dados com um gato jovem, com quem ele ria e conversava livremente e para com quem ele demonstrou todos os sinais de amizade.

— Bom dia, meu caro visconde — cumprimentou o urso.
— Permita-me apresentar meu amigo, sr. Cottle.

— Encantado — disse Puddiphat. — Suponho que ele seja um dos seus malucos. Vocês são todos uns bandoleiros no *Galgo*.

Os dois marinheiros trocaram um olhar quase invisível e Bar lançou seus olhos brilhantes e redondos para baixo com um movimento que poderia ter sido um aceno de cabeça, mas que, para o coruja, pareceu a ação muito natural de inspecionar as próprias botas.

— Ah, não — disse o urso gravemente —, tivemos uma mudança: Cottle reformou todos nós.

— Ah, que absurdo, meu caro Bar! — exclamou o coruja levemente. — Eu iria pedir a você e seu amigo para dividirem uma garrafa de Zauber comigo na minha casa esta noite, mas suponho que vocês estejam acima disso.

O rosto de Bar exibia grave desaprovação.

— Sim — disse ele. — Mas teremos prazer em ir e teremos a honra de sua conversa, se não o da sua adega.

— Você pensaria diferente à luz de lamparina, Bar — respondeu o coruja —, mas venha de qualquer maneira — algumas senhoras virão.

— Do Alhambra? — perguntou Bar gravemente.

— Sim. Há uma…

— Meu caro visconde — protestou Bar —, devemos recusar sua hospitalidade se isso implicar nos misturarmos com essas atrizes baixas, cuja presença relembra um capítulo de nossa vida o qual gostaríamos de esquecer.

— Este é Saul entre os profetas — riu Puddiphat. — Mas venha, as meninas podem jantar na estalagem.

— Obrigado — disse Bar. — Tenha um bom dia.

— Passar bem, sr. Bar. Mas fique! Como ousa usar essa gravata vermelha brilhante? Se eu tivesse notado, eu teria cortado você até a morte.

O marinheiro

— Vou trocá-la. Adeus.

Os dois amigos fizeram uma reverência e seguiram, deixando o coruja em um estado de espírito meditativo. Ele conhecia o pequeno castanho há muito tempo e o ajudou em muitas escapadas desesperadas para acreditar na sinceridade de sua reforma, e ainda assim o gato parecia uma pessoa tão quieta e respeitável que poderia repreender o urso teimoso. *E*, ele pensou, *se Bar não tivesse realmente mudado, ele não teria nenhum objetivo em fingir tal ação, pelo menos para um amigo familiar como o visconde.*

Enquanto o coruja ponderava, os dois pequenos animais que lhe causaram tanta surpresa e tanto excitaram sua curiosidade estavam caminhando de braços dados em direção ao alojamento do almirantado local, para onde foram convocados por um telegrama recebido com a sua chegada.

— Mas por quê? — dizia Cottle. — Por que continuar com isso diante do visconde, a quem você descreve como um amigo de confiança?

— O visconde é um fofoqueiro e a notícia da minha reforma terá se espalhado pela cidade em meia hora.

— Mas, meu caro Bar, o mundo em geral não está interessado em sua condição moral.

— Ouso dizer que não, mas em um lugar como Danphabel, qualquer coisa é boa o suficiente virar um falatório.

— Ah! É uma cidade parada?

— Muito. Mas Cottle...?

— Pois não.

— Como vou continuar? Tem uma estalagem ali e eu quero uma garrafa de Vinho-de-Brus. Posso entregar o jogo a qualquer momento.

— Pelo amor de Deus, não — gritou o outro. — Uma vez santo, sempre santo!

— Ah, meu Deus, é claro! Mas pense na tensão! Era muito melhor antigamente, antes de Macphail persuadi-lo a abandonar sua ideia de reforma! E por que eu deveria me passar por um tipo reformado?

— Você não vê? — disse o gato alarmado. — Não posso voltar para o almirantado sem nada para mostrar; não posso dizer a eles que desisti. E, também, será para seu próprio benefício, para mantê-lo nas boas graças de Vant.

— Aqui está o almirantado — disse Bar.

Os dois conspiradores pararam do lado de fora de um prédio grande e excessivamente ornamentado, e, obedecendo ao sonoro "Entre!" que respondeu à batida, entraram na varanda.

Capítulo XI
A ENTREVISTA

❖ ❖ ❖

Bar e Cottle foram recebidos por uma tartaruga séria que os conduziu a um escritório abafado, forrado de madeira sem verniz e dividido no meio por um trilho de madeira, atrás do qual se sentavam três pessoas cuja grandeza teria feito Bar se arrepiar, se o pequeno urso não estivesse tão ocupado em assumir uma expressão de penitência e humildade. Eles eram, no caso, lorde Vant, primeiro senhor do almirantado; marechal Fortescue, chefe do Escritório de Guerra, e lorde Grande, o Pequeno Mestre. Os dois marinheiros se curvaram e permaneceram em silêncio.

— Bem — disse lorde Grande —, e como foi o plano do meu colega?

— Posso quase prever a resposta — comentou Fortescue com desprezo. — É um fracasso, é impraticável.

— Seu senhorio está errado — retornou Cottle. — É verdade, é um trabalho difícil, mas tive algum sucesso.

O semblante benevolente de Vant se suavizou em um sorriso de alegria infantil.

— Ah, meu bom gatinho — disse ele. — Eu sabia, eu sabia!

— Silêncio, Vant — disse o Pequeno Mestre em um sussurro apressado e acrescentou em voz alta: — E o que é esse progresso, sr. Cottle?

— Meu amigo, sr. Bar, é um convertido — falou Cottle com orgulho.

— Convertido para o quê? — questionou Fortescue bruscamente.

— Para uma boa vida e para uma tentativa de reformar a marinha.

— Ah! — exclamou Fortescue, lançando um olhar penetrante ao gato. — E como você o converteu?

— Através de uma luta forte, meu senhor. Estávamos muito em discordância no começo.

— Para termos certeza — devolveu o marechal. — E o que você pretende fazer enquanto está no porto?

Coronel Fortescue, general Passoveloz e um "viva!" dentro de um Salão da Ferrovia Estatal de Piscia.

— Desfrute de alguns dias de descanso e diversão, meu senhor.

— E qual é a forma dessa diversão? Por exemplo, o que você fará à noite?

Cottle abriu a boca para falar e a fechou novamente, e ficou vermelho sob o pelo brilhante, disparando olhares furtivos para seu cúmplice.

— E-Eu não sei se vamos fazer qualquer coisa, meu senhor — gaguejou.

Boxen

O rosto de Bar não apresentou nenhuma mudança.

— Ah! — disse Fortescue. — Você encontrou algum amigo desde que chegou?

Cottle estava infeliz. Ele não ousou revelar o jantar comprometedor a que eles estavam decididos a comparecer e onde, apesar dos protestos, eles estavam determinados a fazer justiça total aos vinhos e à socialização fornecidos; por outro lado, ele não fazia ideia de quanto esse pequeno soldado inteligente sabia, porque, até onde Cottle tinha ciência, ele poderia estar entre a multidão que estava dando um passeio matinal no cais e poderia ter ouvido toda a conversa com o rei do salão de música.

— Ah, sim, alguns, meu senhor — respondeu ele com indiferença estudada (um pouco estudada demais).

— Ah! Quem?

— Bem... hum... o visconde Puddiphat.

— Ah, você o conhece? Bem, você tem sorte! E onde você o encontrou?

— No cais.

— Conversaram por muito tempo?

— Não, não muito — disse Cottle, cujo temperamento estava mudando.

— E do que ele falou? Suponho que ele o convidou para algum lugar? Ele quase sempre tem algum compromisso.

— Na verdade, meu senhor, não me sinto propenso a responder a essas perguntas pessoais.

— Está certo — disse o Pequeno Mestre que estava ficando impaciente durante o exame de seu colega. Voltando àquele, ele acrescentou: — E, confesso, Fortescue, não entendo o objetivo deste exame cruzado.

— Curiosidade, meramente curiosidade, meu querido Pequeno Mestre!

O marinheiro

— Vocês podem ir — disse lorde Grande para as duas vítimas.

Assim que eles mais uma vez estavam na rua estreita, na qual a brisa do mar soprava através de um funil, Cottle caiu em vez de sentar-se sobre um banco público e ofegou.

Boxen

— Pelos céus! — Ele suspirou. — Isso foi horrível.

— Foi mesmo — concordou Bar, sentado ao lado dele. — Mas você lidou muito bem, para um iniciante.

— Ah, foi horrível. Não vou suportar outra inquisição assim!

— Você terá que aprender se quisermos jogar para sairmos vencedores.

— Não, é ruim demais! Vou voltar e dizer a eles que é tudo bobagem e colher os resultados. Tudo é preferível a...

— Pelo amor de Deus, não! Você ficará marcado como o maior mentiroso da marinha e talvez seja excluído, ou no mínimo entrará em um apuro terrível. Devemos ir até o fim agora.

— Aquele camarada Fortescue ainda vai nos pegar. Eu consigo prever.

— Ah não, ele não vai: vou manipulá-lo como uma truta. Só se lembre disso: somos santos.

— Céus! Por que entramos em uma confusão assim?

— Porque você parou a reforma.

— Ora, isso não poderia ter continuado!

— Certamente não. Mas ainda estamos bem. Você não precisa desistir, Cottle. Só é uma tensão. Venha e tome um copo de água, com gás.

Capítulo XII
O RECUO ACORTINADO

❈ ❈ ❈

Cottle e Bar estavam na porta de Puddiphat em trajes de noite.

— Vamos entrar? — disse Bar.

— É seguro? — perguntou Cottle.

— Bem, eu não vejo por que não seria.

O marinheiro

— Vamos?

— Sim.

O pequeno urso tocou a campainha e foi levado a um salão estreito, cujo tamanho transmitia uma impressão de pobreza, contrastante com as decorações caras e de bom gosto. Passando pela porta que um servo lhe segurou à esquerda, eles se encontraram em uma pequena sala de jantar, mobiliada no estilo turco, que é muito popular em Boxen entre as pessoas relacionadas ao palco. Havia algumas cadeiras e muitos divãs baixos e macios, e uma enorme fogueira queimava na lareira, mesmo sendo uma noite quente de abril. Os ocupantes da sala eram o próprio visconde e um velho, cuja barba nevada cobria a frente da camisa e rivalizava com ela pela brancura, mas cujos olhos brilhavam com vida e alegria.

— Permitam-me — anunciou Puddiphat — apresentar a sua excelência, o general Passoveloz. General, Cottle & Bar, dois amigos da marinha.

Cottle arregalou os olhos! Seriam as histórias contadas do hábito do general de se afastar da corte para se juntar a reuniões duvidosas verdadeiras? E esse era realmente o famoso soldado?

— Venha, Cottle — disse o coruja —, o general não morde. Sente-se.

— A propósito — disse Bar —, diga-nos quando for quinze para as onze.

O anfitrião prometeu dizer e, depois que mais alguns convidados chegaram, a refeição começou quando se tornou perceptível que nenhuma das promessas de Puddiphat relacionadas a vinhos ou atrizes havia sido cumprida, uma falha que, deve-se dizer, os dois convidados perdoaram até demais. Assim, as horas aceleraram rapidamente, e o jovem gato e seu mentor ficaram encantados com a conversa do coruja alegre e seus amigos teatrais.

E, de repente, aconteceu!

Sempre acontece de repente, seja o assassinato da heroína, ou a abertura de uma ópera, ou o escorregar da gravata borboleta de alguém. Mas não foi nenhuma dessas calamidades que tanto afligiu o urso e seu amigo: foi apenas a ocorrência comum da meia-noite soando.

— Meu Deus! — exclamou Bar em um tom sepulcral quando o último golpe parou de vibrar. — O *Galgo* partiu há uma hora.

— Oras — disse a coruja —, isso importa?

— Importa!! Claro! Seremos processados como desertores.

— Meu Deus! — disse Puddiphat. — Não sei o que é melhor vocês fazerem.

— Seu idiota — disse Bar com raiva. — Pedi para você nos lembrar.

— Agora não é hora de brigar — disse o coruja calmamente. — Estou tão mal quanto você. Quando o caso for descoberto, serei processado por ajudar e encorajar um desertor. Agora é tarde demais para fazer qualquer coisa; então, divida outra garrafa e esqueça nosso perigo.

— Aqui! Aqui! — gritou Cottle, subindo em sua cadeira e tentando afogar seus medos na rara e velha garrafa de Middlehoff que ele brandia acima de sua cabeça. — À saúde da liberdade!

— Liberdade! — gritaram os companheiros, e todos encheram seus copos novamente, com uma risada calorosa.

— Amanhã — disse Bar —, não me importa o que aconteça. Vamos viver para esta noite. — E com essa excelente máxima ele afundou em um sofá e virou outro copo.

Puddiphat pessoalmente estava infeliz. Ele já tinha visto muitas dessas farras antes e sabia de seus resultados; ele se recostou em sua cadeira, olhou para cada convidado e suspirou cansado. Não adiantava nada! O amanhecer deveria chegar e

O marinheiro

com ele a retribuição. Ele próprio veria o interior de uma prisão por conta disso e os desertores também. Enquanto refletia, a porta foi aberta, e um mordomo anunciou:

— Sua senhoria, o Pequeno Mestre e o marechal Fortescue, em questões urgentes.

O silêncio caiu sobre todos, exceto Bar, que, seja por causa dos vapores do líquido saboroso que havia bebido, seja por causa de sua coragem natural, continuou a canção que estava cantando com veemência redobrada.

— Cale a boca, seu idiota! — gritou o coruja, aterrorizado. — Eles estão chegando.

— Não me importo. Bar riu. — Conheço o Pequeno Mestre. Ele é um bom sujeito, assim como Fortescue, assim como todo mundo.

— Aí vêm eles — gritou o visconde agonizante. — Rápido, entre naquele recuo da parede e feche as cortinas.

O lugar indicado era uma estreita reentrância revestida com painéis, contendo um banco de carvalho, e em cuja frente havia duas cortinas de baeta que podiam ser fechadas. Cottle, vendo seu único refúgio, agarrou seu ébrio amigo e fechou as cortinas para esconder suas formas furtivas assim que a porta se abriu para admitir os dois políticos.

— Boa noite, meu caro Pequeno Mestre, e o senhor, meu lorde marechal — disse Puddiphat, levantando-se e avançando, e transmitindo por sua maneira a impressão de que a presença desses recém-chegados era tudo o que ele precisava para fazê-lo feliz. — É realmente uma honra.

— Se você fosse nos desejar bom-dia, visconde — respondeu Fortescue friamente —, seria mais correto: viemos em uma missão muito desagradável.

— A missão que traz vossas senhorias sob meu pobre teto, pelo menos a mim fez bem — disse o coruja untuosamente.

229

— Não percamos tempo — disse Fortescue, ignorando o elogio —, posso muito bem lhe dizer que suspeitamos que esteja entretendo um certo urso e um gato que deveriam estar a bordo do navio de sua Majestade, o *Galgo*, e desejo revistar a casa.

— Urso e gato? — retrucou o coruja em um tom intrigado. — Aqui não é um zoológico.

— Não — disse Fortescue. — Você vai me deixar passar?

— Realmente não vejo por que eu deveria me submeter a esta indignidade.

— Sinto muito, visconde, mas em nome da justiça, devo pedir sua obediência.

— Bem, a porta atrás do senhor se abre para o meu quarto, o único outro aposento além deste e do alojamento dos criados.

— Pare! — interveio o Pequeno Mestre, que até agora estava empenhado em repreender Passoveloz, com quem ele estava intimamente familiarizado. — O que há atrás dessas cortinas?

— Um recuo vazio — respondeu Puddiphat sem mover um músculo de seu belo rosto.

— Ah, bem, por que as cortinas estão fechadas? — indagou o Pequeno Mestre, desconfiado, e, antes que alguém pudesse interceptá-lo, ele correu, abriu as cortinas e encontrou... um espaço vazio.

Capítulo XIII
O ultimato

※ ※ ※

Um rápido lampejo de inteligência passou pelo rosto do visconde, sem ser notado pelos dois políticos que estavam olhando para o recuo vazio, como se estivessem diante de uma fera perigosa.

O marinheiro

— Bem, cavalheiros — disse ele, sentando-se no banco. — Vejam, às vezes falo a verdade.

— Sempre, meu caro visconde — disse Fortescue suavemente. — Aceite nossas desculpas.

— Mesmo assim — falou o Pequeno Mestre inquieto —, ainda não chegamos ao fundo desta questão.

— O senhor ainda persiste em suas odiosas insinuações? — questionou Puddiphat sem se levantar.

— Ah, é claro que acredito em sua palavra — disse o Pequeno Mestre —, mas mesmo assim não acho que este mistério esteja resolvido.

— Na verdade, meu senhor, sua conversa é intencionalmente insolente ou tolamente sem tato. Seu chapéu está no cabide do corredor.

— Vamos, Fortescue — disse o sapo, em um tom que implicava uma relutância em ficar mais tempo em tal companhia, e os dois políticos perplexos deixaram a casa. Ao partirem, o coruja não se levantou do assento nem demonstrou qualquer alívio, mas continuou sua conversa educada como se nenhuma interrupção tivesse ocorrido, e seus convidados, adivinhando que ele desejava ficar sozinho, despediram-se e partiram.

Assim que a porta se fechou para o último folião, o coruja saltou e, levantando a tampa do banco em que estava sentado, ajudou duas figuras muito cansadas e apertadas que eram Bar e Cottle.

— Credo! — exclamou o urso. — Com que frequência o interior desse banco é limpo? Quase engasguei com tanta poeira!

— Agradeça por não estar inspecionando o interior de uma prisão — disse o coruja gravemente. — E agora será mais seguro para vocês deixarem esta casa.

Boxen

— Não abusaremos da sua hospitalidade por muito mais tempo — disse Bar —, mas deixe-me tomar uma garrafa de Middlehoff, para limpar minha garganta.

— Não, não — recuosou o coruja, interpondo-se entre seu convidado e as garrafas. — Você está sóbrio agora, continue assim.

— Veja bem — disse Cottle cansado —, o Pequeno Mestre e Fortescue não estarão por aí na rua?

— Muito bem — respondeu o coruja. — Esta janela dá para a ferrovia: passem por ela.

— Adeus, visconde.

— Adeus. Não... chega de Middlehoff, sr. Bar — gritou o coruja, enquanto o pequeno e beberrão castanho dava sinais de se aproximar da mesa.

Com essa despedida concisa, os dois desertores abriram a janela e saíram, encontrando-se em uma estreita faixa de terra, coberta de grama alta e localizada entre o salão de música e a linha férrea. Uma chuva fina e torrencial caía; e, na luz incerta do amanhecer, eles distinguiram uma figura alta, envolta em uma capa, que os olhou ferozmente enquanto passava, fazendo os marinheiros culpados tremerem de medo. Depois de alguns momentos, uma luz apareceu, e um longo trem de mercadorias surgiu pesadamente, bufando e ofegando como um animal ferido.

— Vamos — sussurrou Bar. — É nossa única chance de escapar antes do amanhecer.

— Vamos embarcar?

— Sim.

Eles ficaram esperando até que um vagão convenientemente baixo passasse e, no momento certo, agarraram-se firmemente à borda e, com uma sensação terrível de solo oscilando, balançaram-se e afundaram-se sem fôlego entre os carvões.

O marinheiro

Eles mal tinham conseguido fazer esse salto difícil, para não dizer perigoso, quando ouviu-se um barulho de freios e o longo trem parou. Bar, espiando por cima da borda com intensa cautela, viu um grupo de figuras escuras, às quais se juntaram os maquinistas de seu próprio trem.

Cada homem estava armado com um porrete pesado e, pela discrição da reunião e pela meia-noite, o urso só conseguiu pensar em algum propósito desesperado. A princípio, a consulta foi realizada em sussurros, cujo significado não era menos terrível por estar meio escondido. Por fim, o vilão mais importante, que segurava uma lamparina que revelava seu rosto feroz e barbudo, exclamou:

— Ah, chega de conversa fiada! Vamos lá! Vocês querem entrar em greve ou não?

— Nós queremos — gritou um coro de vozes roucas.

— Isso aí, e vocês estão certos! Antigamente, os trabalhadores ferroviários faziam o trabalho de que gostavam e nenhum mais. Eles eram melhores do que nós?

— Não! — Veio o coro.

— Não. — Repetiu o orador, dando um gole em uma jarra pesada. — Mil vezes... Não! E nós também não faremos isso. Este novo mestre de'stação tem uma 'deia errada. Ele vê seus trabalhadores como animais do campo! E nós vamos suportar isso?

— Não! — trovejaram os outros.

— Então, entramos em greve! Deixe-o saber que ele não pode viver sem nós! Nós nos incomodamos de trabalhar? — O coro parecia disposto a retornar uma afirmativa, mas o orador continuou — Não! Mas nos importamos com a tirania!! Qual é o nosso lema?

Um murmúrio indistinto veio da multidão, que parecia confusa sobre este ponto.

Boxen

— Isso! — gritou o agitador. — "Danphabel, com seus mil engates coloridos." Não se esqueçam disso. Agora, saiam do trem e venham. Chega de trabalho! Chega de tirania!

Esta perspectiva animada foi saudada pela multidão com altos vivas, e eles se dispersaram rapidamente, acenando seus porretes acima das cabeças e elevando o orador aos ombros, e o bendito estava totalmente familiarizado com as penalidades da fama.

— Meu Deus — gritou Bar, virando-se para o gato. — Uma greve na ferrovia! Não vamos conseguir escapar!

Capítulo XIV
O RETORNO DOS PRÓDIGOS

❈ ❈ ❈

O comodoro Murray acordou na manhã seguinte com uma sensação desconfortável de que algo desagradável havia acontecido durante a noite, cuja natureza exata ele não conseguia lembrar. A sensação cresceu tanto nele enquanto se vestia que, quando entrou no salão para o café da manhã, não se perguntou mais se uma catástrofe havia ocorrido, mas apenas desejava saber o que era.

— Bom dia, cavalheiros — cumprimentou ele alegremente e então acrescentou, olhando ao redor —, Bar não está aqui?

Os ocupantes da sala de repente ficaram muito mais interessados do que o normal em seu café, mas nenhuma palavra foi dita. O comodoro ficou irritado e silenciosamente sentou-se e tentou ler o jornal, mas não conseguiu fixar sua atenção nas manchetes sensacionalistas, e, conforme a refeição prosseguia, ele ficava ainda mais inquieto.

— Onde está Bar? — perguntou finalmente, virando-se para Macphail. — E Cottle também não está aqui?

234

O marinheiro

— Eu não os vi ontem à noite, depois que subimos a bordo — respondeu o engenheiro.

— O quê! Eles não subiram a bordo?

— Eu não os vi.

— Oras! — exclamou Murray, agora completamente zangado. — Por que diabos você não me contou?

— Comodoro — respondeu o velho engenheiro —, nós navegamos juntos há sete anos e sempre fui seu amigo, você sempre foi meu. Mas como isso aconteceu? Não foi por eu ter lhe revelado todos os segredos dos meus companheiros! E agora, mesmo por um amigo, eu não vou virar informante.

O cínico grisalho da sala de máquinas havia demonstrado mais sentimentos do que era seu costume e o outro estava calmo; mas, ainda assim, inquieto e irritado, saiu da sala e andou pelo tombadilho. Bar e Cottle, se encontrados, deveriam ser expostos e pagar a penalidade; não adiantaria, mesmo que ele quisesse, tentar protegê-los; e ele perderia dois oficiais de quem sempre gostou, e isso não reverteria em mérito para o navio. Enquanto ele assim ruminava, um barco a remo se aproximou, e a pessoa corpulenta do capitão do porto subiu a bordo. O bendito oficial ficou um tanto perturbado e explicou em termos escabrosos como uma greve ferroviária havia ocorrido em terra. Murray ouviu com atenção educada, perguntando-se interiormente por que ele tinha sido favorecido com essa confiança; finalmente ele disse:

— Obrigado, capitão do porto, por suas notícias. Posso ajudá-lo de alguma forma?

— Não; mas imagino que posso ser útil para o senhor.

— Como?

— Dois de seus oficiais...

— Sim!

— ... O sr. Bar e o sr. Cottle, acredito eu, perderam a partida de sua pinaça.

235

Boxen

— Exatamente.

— Eles estão no meu escritório no momento e me pediram para falar com o senhor. Não foi culpa deles estarem atrasados; pelo contrário, eles sofreram, como muitos outros, com a greve. Os dois cavalheiros passaram a tarde em uma viagem até a próxima estação na linha e, em virtude da suspensão do tráfego, não puderam retornar.

— Obrigado — disse Murray, de coração, e em seu coração ele agradeceu às suas estrelas tanto naquele momento quanto naquela tarde, quando os dois desertores subiram a bordo sob a cobertura de uma mentira óbvia, mas uma que Murray estava pronto para aceitar para o bem do navio.

E assim aconteceu que nossos dois amigos tiveram razão para abençoar aquele ataque que algumas horas antes parecia soar o toque de finados de suas esperanças. Desde então, eles têm sido bons amigos, se não bons oficiais, e conseguem atingir um meio termo entre as façanhas desesperadas de Bar e o idealismo absurdo de Cottle.

Littera Scripta Manet

A palavra escrita permanece

Uma comédia por
C. S. Lewis
em 4 atos

Leeborough Press

⚔ ⚔ ⚔

Personagens

LORDE JOÃO GRANDE — Um resmungão
GENERAL PASSOVELOZ — Um libertino
SR. BAR — Um cachorrinho
REI BENJAMIM — Um preguiçoso
RAJÁ HAWKI — Outro preguiçoso
VISCONDE PUDDIPHAT — Um dândi[1]
SR. VANT — Um trabalhador
GLADYS VERDE — Uma sedutora
SRTA. PUDDIPHAT — Uma preguiçosa

---

[1] No original, "knut", uma gíria em língua inglesa que foi popular especialmente na década de 1910. Era utilizada para designar jovens homens da classe alta caracterizados pela indolência. (N. E.)

Boxen

UM MORDOMO }
UM LACAIO   } Cavalheiros transeuntes
UMA EMPREGADA   Uma dama transeunte

Senhoras e senhores
ATO I Um quarto na casa de Bar
ATO II Um quarto no Palácio Riverside
ATO III Gabinete de lorde João Grande
ATO IV O mesmo do primeiro ato

TEMPO – O presente

ATO I

❊ ❊ ❊

Uma pequena sala de estar no apartamento do sr. Bar na rua Florescer. É mobiliada em um estilo inteligente e ultramoderno, as paredes são escarlate e douradas; a carpintaria é branca. No centro do palco, na fundo, há uma mesa com café, sanduixes etc.

Por trás dela está o MORDOMO, indivíduo roliço com bigodes. A maior parte da parede esquerda é ocupada por duas portas dobráveis, que se abrem para a sala de estar. Acima delas, está pendurada uma foto de Daisy Leroy em *Os três malucos*, e em ambos os lados estão caricaturas de lorde Grande e lorde Vant.

À direita, há duas portas: a do fundo leva ao salão, enquanto a mais próxima dá acesso para a sala de jantar. Entre elas está uma escrivaninha. Uma parede foi removida para o benefício do público. A lareira, que deve estar no centro disso, derrama

238

Littera Scripta Manet

um brilho pela sala. Duas cadeiras muito antigas e desgastadas, mas confortáveis, estão dispostas. Elas parecem ridiculamente deslocadas em seu ambiente elegante. Em ambos os lados da mesa, há janelas com cortinas. São oito e meia da noite.

SR. BAR, em traje de noite, está de pé na porta aberta da sala de jantar, de costas para o palco. Ele é um colega robusto e alegre, que carrega uma atmosfera de impudência e contas não pagas.

GLADYS GREEN, uma mulher bonita, de cerca de 23 anos, está fazendo um alvoroço no centro do palco. Está usando um vestido de noite exagerado.

BAR: (*sem se virar*) Um, dois, três, seis, nove, dez, quinze; precisamos de outro lugar nesta mesa, querida.

GLADYS: (*chegando à porta*) Não precisamos, não, Jimmy. Vamos receber Passoveloz e a srta. Chutney, e os meninos e seus parceiros aqui.

BAR: (*se vira e entra na sala*) Sim, mas queremos um assento para lorde João e sua dama.

GLADYS: Para quem?

BAR: Lorde João Grande, o Pequeno Mestre.

GLADYS: Mas meu querido! Você não está querendo dizer que o convidou?

BAR: (*risos*) Bem, veja, eu não tinha ideia de que ele aceitaria, e tinha certeza de que isso o incomodaria…

GLADYS: Um dia desses você vai testar a paciência dele para além do limite.

BAR: Teremos que arriscar isso. O general deve tê-lo convencido a vir.

GLADYS: (*selvagemente*) O general não perde por esperar quando eu o pegar sozinho!! Ele está ficando muito intrometido.

Boxen

BAR: O querido velho general esperaria de bom grado a noite toda. Está quase na hora de o velho sossegar.

GLADYS: Seria adeus à sociedade de Alegrete para nós, se ele o fizesse. Eu gosto do general.

BAR: É, eu sei que você gosta. (*Há uma comoção no salão*)

GLADYS: Alguém está chegando. Feche a porta, Jimmy.

(*Ele fecha a porta e entra na sala. Entra o LACAIO vindo do salão*)

LACAIO: Visconde e srta. Puddiphat, sr. Vant, coronel e srta. Chutney, sr. Putney, suas Majestades. (*Essas pessoas entram conforme anunciado*)

GLADYS: Boa noite, visconde. Como está o... sim, muito frio, não? (*zumbido geral de conversa*)

VANT: (*em outra parte da sala*) Não, sua Majestade, eu não estava lá. Mas acredito que foi muito engraçado.

BENJAMIN: Garanto que foi. Não quero café, obrigado. Você vai na casa do Puddiphat amanhã?

VANT: Ah, claro. Olá, senhorita Puddiphat, queremos falar com a senhorita.

SENHORITA PUDDIPHAT: Boa noite.

HAWKI: O que vai acontecer na casa do visconde amanhã?

SENHORITA PUDDIPHAT: Ah, isso é um segredo.

BENJAMIM: Acredito que eu saiba. (*diz algo à parte para a senhorita P.*)

SENHORITA PUDDIPHAT: Não direi se você está certo. Vant, entregue-me o sanduixes e pare de tagarelar. (*ele obedece*)

BAR: (*em outro grupo*) Não, não foi muito divertido; mas estamos esperando ansiosamente por amanhã, Puddiphat.

PUDDIPHAT: Será algo agradável e indolente e confortável, de qualquer maneira, exceto para uma pessoa.

GLADYS: Ah! Puddiphat! Você está entregando tudo agora! Mas onde está o general?

PUDDIPHAT: Não sei. Ele vai, eu espero.

GLADYS: Ele aceitou, de qualquer maneira.

CHUTNEY: (*preocupado*) O que é tudo isso? O general não vem?

BAR: Onde ele está?

LACAIO: (*reentrando*) O general Passoveloz e lorde João Grande. (*Eles entram. PASSOVELOZ é um homem velho e bonito com uma venerável barba branca, cujo efeito é bastante estragado pelos modos e expressão ousados. GRANDE é um sujeito imponente, com uma voz de sino de catedral. Suas maneiras demonstram que ele está ali contrariado*)

PASSOVELOZ: (*despreocupadamente*) Como está, Bar?

GRANDE: (*para GLADYS, espalhafatosamente e com cordialidade forçada*) Sra. Bar, permita-me confessar que este é um evento ao qual eu tenho há muito tempo esperado ansiosamente com sentimentos de prazer.

GLADYS: (*Depois de um olhar atraente para BAR*) Estou certa de que estamos muito satisfeitos em vê-lo, meu senhor.

GRANDE: (*com um olhar aguçado para ela*) A satisfação, sra. Bar, é mútua. (*Ele se dissolve na multidão, de onde sua voz é ouvida falando alto a respeito de um novo livro sobre estratégia. Depois de alguns momentos, uma banda é ouvida tocando na sala de estar, e a maioria dos convidados desaparece com seus parceiros*)

BAR: Como vai, Grande?

GRANDE: (*que prefere ser abordado como "meu senhor", responde rigidamente*) Estou desfrutando de excelente saúde, obrigado, sr. Bar.

BAR: (*destemido*) Não é um homem de dançar, eu suponho?

GRANDE: Não, sr. Bar, meus dias de dança acabaram.

BAR: (*empurra uma das cadeiras confortáveis na direção dele*) Bem então, não vai se sentar? E deixe-me oferecer-lhe um charuto.

Boxen

GRANDE: Isso é muito bom da sua parte, sr. Bar. (*corta e acende a erva*) Não, não vou me sentar, e espero que não me deixe mantê-lo fora da pista.

BAR: Está tudo bem. Eu nunca danço nas primeiras duas ou três valsas. Deixo o café assentar.

GRANDE: (*olha para o relógio e suspira de maneira inaudível*) Você é um homem mais sábio do que eu era na sua idade, sr. Bar.

BAR: (*depois de examinar criticamente seu companheiro*) Sim, Grande, acho que você está certo.

(*GRANDE olha fixamente por um momento, como se seus olhos fossem cair da cabeça. A situação é salva pelo intervalo da música e pelo retorno dos convidados. PASSOVELOZ dançou com GLADYS, BENJAMIM com SRTA. CHUTNEY, HAWKI com SRTA. PUDDIPHAT*)

BAR: Bem, senhor, devo procurar meu parceiro. Tem charutos e cigarros na mesa.

(*Ele desaparece entre os convidados. Alguns deles passaram pela porta que leva ao salão, na busca de lugares para sentar, outros se espalharam pela sala em casais. GRANDE espreita furtivamente pelo salão, conversando com aqueles que ele conhece. De repente, ele para abruptamente em frente à escrivaninha e olha para uma fotografia que se destaca ali. Ele se afasta, mas volta novamente em grande perturbação. Então caminha até a mesa de centro*)

MORDOMO: Posso lhe oferecer alguma coisa, meu senhor?

GRANDE: (*em uma voz animada*) Uma taça de vinho do Porto, se for possível. Obrigado! (*Ele engole de uma vez. A música acabou e todos começam a voltar para a sala de estar. PASSOVELOZ não está dançando desta vez. Ele se aproxima de GRANDE festivamente e se senta em uma das cadeiras. O MORDOMO entra na sala de jantar para obter mais gelo. GRANDE fecha a porta assim que ele saiu*)

GRANDE: (*voltando à lareira*) Frederico!

PASSOVELOZ: (*alegremente*) Já faz muito tempo desde a última vez que você me chamou assim, meu velho. O que foi?

GRANDE: (*tira a fotografia e a entrega ao outro*) Olhe isso.

PASSOVELOZ: Meu bom Deus! (*Ele derrama um copo cheio de uísque e água na mesa. Enquanto bebe*) Que diabo isso está fazendo aqui?

GRANDE: Confesso que não sei. Você não conseguiria se apossar daquela criatura do Bar e tentar descobrir?

PASSOVELOZ: (*que, com a suavização do seu primeiro choque, começa a recuperar sua postura calma*) Não, Grande, não posso. O jogo não é esse. Além disso, não vejo como isso pode importar para mim.

GRANDE: (*com raiva*) Não! Ouso dizer que não importa para você. Mas você não tem consideração ou ansiedade por mais alguém? Sim, esse é o seu estilo: passar pela vida um ocioso, egoísta, imoral, autônomo...

PASSOVELOZ: X-xio!

(*O MORDOMO entra enquanto tosse discretamente e assume sua posição atrás da mesa*)

GRANDE: (*em um tom de autoridade*) Agora, vamos lá, Passoveloz, é hora de sairmos daqui.

PASSOVELOZ: (*agora completamente alegre de novo*) Bobagem, Grande, a melhor parte da noite ainda está por vir.

GRANDE: (*impaciente*) Tudo será igual. Você já viu o suficiente para um homem da sua idade, que parece apenas ridículo em um salão de baile. Vamos.

PASSOVELOZ: (*pegando um charuto*) Não tema! Não vou desapontar todas as minhas parceiras.

GRANDE: Tenho certeza de que as pobres meninas ficarão muito satisfeitas por se livrarem do dever de dançar com um octoginário.

Boxen

PASSOVELOZ: (*Silenciosamente*) Acho que não, grande. Opa, essa dança acabou.

(*A multidão volta à sala novamente. GRANDE, com um esforço, se recompõe e se aproxima de BAR*)

GRANDE: Sr. Bar, lamento muito me despedir, mas acho que na minha idade sou forçado a me recolher em uma hora muito cedo. Não preciso dizer como gostei da sua companhia.

BAR: (*Para GLADYS, que está passando*) Digo, querida, lorde João está falando sobre ir embora.

GLADYS: Oh, meu senhor! São apenas dez horas.

GRANDE: Hum... é a minha idade, sabe... clima frio... acordando cedo... (*se dissolve no nada de desculpas*)

GLADYS: (*gravemente*) Bem, se precisa ir, deve ir. Mas deixe-me lhe oferecer uma sopa quente na sala de jantar antes de sair. Está congelando lá fora.

GRANDE: Ah não, obrigado, sra. Bar. Eu tomei um copo do excelente vinho do Porto do seu marido, que me manterá aquecido por algum tempo. (*GLADYS olha para cima rapidamente*)

GLADYS: De quem? Perdão?

GRANDE: O vinho do Porto do seu marido, o vinho do porto do sr. Bar.

GLADYS: Ah, é claro, com certeza. Boa noite, meu senhor.

GRANDE: Sra. Boa noite e muito obrigado.

(*Ele sai. A banda começa de novo*)

Cortina

Littera Scripta Manet

ATO II

❊ ❊ ❊

Uma sala matinal no Palácio Riverside. Lorde João Grande, que é o estadista mais importante de Boxen, vive aqui com suas duas Majestades. Ele costumava ser o tutor deste e, consequentemente, exerce sobre eles uma influência paterna, e, na intimidade, diminui toda a cerimônia das suas posições. A parede traseira é preenchida por duas grandes janelas, através das quais olhamos para o rio. Entre elas, há uma grande escrivaninha, na qual há uma cadeira de escritório. As paredes estão revestidas em papel marrom sóbrio, com um lambris de carvalho até a altura da cintura de um homem. Na parede da direita, há uma porta que leva à galeria principal do palácio. Entre ela e a outra parede, há uma boa estante antiga preenchida com volumes pesados. A parede da esquerda é ocupada por uma grande lareira aberta, na qual uma fogueira alegre está queimando. Acima pra prateleira sobre a lareira, há uma pintura a óleo por Therence. Cinco cadeiras profundas, estofadas em couro vermelho, estão dispostas em volta do fogo. Em duas delas, os reis estão sentados, com jornais. Benjamim parece sonolento e mal-humorado, e Hawki está irritado. Uma atmosfera geral de "manhã seguinte" paira sobre a cena. Eles estão vestidos com trajes de passeio e pantufas. Há uma breve pausa de talvez um minuto, e então a porta à direita se abre e o general entra. Ele está vestido com calças matinais e um roupão.

PASSOVELOZ: (*caminha até a janela e olha para fora*) Onde está Grande?

HAWKI: Num sei.

Boxen

PASSOVELOZ: (*olhando em volta*) Suponho que vocês tenham ouvido falar sobre o pequeno caso dele ontem à noite?

BENJAMIM: (*sem interesse*) Não, não ouvimos não.

PASSOVELOZ: A boa Gladys vai dar alguns problemas, eu temo.

HAWKI: (*ficando interessado*) Como é? Pensei que Bar fosse o único irritante naquela casa.

BENJAMIM: (*retomando o jornal*) Ah, é apenas uma das histórias do general.

PASSOVELOZ: (*se aproximando do fogo e se aconchegando no tapete em frente da lareira, de costas para as chamas*) Aí você está errado, senhor. Se apenas soubesse... (*risos*)

HAWKI: Bem, desembucha de qualquer maneira e vamos seguir em frente.

PASSOVELOZ: (*dizendo como as coisas devem ser, com as pernas afastadas e uma mão gesticulando*) Para dizer a verdade, suas Majestades, a coisa é muito nova para mim, ou seja, sei desde a noite passada. Eu tirei isso de Gladys ontem à noite, quando todos os outros tinham ido embora. E por Deus, ela não é legal? Ela...

BENJAMIM: Continue com a história.

PASSOVELOZ: Perdão. Bem, para começar do começo, o querido velho Grande viu uma foto na casa de Bar da famosa sra. Verde, sobre quem devem já ter ouvido. Agora, preciso lhes dizer que o início da vida de Grande não era tudo o que se deseja...

HAWKI: Quem lê os papéis da oposição sabe disso. Mas continue.

PASSOVELOZ: ... E, por acaso, nós dois éramos grandes amigos da sra. Verde, ao mesmo tempo, e muitas histórias aconteciam. Sobre a veracidade delas, não vou dizer nada, mas Gladys me disse ontem à noite que Grande... Conseguem adivinhar?

BENJAMIM: (*se endireitando*) Você não quer dizer...

PASSOVELOZ: (*assente*) Aqui vai.

(*Um passo pesado é ouvido e, um momento depois, lorde João entra. Está em seu roupão e parece sombrio. Olha os outros mal-humorados e se senta sem dizer uma palavra*)

PASSOVELOZ: Bom dia, Grande!

HAWKI: (*alegremente*) Bom dia.

BENJAMIM: (*respeitosamente*) Bom dia, Grande.

GRANDE: Bom dia. (*As três sílabas crescem com ênfase sombria, em três pausas diferentes*)

HAWKI: (*com esforço na alegria*) Você dormiu bem?

GRANDE: Não, não dormi bem.

BENJAMIM: Hum.

GRANDE: (*virando com fúria repentina para o último que falou*) Benjamim, eu gostaria que você se livrasse desse hábito de grunhir nas conversas. (*Benjamim se retira fracamente atrás de seu jornal. GRANDE vai e olha pela janela. Uma pausa longa*)

PASSOVELOZ: Lamento que você tenha tido uma noite ruim. Você não estava confortável?

GRANDE: É essa preocupação que está me matando.

HAWKI: (*sentindo que algo deveria ser dito e vendo que BENJAMIM não mostrava sinais de fala*) Por que, qual é a preocupação agora?

GRANDE: Não importa.

PASSOVELOZ: Você cometeu uma gafe ontem à noite, Grande.

GRANDE: (*indignado*) Nada disso, mestre Passoveloz!

PASSOVELOZ: Que tal se dirigir à dona da casa como sra. Bar?

GRANDE: (*virando-se surpreso*) De que outra forma eu a teria chamado?

BENJAMIM: (*chuta PASSOVELOZ violentamente para tentar fazê-lo mudar de assunto*)

PASSOVELOZ: (*como se descobrisse uma grande lei elementar*) Por que não chamar a dama pelo nome?

GRANDE: O que quer dizer com isso?

PASSOVELOZ: O nome da dama é srta. Verde.

GRANDE: Isso foi antes de ela se casar com Bar.

PASSOVELOZ: (*lentamente*) Mas... ela... não fez isso.

GRANDE: (*fica parado por um momento, estupefato, então começa a andar de um lado para o outro na sala e gagueja de raiva*) ... Eu... eu... você quer me dizer... que seu Pequeno Mestre... que coisa ridícula!!

PASSOVELOZ: (*fazendo um comentário à parte audível para suas Majestades*) O resultado dessa observação superou até mesmo minhas esperanças mais otimistas.

GRANDE: Eu não vou tolerar isso. Eu devo ser arrastado para debaixo do teto de cada vadia descarada dos arredores de Alegrete? Nunca lhe ocorreu [me] dizer isso antes de irmos?

PASSOVELOZ: Você nem sempre foi tão exigente com a companhia que mantinha.

GRANDE: (*Recua imediatamente. Então rigidamente*) Meu senhor, suas Majestades estão cansadas de sua presença. (*em um tom de comando*) Não estão, rapazes?

HAWKI: (*como em dever*) Sim, Grande.

BENJAMIM: (*ainda atrás do jornal*) Sim, Grande.

GRANDE: (*altivo*) Então, general, devo pedir que retire sua presença.

PASSOVELOZ: (*imperturbável*) Certo! (*para suas Majestades*) Cuidem para mantê-lo longe de problemas enquanto eu estiver fora.

Littera Scripta Manet

(*Vai até a porta. Enquanto ele está saindo, uma CRIADA entra com um cartão em uma bandeja*)

GRANDE: (*lendo*) "Senhorita Gladys Green." Mas o que isso significa... eu não vou ver a criatura!

PASSOVELOZ: (*na porta*) Acho melhor você recebê-la, Grande. Você não é um pai muito amoroso!

(*Sai. GRANDE desaba em uma cadeira. Para a CRIADA*)

GRANDE: Traga a moça!

CRIADA: Sim, meu senhor. (*sai*)

GRANDE: Rapazes, é melhor vocês irem se sentar em outro lugar até que essa mulher vá embora.

HAWKI: Muito bem, Grande.

(*Os dois REIS se levantam obedientemente e saem. Entra CRIADA anunciando GLADYS. Sai CRIADA*)

GRANDE: (*com fúria latente escondida atrás de um fino véu de polidez*) Bom dia, sra. Bar. É realmente um prazer inesperado.

(*GLADYS, vestida com um traje matinal impecável, avança alegremente para o centro da sala e aperta sua mão*)

GLADYS: Tenho certeza, meu senhor, que o prazer será principalmente da minha parte.

GRANDE: (*à parte*) Sim, tenho certeza que sim. (*para ela*) Pelo contrário, minha cara senhora. (*oferecendo uma cadeira*) Posso lhe dar uma taça de vinho do Porto, sra. Bar?

GLADYS: (*friamente*) Não, obrigada, mas aceito fumar um cigarro, por favor.

(*Se serve de uma caixa na prateleira da lareira. Então se senta. GRANDE olha horrorizado*)

GRANDE: Claro, sra. Bar.

GLADYS: (*docemente*) Eu queria que não me chamasse de sra. Bar. Meu nome é srta. Verde.

GRANDE: (*indignado demais para protestar*) Peço desculpas.

Boxen

GLADYS: (*após uma pausa durante a qual ela observa a fuma-ça do tabaco subindo em silêncio*) Você está se perguntando, sem dúvida, porque vim para incomodá-lo às onze horas da manhã. (*GRANDE faz um gesto depreciativo*) Mas o fato é que ultimamente, ao folhear meus papéis, encontrei algo que tenho certeza de que é do seu interesse. Como isso lhe diz respeito intimamente, pensei em vir e lhe contar imediatamente. (*sorri com ponderação*)

GRANDE: Tenho certeza de que é muito gentil da sua parte, srta. Verde.

GLADYS: Por favor, não mencione isso. Entre os pertences da minha mãe, há uma grande coleção de fotografias de suas amigas. (*GRANDE começa a andar pela sala em grande consternação*) Há algo errado, lorde Grande? (*com grande preocupação*)

GRANDE: Não, obrigado. Continue. Estou ouvindo.

GLADYS: Imagine minha surpresa, meu senhor, ao encontrar uma imagem sua entre eles. E assinada também! Tinha "seu adorado João" escrito embaixo. Mas aqui, veja você mesmo. (*Pegando uma fotografia da bolsa, ela a segura para ele ver. Ele olha horrorizado e cai em uma cadeira. Ele enxuga a testa com um lenço*)

GLADYS: Claro, não vejo nenhum interesse especial na coisa. É um registro muito comum de uma amizade muito comum, eu ouso dizer. Mas (*inocentemente*) o engraçado é que o editor de O ocioso me ofereceu cinco mil libras por ele. Eu estava pensando...

GRANDE: (*se levantando com veemência temerosa*) Mulher! Você chantagearia seu Pequeno Mestre?

GLADYS: (*surpresa*) Ah, meu senhor!! O que você está insinuando? Eu só queria perguntar como ele chegou a esse valor. Claro que o autógrafo de sua senhoria dificilmente vale tudo isso. Mas se você for violento, eu terei que ir. Você realmente me aborreceu.

GRANDE: Peço desculpas, srta. Verde. Houve algum engano.

GLADYS: Minha nossa! São doze horas. Receio que eu tenha que ir. (*levantando-se*) Espero não o ter entediado, senhor, com minha longa história. Adeus e muito obrigada pela conversa agradável. (*GRANDE abre a porta para ela. Ela sai*)

GRANDE: (*voltando para a sala, resmungando fracamente como alguém que acabou de passar por uma tempestade*) Cinco mil libras... cinco mil! Eu estarei arruinado! Não é justo!

Cortina

ATO III

※ ※ ※

Gabinete de lorde Grande em Riverside. É uma sala menor do que a mostrada no último ato e é revestida de carvalho antigo. Retratos de antigos Pequenos Mestres estão expostos intervalados nas paredes. Há três deles na parede oposta a nós, na qual há uma lareira. Uma poltrona com uma mesa de leitura adaptável fica à direita. A parede da direita é preenchida pelas janelas sob as quais há uma grande mesa de escritório e uma cadeira. À esquerda, na frente, há uma porta. O resto da parede é escondido por uma estante de livros. Em primeiro plano, há uma pequena mesa circular, para guardar papéis, cachimbos etc. À esquerda da lareira, há um cofre. PASSOVELOZ e GRANDE entram pela esquerda. GRANDE está usando sua sobrecasaca e calças cinzas, enquanto PASSOVELOZ desfila o casaco matinal mais moderno. Ele fecha a porta atrás de si. Dois ou três dias após o "Ato II".

GRANDE: (*entregando ao outro uma das cadeiras usadas para visitantes*) Venha e sente-se, Passoveloz.

PASSOVELOZ: Obrigado. (*senta-se na poltrona*) Agora podemos conversar.

GRANDE: (*vai até o cofre*) Você quer uma taça de Zauber? E um dos Gleonarphies? (*ele traz vinho e charutos*)

PASSOVELOZ: Por favor. (*se serve*) Agora, o que você quer conversar?

GRANDE: (*sentando-se na cadeira do escritório*) Que estou sendo arruinado, Passoveloz.

PASSOVELOZ: Você quer dizer pelos Bar?

GRANDE: Sim, pelos Bar. Há uma conta de cem que chegou ontem, e uma caixa no Coleoptera que tive que pegar no dia anterior e uma conta de cinquenta no dia antes disso. (*irritado*) Sabe, não posso esperar. Terei que renunciar. (*fatalisticamente*)

PASSOVELOZ: Eu não pagaria se fosse você.

GRANDE: (*com entusiasmo*) Qual é a vantagem de falar assim, quando sabe que não tenho outra opção? Não posso deixar esse negócio sair nos jornais!

PASSOVELOZ: Acho que não. Mas, eu digo, Grande, essa história é verdadeira?

GRANDE: (*impaciente*) Recuso-me a discutir essa questão.

PASSOVELOZ: (*com uma risada*) Certo, Grande. Eu me recusaria a discutir isso com os Bar também.

GRANDE: Se eu soubesse de alguma forma… (*uma longa pausa*) Então, é muito difícil suportar a insolência dessa criatura, quando a vejo andando pela rua D., vestida com meu dinheiro, alimentando-se do meu dinheiro, entretendo-se com meu dinheiro! Oras, tive que pagar por aquela dança na outra noite e pelos charutos que ele tão gentilmente nos ofereceu.

PASSOVELOZ: (*risos*) Mas, sério, Grande, há um lado humorístico nisso.

GRANDE: (*friamente*) Sério, general, sua habilidade risível é descomunalmente desenvolvida.

PASSOVELOZ: Viva!

GRANDE: Por outro lado, o fato de ele não ser casado com aquela mulher é uma preocupação constante para mim. Pensar que o Pequeno Mestre de Boxen está sustentando um par de...

PASSOVELOZ: (*interrompendo*) Mas esse é só o seu erro! Foi pensar demais que fez de você um velho.

GRANDE: Seja como for, mestre Passoveloz, não farei outro pagamento até que o casal esteja casado. Tenho certeza de que eles não vão querer acabar com o negócio publicando seus fatos...

PASSOVELOZ: ... e matar a galinha dos ovos de ouro?

GRANDE: (*com raiva*) Sério, meu bom homem, seu jeito de escolher metáforas infelizes é incrível.

(*PASSOVELOZ está prestes a responder quando a CRIADA entra, anunciando o SR. BAR. Ele está vestido com um terno de sarja azul bem cortado com gola de seda macia e gravata borboleta. Ele é alegre e truculento. CRIADA sai*)

BAR: (*com um aceno familiar de cabeça*) Como vai, Grande? Olá, general!

GRANDE: (*sem se levantar*) Sente-se.

BAR: Tudo bem. E você me ofereceu um charuto?

(*pega um e acende*)

GRANDE: Não, eu não lhe ofereci um charuto.

BAR: (*sentando-se sobre a mesa*) Bem, está feito agora! Vim pegar um pouco de grana emprestada.

PASSOVELOZ: (*que está apreciando a cena das profundezas de sua cadeira*) Isso mesmo, meu jovem amigo, nunca perca tempo para ir direto ao assunto.

GRANDE: (*irritado*) Passoveloz, sua presença é dificilmente necessária nesta entrevista.

BAR: (*dando tapinhas no ombro de GRANDE*) Pronto, pronto, pronto!

GRANDE: (*saltando como uma bola de borracha indiana*) Se fizer isso de novo, senhor, eu o jogo pela janela!!!

BAR: (*sorri alegremente*) Perdão, perdão! Bem, sobre esse dinheiro?

GRANDE: Não adianta continuar, senhor. Eu já decidi não pagar de novo até que cumpra uma das minhas condições. Você pode publicar o que quiser.

BAR: (*com leve surpresa*) Ho-Ho!! E qual é o problema agora?

GRANDE: Eu insisto que você se case com essa garota inocente que você seduziu.

PASSOVELOZ: Que imagem magnífica de indignação paternal!

GRANDE: (*virando-se para ele*) Eu lhe digo, mestre Passoveloz, não sou o pai dessa mulher, e quanto mais cedo você aprender isso, melhor nos daremos. Ouviu o que estou lhe dizendo?

PASSOVELOZ: (*com compostura*) Ouvi.

GRANDE: Bem, leve isso a sério então. (*virando-se para a mesa*) E agora, sr. Bar, o que tem a dizer?

BAR: (*Levanta-se lentamente e caminha até a lareira. Ele então enfia as mãos nos buracos do colete e estica o peito*) Devo entender, meu bom lorde Grande, que se opõe ao atual estado de coisas entre mim e sua filha?

GRANDE: Entre você a srta. Verde, senhor, de quem não sou parente. Sim, eu me oponho, meu jovem amigo.

BAR: É triste ver uma superstição tão antiga prevalecendo no século XIX! Por quanto tempo o público desconsiderará o glorioso princípio do amor livre e se apegará ao costume repugnantemente obsoleto do casamento? Tendo ouvido Schopensplofher sobre o assunto...

GRANDE: (*com raiva reprimida*) Eu não ouvi aquele sujeito.

BAR: (*levanta as mãos em falso horror*) Pense na depravação de uma era que abre o mais alto cargo do estado para um velho analfabeto...

GRANDE: (*com raiva*) Você insultaria seu Pequeno Mestre?

PASSOVELOZ: Silêncio! Xio! Vamos ouvir o sermão do homenzinho.

BAR: Obrigado, senhor. Como eu estava dizendo, o casamento é um costume obsoleto, que pode ser considerado apenas uma relíquia da idade das trevas. Deveria ter sido abolido quando seus companheiros ruins foram varridos. Pertence ao reino da magia, da queima de bruxas, da intolerância religiosa, da tortura, do poder despótico, do cargo de Pequeno Mestre e mil outros...

GRANDE: (*que se levantou ameaçadoramente e pegou uma bengala do canto, agora interrompe*) Claro, mestre Bar! O cargo de Pequeno Mestre é uma relíquia, não é? Vamos ver sobre isso. (*avançando de repente, ele agarra BAR pelo colarinho*) Venha aqui, senhor!

BAR: (*Percebendo sua posição tarde demais. Lutando*) Me solte! Estou dizendo para me soltar! Eu não vou tolerar isso! Você ouviu? Vou contar a todos os jornais de Alegrete... Ouh!

(*GRANDE, tendo-o erguido à distância de um braço, deu-lhe um golpe. Ele começa a espancá-lo, cuidadosa e metodicamente*)

GRANDE: (*entre os golpes*) Eu vou... ensiná-lo... a... insultar... seu... Pequeno... Mestre!!

BAR: Ai! Pare com isso, eu digo! Eu insisto! Passoveloz, ajude!

Boxen

PASSOVELOZ: (*tomado pela risada*) Era tudo parte do jogo, Bar. Você assumiu seu risco.

GRANDE: (*parando*) Passoveloz, abra a janela.

PASSOVELOZ: Certo!

(*Ele obedece. BAR, vendo o que está por vir, começa a lutar mais violentamente*)

GRANDE: Fique quieto, senhor!

(*Ele o carrega até a janela e o joga para fora. Ouve-se um barulho alto no rio*)

(*fechando a janela*) Pronto, com ou sem jornais, acabei com essa conversa insolente. A coisa estava se tornando intolerável. (*senta-se, enxugando o suor da testa*)

PASSOVELOZ: (*fraco de tanto rir*) Obrigado, Grande, obrigado. Foi tão bom quanto uma peça! Você precisa fazer de novo! Ha-ha-ha. (*cai na gargalhada de novo*)

GRANDE: Bem, é um assunto muito sério para mim. Suponho que essa fotografia estará no *O ocioso* amanhã. Terei que deixar o país.

PASSOVELOZ: (*se recuperando*) Por Deus, João, estamos numa enrascada, certamente! Precisamos colocar nossa inteligência para funcionar.

GRANDE: (*fatalisticamente*) Ah, é melhor eu me decidir. Vou arrumar meu baú.

PASSOVELOZ: Bobagem! Há uma saída para cada situação, se você puder encontrá-la.

GRANDE: (*obstinadamente*) Bem, há uma coisa certa. Tão certo quanto meu nome é João Grande, ele não receberá mais nenhum centavo até o dia do casamento.

PASSOVELOZ: Bem, se você está decidido a isso, deve fazer com que valha mais a pena para ele se casar do que publicar os fatos.

GRANDE: (*com raiva*) Droga, homem, você acha que eu sou feito de dinheiro?

PASSOVELOZ: (*silenciosamente*) Não. Mas acho que talvez lhe custe menos adotar meu plano do que continuar como tem feito.

GRANDE: Sim; e espero que sim!

PASSOVELOZ: Garanto que sim.

GRANDE: (*de mau humor*) Bem, qual é esse seu plano?

PASSOVELOZ: Estava pensando que você poderia acabar com o incômodo oferecendo a Bar uma anuidade permanente em seu casamento com Gladys Verde, e melhorando os modos dele...

GRANDE: Isso certamente seria um passo na direção certa...

PASSOVELOZ: Isso satisfaria sua consciência, suprimiria a fotografia e reduziria as despesas.

GRANDE: (*pensativo*) Mas por que eu deveria sustentar esse sujeito e sua esposa só para que ele possa produzir legitimamente muitas pequenas réplicas feias de si mesmo?

PASSOVELOZ: (*com uma risada seca*) Porque você não tem alternativa, meu caro companheiro.

GRANDE: (*começa a andar de um lado para outro*) Bem, eu declaro, não está certo. Aqui, eu trabalho duro o dia todo para manter o país seguro e faço meu pequeno trabalho social à noite, semana após semana. E com que retorno? Ser atormentado por um...

PASSOVELOZ: (*quem já ouviu esse tipo de conversa antes*) Vamos, vamos, Grande, não adianta deixar todo mundo miserável com suas reclamações. Uma das minhas teorias é que você não tem o direito de espalhar seus problemas. Duzentas libras por ano bastam para ele, e nós conseguiremos viver com o restante.

GRANDE: (*tristemente*) Acho que deve ser feito.

(*PASSOVELOZ sai. GRANDE se senta e olha melancolicamente para a lareira*)

Cortina

Boxen

ATO IV

❈ ❈ ❈

A sala de estar da casa de Bar, como no "Ato I". A mesa que anteriormente estava na parte de trás foi movida para sua posição original, depois que o barulho da dança diminuiu, e agora está sob a janela da esquerda, servindo como um pilha geral de lixo. As janelas dão para um quadrado grande. O horário é de cerca de dez horas da manhã. Depois de uma breve pausa, a porta da sala de jantar à direita se abre e VANT, CHUTNEY, SRTA. CHUTNEY, VISCONDE PUDDIPHAT e SRTA. PUDDIPHAT entram. Os senhores estão de fraque, as mulheres de roupas de domingo. Eles se espalham pela sala, srta. Chutney ocupa uma das poltronas que ainda estão em frente ao fogo.

VANT: (*sentado com um suspiro de alívio*) Ahh! Tomamos um café da manhã de reis!

SRTA. PUDDIPHAT: É realmente extraordinário, sr. Vant, a maneira como sua mente funciona com coisas para comer.

PUDDIPHAT: (*à mesa*) Sabe, essa foi uma das grandes surpresas da minha vida.

CHUTNEY: O quê?

PUDDIPHAT: Este casamento.

SRTA. CHUTNEY: (*rindo*) Foi mesmo engraçado depois daquilo que todos sabemos, mas a parte que me confunde é lorde Grande estar presente e interpretar o velho tio gentil.

CHUTNEY: (*brevemente*) O pobre e velho sujeito se foi finalmente. Sabia que ele faria isso.

PUDDIPHAT: Mas, coronel, qual você acha que é a verdadeira explicação?

CHUTNEY: Não faço ideia.

VANT: (*com autoridade*) Na minha opinião, Grande está aqui obrigado. Considerando a idade dele, seu temperamento e suas opiniões sobre Bar, não acredito que esteja fazendo isso por diversão.

SRTA. PUDDIPHAT: Mas como ele poderia ter interesse em fazer amizade com Bar?

VANT: (*avança, cheio de informações*) Bem, olhe aqui. Por acaso, eu sei... Mas deixa para lá, eles vêm aí.

SRTA. CHUTNEY: (*fala de canto, apressadamente, enquanto a porta da sala de jantar se abre*) Tudo bem. Não espero que sua história seja tudo isso. (*BAR de fraque e GLADYS de vestido de noiva entram, seguidos de GRANDE e PASSOVELOZ em sobrecasacas. GRANDE parece alegre e satisfeito. O outro está brincalhão e lacônico como sempre. Um burburinho geral na sala. Os reis os seguem*)

BAR: (*que chegou ao centro da cena de alguma forma*) Digo, pessoal, que tenho uma ideia...

PASSOVELOZ: (*fazendo um aparte em voz alta*) O casamento o reformou. Essa é a primeira ideia que ele já teve.

BAR: (*prosseguindo*) Não reparem naquele velho rude! Como eu estava dizendo, seu senhorio fez um discurso tão excelente à mesa que voto por lhe darmos a palavra novamente. O general foi rude o suficiente para dormir, e o discurso parou. Mas tenho certeza de que havia mais por vir.

GRANDE: (*apressadamente*) Pelo contrário, sr. Bar...

GLADYS: Ah, sim, meu senhor, o senhor deve continuar. É o sucesso do evento.

PUDDIPHAT: Sim, vamos ouvir o Pequeno Mestre.

PASSOVELOZ: (*vai em direção às portas dobráveis*) Há um sofá aqui, sra. Bar, não? Eu vou tirar outro cochilo. (*GLADYS sorri e o intercepta*)

GLADYS: (*firmemente*) Não fará nada desse tipo, general. Se não tiver muito cuidado, farei o senhor mesmo falar. (*PASSOVELOZ se senta. GRANDE desistiu e deixou HAWKI à frente*)

GRANDE: Aqui está o seu homem, senhores! (*O rajá é colocado rapidamente sob protesto em uma cadeira entre CHUTNEY e o VISCONDE. Ele lança um olhar cruel para GRANDE, que está explicando a piada para GLADYS. Todos os outros se sentam. Um silêncio mortal*)

HAWKI: (*para Chutney, em um sussurro febril*) Me solta, seu demônio! O que diabos você quer dizer com isso? Você vai ver...

GRANDE: Vamos lá, sua Majestade, estamos esperando.

HAWKI: (*olha para as visitas, sombriamente*) Senhoras e senhores, desacostumado como eu sou de falar em público... (*ele lança essa frase como uma recitação e depois chega a um ponto final. Depois de uma pausa*) Hum... estou muito feliz... hum... vocês sabem... de estar... ah... presente, neste evento. (*Sem conseguir nada para dizer, ele repete várias vezes "terrivelmente feliz"*) Acho... hum... que será uma coisa... muito boa para o país... não, não, eu não acho na verdade. O que quero dizer é que, ah, isso... bem, eu estaria enforcado se soubesse o que quero dizer. (*torna-se livre violentamente e senta-se emburrado*)

GRANDE: (*em tom desapontado*) Humm! Eu não gostei muito disso...

OS OUTROS: (*aplaudindo com veemência*) Viva! Viva! Muito bom! Bom demais!

(*A multidão se levanta e carrega HAWKI para sala ao lado. Risadas altas e barulho de rolhas saindo das garrafas. GRANDE e PASSOVELOZ permanecem*)

PASSOVELOZ: (*senta-se perto da lareira*) Bem, meu velho? Gostou do novo arranjo?

GRANDE: (*volta da porta, esfregando as mãos e rindo*) Eu me pergunto o que o mestre Hawki terá a me dizer quando chegarmos em casa. Ha! Ha!

PASSOVELOZ: Fico feliz em ver que você está mais alegre nesta manhã.

GRANDE: Sim, Passoveloz, gostei do arranjo.

PASSOVELOZ: (*com um sorriso azedo*) E acha que pode ser capaz de dar conta das despesas?

GRANDE: (*como se ele nunca tivesse pensado nisso*) Ah, claro, isso não é nada! Ainda não estamos tão mal para ficar contando centavos igual corretores! (*com desprezo confiante*)

PASSOVELOZ: Eu concordo muito. Mas na próxima vez que uma conta chegar seis centavos mais alta que no mês passado, não torne minha noite miserável reclamando.

GRANDE: (*ofendido*) Ora, não é cruel quando não dá para confiar nem os pequenos problemas aos meus amigos e receber algum alívio...

PASSOVELOZ: (*levanta e vai em sua direção*) Meu querido Grande! Você acabou de acertar o erro colossal da sua vida e de muitas outras vidas também. Você não vai receber nenhum alívio por vir e derramar suas reclamações em outra pessoa e deixar essa pessoa angustiada.

GRANDE: Então um velho deve sofrer em silêncio, sem uma única palavra?

PASSOVELOZ: (*com convicção*) Se você não admitir qualquer problema, vai descobrir que não existem muitos.

GRANDE: (*depois de uma pausa, sorrindo*) Acredito que você está certo, Frederico.

Cortina

Tararo

(Um fragmento)

Capítulo I

✼ ✼ ✼

Um vento cortante estava soprando pela rua D., enquanto um pedestre extremamente rápido virou a esquina da pousada e partiu para o Palácio Riverside: ele era um homem baixo, bem arrumado, mas sem estar na moda, e usava um pequeno bigode marrom. Seu rosto bonito e inteligente era do tipo suave e liso que leva alguém a pensar que tinha sido originalmente modelado com cera.

Ao chegar do lado de fora da mansão imponente, que, por gerações, tem sido a residência favorita dos reis boxonianos, o pedestre entrou na ala dedicada ao Pequeno Mestre e pediu para ser levado à sua câmara privada do conselho. Um minuto depois, o lacaio, que parecia esperar o visitante, o levou a um pequeno gabinete com painéis em cedro e em cujo centro estava uma mesa cheia de materiais de escrita e papéis; no final dela, havia um sapo alto de cerca de 57 anos de idade, cuja altura, embora acima do comum, parecia menor por sua robustez. Essa pessoa (como meus leitores, sem dúvida, adivinharam) não era ninguém menos que o dignitário lorde Grande, o Pequeno Mestre. Nenhum outro país do mundo

[N.T.: O fim da jornada]

Boxen

tem um escritório tão complexo e tão poderoso quanto o do Pequeno Mestre. Esse título inclui os deveres de porta-voz da Câmara Dupla, guardião dos dois reis, chefe da camarilha ou gabinete e primeiro-ministro. Pessoas cruéis foram ouvidas dizendo que o único mérito de lorde Grande para esse cargo foi baseado em volume cúbico, e não intelectual, mas não há dúvida de que ele era realmente um estadista realizado.

Perto do poderoso pisciano estava sentado um grupo de homens cujo poder já havia influenciado o destino do mundo: a camarilha. Lá estava o lorde Oliver Vant, primeiro lorde do almirantado, um porco magro e ineficaz; havia Chutney, um oficial de importância secundária no Escritório de Guerra; o coruja bem-vestido era visconde Puddiphat, guardião do selo real, que liderou sociedade boxoniana por cinco anos; havia o sr. Hedges, o Besouro, um inseto de boa reputação como homem de negócios e Tesoureiro Real; lá também sentava-se Sir Henry Bradshaw, procurador-geral, cuja eloquência e discursos contundentes eram um poder real. Essa era a companhia com quem o viajante se via apto a se misturar, pois ele próprio era o major lorde Fortescue, chefe do Escritório de Guerra.

— Bom dia, Fortescue — cumprimentou lorde Grande. — Você chegou em um momento importante, sente-se.

— Bom dia, senhores — retornou o outro. — Em que parte estamos?

— Chegamos à questão: paz ou guerra? — respondeu Chutney.

— Paz — disse Vant gravemente. — Não há motivo para essa violência.

— Não há? — indagou Chutney. — É bem sabido como todo o Tararo está fervendo em rebelião. Os prussianos atravessam nosso território e levam nossos nativos como

264

Tararo

escravos, e nossas tropas disparam uma rodada de tiro atrás deles e acham que já fizeram o suficiente. Então, qual é o resultado? Os nativos deixaram de confiar em nós e certamente de nos respeitar. Os soldados prussianos são brutais com eles, mas representam força, e o nativo sempre se encolherá frente à força, atualmente somos fracos. Eles veem um punhado de nossos colonos cuja única proteção é uma força miseravelmente inadequada de soldados, plantada no meio dos estrangeiros! O que...

— Ah, é um escândalo! — interrompeu o digno sapo que há algum tempo lutava para reprimir sua emoção. — Por que há apenas um punhado de tropas?

— Nem o exército nem a marinha podem pagar um homem a mais do que possuem neste minuto — explicou Hedges.

— Se pretendemos lutar — acrescentou Fortescue —, devemos fazê-lo com uma força parca; todo o dinheiro que pudermos levantar deve ir para suprimentos e armas e para o comissionamento de embarcações.

— Um exército — observou Vant sentenciosamente — marcha de acordo com o seu estômago.

— Ah — disse Bradshaw —, aparentemente não estaremos de carona.

Vant passou o resto do tempo tentando pensar em uma réplica e, devido ao seu silêncio, o negócio prosseguiu com maior rapidez, e o visconde apertou a mão do advogado por baixo da mesa em silenciosa gratidão.

— A questão é — disse Puddiphat — queremos lutar?

— É claro que essa é a questão, Puddiphat — falou o Pequeno Mestre um tanto impaciente. — Vamos contar os votos.

— Guerra! — gritaram várias vozes. — Guerra!

O Pequeno Mestre, embora fiel aos seus ancestrais, gostava de uma luta e comentou um tanto melancolicamente:

Boxen

— Senhores, vocês votaram pela guerra, então haverá guerra. Claro que seremos duramente derrotados, mas ouso dizer que isso nos fará muito bem e ajudará alguns preguiçosos a perceber a condição do exército e da marinha de seu país. Nenhuma quantidade de conversa conseguirá despertar Boxen de sua letargia atual, mas eles terão um abrupto despertar. Levarei a proposta a suas Majestades para obter consentimento deles, e amanhã será publicamente anunciada. Tenham um bom dia!

No interesse da justiça, devo observar que o bom sapo teria assumido um ar tão pessimista quanto esse se seus ministros tivessem decidido pela paz, pois, como um grande número de pessoas, ele invariavelmente encontrava aquilo que não conseguia obter como seu desejo mais caro.

Capítulo II

❉ ❉ ❉

Um trem especial e apressado acelerava ao longo dos trilhos da Grande Ferrovia do Norte entre Arrojo e Furão, e se o leitor já esteve neste pedaço da linha, perceberá que jornada desagradável o trem estava fazendo; vai se lembrar da visão de uma única linha mal colocada, disparando em linha reta como se traçada por um desenhista gigantesco ao longo da Costa Norte de Terranimal, com suas rochas pretas como azeviche lançadas contra a espuma branca ondulada do quebra-mar. À esquerda há um urzal árido, estendendo-se até onde os olhos podem alcançar e interrompido por alguns pinheiros atrofiados.

Em um certo compartimento de primeira classe neste trem, estavam sentados dois amigos, um de frente para o outro, um

266

homem grande e preguiçoso com cabelos e bigodes castanhos e um semblante bonito; seu companheiro era um urso muito pequeno, mas bem constituído, cujo pelo era de uma rica cor castanha e que estava, embora um tanto espalhafatosamente, bem-vestido. A mais profunda depressão reinou sobre os dois viajantes, como bem poderia, pois não tinham acabado de ser convocados de Constantinopla para se juntarem ao seu navio, o GALGO, em algum lugar desconhecido entre Furão e Arrojo? Eles eram, na verdade, oficiais a bordo desse navio, os quais, embora de forma alguma covardes nem fugitivos de lutas duras, olhavam de soslaio para uma guerra que interrompeu férias duramente conquistadas. Também os incomodava serem obrigados a começar de um lugar tão afastado quanto o pequeno assentamento de mineração entre Furão e Arrojo que não tinha nem mesmo uma estação, embora não pudessem negar a sabedoria de tornar a expedição o mais secreta possível.

Mas a lógica é frequentemente a menos convincente quando é a mais sem resposta, e assim James Bar, da Marinha Real, intendente e chefe do departamento de abastecimento e seu companheiro de cabelos castanhos, Percy Wilkins, da Marinha Real, tenente dos fuzileiros navais, ainda estavam bravos e deprimidos quando os freios rangeram e o trem parou. Olhando pela janela, o pequeno urso recebeu um choque ainda maior: eles tinham parado bem no meio dos metais em um ponto onde não havia plataforma nem junção. O lugar onde estavam não tinha nenhuma característica que o distinguisse do trecho de trilhos na frente e atrás! Havia uma enseada na costa cercada por algumas cabanas de madeira, e no mar estava o GALGO, balançando na ondulação e obscurecido pela chuva fina que caía. E isso era tudo!

— Vamos — disse Wilkins, atrás. — Saia. Você não ganha nada em ficar olhando.

Boxen

—Mas... mas — gaguejou o espantado intendente — não chegamos a lugar nenhum.

— Bem, de qualquer forma, ali está algo vindo até nós.

Bar seguiu o olhar do amigo e viu uma figura se aproximando pela chuva: era um homem alto com um rosto cáustico e bem barbeado, e vestido com uma capa de chuva. Era o comodoro Murray, o rigoroso, mas popular, mestre do GALGO.

— Vamos, caiam fora, homens — gritou ele, olhando para cima e para baixo no trem.

Em alguns momentos, uma resposta aconteceu na forma de uma abertura de portas, e Bar, coletando seus pertences, desceu para a grama grossa e arenosa, seguido por Wilkins.

— Olá, sr. Bar — cumprimentou o comodoro, se aproximando com a mão estendida. — Não espero que tenha tido uma viagem agradável, porque sei que não teve. Como vai?

— Muito bem — respondeu Bar. — Há quanto tempo está neste buraco de lugar?

— Dois dias, e choveu o tempo todo! Olá, Wilkins!

— Bom dia, comodoro — cumprimentou o oficial da marinha, apertando a mão de seu comandante. — O que acha desta expedição?

— Como diversão, é muito ruim. — Riu Murray. — Mas a guerra tinha que vir. E — acrescentou ele em um tom mais sério — os prussianos precisam de uma lição!

— Sim — concordou Wilkins e acrescentou de repente —, aí vêm Macphail e Cottle — enquanto um pequeno gato se aproximava de outro compartimento, acompanhado por um homem um tanto azedo de cinquenta anos. Esses dois eram, respectivamente, o engenheiro-chefe e o segundo oficial dos fuzileiros navais.

Após trocar as saudações habituais com os dois recém-chegados, e depois com um porco belo, o sr. Hogge, seu

Tararo

primeiro tenente, o comodoro Murray colocou seus homens em ordem de marcha e os alocou nas cabanas separadas para seu uso até que embarcassem no navio no dia seguinte. O ânimo de Bar caiu a zero quando viu o casebre em que ele e seus colegas oficiais passariam a noite. A única mobília era uma mesa embutida com bancos e alguns beliches grosseiros, uma vez que a mina de cobre para cujo serviço essas cabanas foram erguidas não era ativa há vários anos, o lugar estava em mau estado e o vento assobiava por cada junta e costura. Quando, no entanto, um braseiro cheio de carvões incandescentes foi instalado e uma refeição farta, mas caseira, foi comida, ele se reconciliou mais com o seu alojamento e adormeceu lembrando que o Pequeno Mestre de Boxen e outros nobres e dois regimentos viveram lá por dois dias no mesmo desconforto que ele estava suportando.

Capítulo III

❖ ❖ ❖

Por volta das dez horas da manhã seguinte, lorde João Grande estava sentado em uma cabana um pouco maior e mais portentosa do que as outras, mas nem um pouco mais confortável, pois seus únicos utensílios eram uma mesa de pinho, dois bancos e uma cadeira Windsor. Ao seu lado estava sentado um homem alto e jovem com cerca de 25 verões, cuja pele morena o proclamava um indiano, e cujas feições regulares eram o que é convencionalmente conhecido como "nobre": era o rajá Hawki da Índia. Em frente a ele estava sentado um coelho robusto de aproximadamente a mesma idade, genial de expressão e descuidado de aparência, que era o rei Benjamim de Terranimal. Assim sentado entre os soberanos

Boxen

conjuntos do reino que ele quase governou, o bendito sapo parecia estar propondo algum esquema aos reis a quem ele se dirigia de uma maneira muito familiar, uma vez que, tendo sido anteriormente seu tutor, eles passaram a considerá-lo quase como um pai.

— Rapazes — disse lorde Grande —, a expedição está pronta, o navio de transporte que encomendamos é esperado a qualquer momento. Que parte vocês pretendem tomar? Não pretendo que viajem comigo no transporte, na ociosidade. Vocês estão fora de forma e um trabalho realmente duro é a melhor preparação que se pode ter para a guerra que está por vir. O que sugiro é que vocês assumam uma posição de segundos tenentes a bordo do GALGO e, durante a viagem, façam o trabalho e a disciplina comuns do navio.

Fez-se silêncio na cabana por alguns instantes, pois nenhum dos monarcas gostou da ideia, mas nenhum deles conseguiu pensar em alguma objeção. Por fim, Benjamim falou:

— Apenas, Grande, o que Murray vai dizer disso?

Era uma carta fraca, e ele soube assim que a jogou.

— Ah! Vai ficar tudo bem — replicou o sapo alegremente.

— Eu perguntei-lhe sobre isso.

— Ah. Hawki pronunciou o monossílabo secamente e acendeu um cigarro.

Grande franziu a testa.

— Você vai fazer isso? — perguntou ele.

Com um consentimento relutante, os dois reis deixaram, a cabana e saíram para uma breve caminhada na praia. Ali encontraram o visconde Puddiphat que, tendo chegado ao assentamento no comando de um corpo de voluntários, estava correndo pela charneca em seu uniforme. Os dois reis ficaram surpresos ao ver como ele lhes fez a menor saudação que a etiqueta exigia, pois tinha boas relações com ambos e

Tararo

raramente passava por eles sem algumas palavras de conversa. Assim, olharam com interesse para a figura que se retirava e se apressava em direção a Furão.

Seu passo rápido o levou para fora da vista deles, e ele continuou a andar rapidamente até chegar a uma cabana muito pequena, muito longe do grupo de cabanas que ele havia deixado para ser confundido com um membro periférico daquela aldeia e, de fato, diferia delas na construção, pois era bem construída com pedra e bem coberta com palha. O bom pássaro bateu na porta, e uma voz masculina, vinda de dentro, o convidou a entrar.

Ele hesitou por alguns segundos antes de entrar, pois era um almofadinha por natureza e, embora as circunstâncias o levassem a investigar lugares de moradia imundos, ele não gostava disso. Ele nunca conheceu trabalho duro, exceto em outra campanha na qual levou seus adorados voluntários à glória, pois nasceu em abundância e teve dinheiro suficiente para comprar uma série de salão de música, os quais passou seu tempo administrando. Seu conhecimento do mundo teatral ampliou sua mente e suas visões, mas era um perfeito cavalheiro, cuja natureza mais plena era mantida perpetuamente escondida atrás de uma aparência de não se importar com nada, exceto seu banheiro. Ele levantou a trava e entrou.

Capítulo IV

⚔ ⚔ ⚔

O crepúsculo estava caindo quando, algumas horas depois, o visconde emergiu da estranha cabana; ele parou por um momento, olhando para seu anfitrião que estava no retângulo de luz lançado pela porta aberta. Era um homenzinho com uma barba grisalha.

Boxen

— Adeus, meu amigo, e obrigado — disse o coruja.

— Adeus. Não me agradeça. Eu fiz o que fiz não para beneficiá-lo, mas na esperança de que pudesse ser prejudicial aos meus compatriotas.

— Seus motivos não têm importância para mim. Boa noite.

— Espere um momento! Você é um cavalheiro! Posso contar com sua honra.

— Para quê?

— Você não contará a ninguém onde obteve essa informação. Meu país tem espiões em todos os lugares, e se eu for descoberto, significa a morte.

— Ah, claro. Ficarei quieto.

— Está bem — respondeu o estranho em um tom de grande satisfação.

Puddiphat agarrou sua bengala e, curvando-se para enfrentar o vendaval, partiu em sua jornada de volta para casa. Não foi uma caminhada agradável: o vento levantou massas de seixos soltos e os jogou em seu rosto, e na escuridão espessa ele constantemente batia seus pés contra pedras invisíveis. Mas o pássaro estava de excelente humor e fez um ritmo tão bom que em uma hora ele passou pelas primeiras cabanas do assentamento de mineração. Apressando-se pela rua — se um pedaço de grama nua cercado por cabanas de madeira pode ser chamado assim, ele parou na porta de um prédio — aquele que havia sido separado para o uso de lorde Oliver Vant. A voz gentil do bom porco respondeu à sua batida com entusiasmo, e em poucos segundos ele estava diante dele. Lorde Vant estava sentado em sua mesa rústica lendo sua própria biografia à luz de uma vela.

— Bem-vindo — gritou ele. — Sente-se.

— Boa noite — cumprimentou Puddiphat. — Tenho boas notícias para você.

— Espero — disse lorde Vant, olhando para o manto molhado e as botas enlameadas do coruja — que você não tenha pegado um resfriado nesta noite chuvosa. Eu inventei um novo tipo de edredom de flanela, que eu recomendo que você use.

— Estou bem seco por baixo do meu casaco — disse Puddiphat com um sorriso. — E quando você ouvir o que eu tenho a lhe dizer, a questão dos edredons não lhe interessará mais.

— Nunca aprovo — disse Vant — deixar uma excitação incomum interferir em meus hábitos. Cultive bons hábitos, visconde. "O hábito é uma segunda natureza", sabe.

— Claro. Claro — concordou Puddiphat um tanto impaciente. — Mas ouça!

— Estou ouvindo — disse lorde Vant em um tom magoado; pois ele estava irritado por seu conselho não ter recebido valor algum. No entanto, enquanto seu visitante prosseguia com a história, os pequenos olhos do porco se arregalaram o máximo que puderam, e ele bebeu as palavras com ouvidos ansiosos.

— Maravilhoso! — exclamou ele, olhando com admiração para o voluntário emplumado. — Estupendo!

— Ah — disse o visconde modestamente —, qualquer um poderia ter descoberto, só tive sorte.

— Você foi trabalhador, o que é melhor. Prevejo um grande futuro para você, meu caro visconde, como diplomata, deixe esses salões de música que administra e assuma essa profissão que é obviamente sua vocação na vida.

Puddiphat, que não tinha intenção de desistir de seu emprego interessante e lucrativo, prometeu que consideraria o assunto e se levantou para ir. Foi com dificuldade que ele persuadiu o lorde alto almirante a deixá-lo partir e, quando finalmente estava do lado de fora, lembrou-se de algo.

Boxen

— A propósito, meu senhor, seria melhor se não mencionasse onde obteve essa informação, ou pelo menos não mencionasse onde eu a obtive.

Lorde Vant prometeu manter silêncio sobre esse ponto, e o visconde caminhou até sua cabana. Ao entrar, colidiu com um papagaio corpulento, coberto até o pescoço.

— Ora essa — resmungou o estranho —, o que pensa que está fazendo? Hein? Ah, é você, visconde! Wall, seu regimento tem que embarcar no transporte esta noite.

— Sr. Verde! — disse o visconde, reconhecendo um capitão mercante que havia sido contratado para obter um navio e uma tripulação para que as tropas pudessem viajar para Tararo, e que também deveria cuidar dela na saída. — Então você trouxe seu transporte.

— Vendo que você vai embarcar esta noite, parece que eu trouxe. O Pequeno Mestre me disse para falar a você para reunir seus homens na enseada, prontos para embarcar.

Não demorou muito para que o pássaro colocasse seu corpo de voluntários em ordem de marcha e descesse até a costa rochosa da enseada. O pedaço de terra ao redor da enseada formava a praça central da vila dos mineiros e, à luz de inúmeras tochas, ele podia ver um corpo de soldados em túnicas vermelhas dispostos em frente a ele, que ele sabia serem os "Chutneys". Colocando seus próprios homens do outro lado da praça, Puddiphat olhou para o mar na esperança de descobrir algo sobre o navio em que ele iria navegar; mas ele só conseguiu detectar uma sombra negra.

— Boa noite — disse o Pequeno Mestre que estava parado à parte com Vant e Fortescue, e agora se aproximava do coruja. — Então, finalmente podemos embarcar.

— Claro, meu senhor. Espero que seja mais confortável do que aqui!

274

Tararo

— Sim, sim. Você pode embarcar sua companhia primeiro? Temos dois escaleres aqui para levá-lo.

— Claro, meu senhor.

Um segundo depois, a palavra de comando foi dada, e os soldados marcharam para baixo, através das rochas, escorregadias com algas marinhas, para dentro dos barcos. Puddiphat estava cansado e se lembrava apenas de uma remada fria, até que eles pararam na escada de um barco grande. Ele subiu no convés e, como a noite estava fria, desceu assim que o jantar foi servido em um salão que era razoavelmente confortável depois de uma cabana de mineiro.

CAPÍTULO V

❈ ❈ ❈

Assim como certos produtos químicos invariavelmente explodem quando são misturados, há algumas pessoas que nunca conseguem se encontrar sem perder a paciência, e tais eram o lorde Pequeno Mestre e o capitão Polônio Verde. E, por essa razão, a viagem para Tararo a bordo do transporte não foi agradável. O bom sapo estava a bordo a menos de 24 horas quando descobriu que Verde havia trazido o navio com pouca tripulação e, muito justamente, mas não muito discretamente, deu vazão aos seus sentimentos. O desrespeito frio do papagaio às suas queixas atiçou a chama, e assim aconteceu que os camaradas de rancho raramente se levantavam de uma refeição em que uma briga não tivesse ocorrido.

Em consequência disso e do desconforto do navio a vapor nos trópicos, o visconde Puddiphat ficou satisfeito além das palavras enquanto andava pelo convés do PETRESKI e notou que havia terra à vista. Assim que ele jogou fora o toco

Boxen

carbonizado de seu charuto e estava prestes a acender outro, Fortescue abriu a porta do salão e disse:

— Vamos, Puddiphat, todos os outros oficiais estão aqui, prontos para o conselho.

O coruja obedeceu imediatamente e, entrando no salão, encontrou todos os oficiais reunidos. Embora as janelas estivessem cobertas com tiras de lona molhada, o sol batia implacavelmente pelas frestas enquanto os oficiais, vestidos com ternos de linho (todos, exceto lorde Oliver Vant, que insistiu em usar seu fraque bordado de "primeiro lorde" e meias de seda), ofegavam no calor.

— Bem, cavalheiros — disse lorde Grande assim que todos estavam sentados —, a questão é esta: chegamos à vista do ponto mais ao sul do continente de Tararo, e está para ser decidido se iremos navegar pela Costa Leste ou Oeste. Isso, é claro, depende se é nossa província no Sudoeste ou aquela no Leste que está em maior perigo. Com a força absurdamente inadequada que temos, não podemos esperar defender ambas.

— Eu queria, meu senhor — disse o capitão Verde —, que você parasse de coaxar! Eu sei que é difícil para um sapo, mas com paciência...

Fortescue, vendo o perigo de outro conflito, e temendo o atraso que isso causaria, levantou-se e disse:

— Não entendo no momento como podemos decidir esse ponto apenas argumentando; precisamos ter algum conhecimento para prosseguir. Algum cavalheiro tem alguma informação?

Lorde Vant, com os olhos fixos no rosto perfeitamente inexpressivo do coruja, disse:

— Senhores, ouçam. Tenho a sorte de poder ajudá-los. Antes de deixarmos a costa, um... um certo homem de fidelidade e discrição comprovadas me disse com excelentes provas que o perigo estava principalmente no Sudoeste.

Tararo

— Ótimo — gritou lorde Grande. — Quem foi?

O gentil porco olhou suplicantemente para o visconde Puddiphat, cujo rosto estava tão imóvel como se esculpido em madeira. Vendo que não conseguiria ajuda daquele lado, ele disse um tanto debilmente:

— Vocês devem me desculpar, cavalheiros, mas estou comprometido a manter segredo.

— Está tudo muito bem até onde vai — disse Fortescue.

— Mas há uma ou duas coisas que você deixou passar: assumindo que o informante era realmente um patriota honesto e desinteressado, como sabe que ele não estava sendo enganado? E talvez ele próprio estivesse enganando você? Não quero ser rude, lorde Oliver, mas é assim que me parece.

— Por outro lado — disse o sapo —, não temos razão alguma para testar nenhuma esfera de ação e, portanto, se não temos conhecimento, teremos que tentar ambas. Mas, estando nesta posição e de repente ouvindo as informações de lorde Vant, devemos aceitá-las, pois mesmo que se revele falsa, não estaremos em pior situação do que já estamos.

— Há muito nisso — disse Fortescue —, e quanto mais tempo ficarmos conversando aqui, melhor para o inimigo.

— Então, vamos contar os votos? — perguntou o papagaio que estava completamente cansado de todo o assunto. O Pequeno Mestre, agora com muito calor e cansado para discutir, deu um consentimento relutante e a votação foi feita. Foi acordado quase de maneira unânime navegar para o Sudoeste, como Vant havia proposto.

Os oficiais se retiraram para seus beliches naquela noite em um estado de espírito alegre, pois finalmente eles estavam se aproximando da ação. A jornada tediosa era uma coisa do passado, e um negócio mais interessante, a guerra, estava próximo. Mas ninguém estava mais satisfeito do que visconde Puddiphat e lorde Oliver Vant.

Capítulo VI

✠ ✠ ✠

O dia seguinte ao mencionado no último capítulo
[Infelizmente, a história é interrompida aqui. Não há nada que indique que ela tenha sido concluída. — Nota do Editor]

A vida de lorde João Grande de Grandevila

Por C. S. Lewis
Em 3 volumes

Leeborough Press

VOLUME I
Período coberto: 1856-1892 (36 anos)

CAPÍTULO I

⚅ ⚅ ⚅

É minha intenção apresentar ao leitor neste volume, o mais brevemente possível, a história de lorde João Grande de Grandevila, o grande soldado e estadista boxoniano. E para tornar tal relato inteligível, devemos fazer uma breve pesquisa sobre a família Grande. Esse clã, como é facilmente visível pelo fato de serem sapos, veio originalmente da ilha de Piscia, onde ouvimos falar deles pela primeira vez como os espíritos governantes de um bando de ladrões de montanha ou Grandoren, cujo chefe era conhecido como Gran ou Grand — cujo nome Grande é uma corruptela.

Já no reinado de Benjamim I, no entanto, a família abandonou seu emprego desonesto e se estabeleceu na cidade de Milpanela, que era, naquela época, a única cidade em Piscia mantida pelo rei de Terranimal. Lá, é provável que o chefe da

Boxen

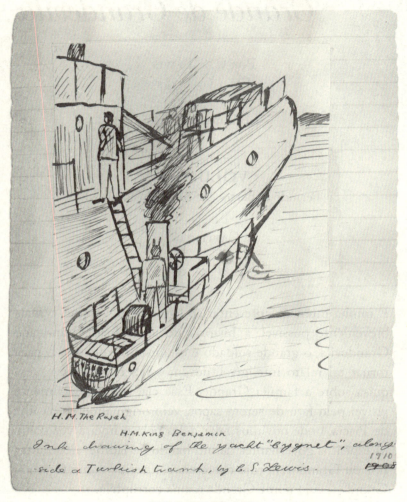

[N.T.: Sua Majestade o rajá
Sua Majestade rei Benjamim
Desenho à tinta do iate *Cygnet* ao lado de um navio de carga turco, por C. S. Lewis.]

A vida de lorde João Grande de Grandevila

raça tenha conhecido Benjamim, que tinha vindo para administrar a justiça em sua província, e eles se tornaram amigos íntimos do rei coelho, que deu ao chefe um comando em seu exército.

Nesta posição, o chefe Grande ganhou muita honra e conquistou quase toda a ilha para Terranimal, muitas vezes lutando contra o bando que ele havia governado anteriormente, e no reinado seguinte — o do rei Rato, o Bom — seu filho se estabeleceu na Terra dos Ratos. Ali, por serviços prestados à coroa várias centenas de anos depois, o rico pedaço de terra agora conhecido como Grandevila (= lugar de Grande) foi concedido à família, onde eles vivem desde então.

Na noite de 1º de maio de 1856 — 56 anos atrás —, um filho nasceu para lady Jane Grande, esposa de lorde Robert Grande: essa criança era João Grande. Mesmo quando era pequeno, ele era robusto, e em seus dias de berçário mostrou sinais daquela força de caráter que mais tarde lhe deu poder para governar os homens.

— A vontade da criança — escreveu lorde Robert ao seu amigo visconde Henry Passoveloz — é uma tristeza perpétua para seus tutores e uma alegria para mim.

A casa em que o jovem sapo cresceu era bem calculada para refinar o temperamento artístico, enquanto a beleza solitária do Vale dos Ratos era propícia à meditação séria; e a jovem criança não era alguém que depreciava seu entorno. Mesmo aos doze anos, o jovem João costumava se deliciar em se afastar de seus tutores e sentar-se por horas em meditação sonhadora em alguma pedreira solitária. Mas sua juventude não foi passada na solidão completa que teria estreitado sua mente e azedado seu caráter: não muitos furlongs[1] do castelo

---

[1] Unidade do sistema inglês de medidas, usada principalmente no contexto das corridas de cavalo. Equivalente a aproximadamente 201 metros. (N.T.)

de Grandevila ficava a mansão do visconde Passoveloz, cujo filho, Frederico Jones Passoveloz, era um ano mais novo que João Grande, e essa criança naturalmente se tornou o principal companheiro do sapo.

Mas, embora muito apegados um ao outro, as personalidades das duas crianças eram muito diferentes. João era silencioso, taciturno e inclinado a levar a vida muito a sério, enquanto Frederico era inteligente, mas não muito diligente e sempre apto a transformar todas as coisas em ridículo. No entanto, os dois garotos começaram na juventude uma amizade que mantiveram firmemente ao longo da vida.

Não era intenção nem do visconde Passoveloz nem de lorde Robert deixar seus filhos crescerem na ociosidade e sem as vantagens de uma educação em escola pública, então foi decidido por acordo mútuo que os meninos deveriam ir juntos para a Escola Danphabel. Assim, no ano de 1870, e aos quatorze anos, o honorável João Grande deixou a casa de seus pais pela primeira vez.

Junto com lorde Robert e o jovem Frederico, o sapo seguiu de carruagem para Alegrete, pois, embora o vapor tivesse sido usado para fins de transporte por algum tempo, ele ainda não havia sido levado à perfeição, e a única linha era a "Ferrovia de Alegrete", que partia da metrópole para Canhópolis. A viagem de carruagem de Grandevila para Alegrete, que um trem agora faz em meia hora, tomou do pequeno grupo a maior parte da tarde.

Ao chegar à grande cidade, lorde Robert parou por três dias para mostrar os pontos turísticos aos seus protegidos. Embora a experiência sem dúvida tenha impressionado muito os cavalheiros do interior, uma visita a Alegrete não era tão agradável para os jovens naquela época como é agora. Um bom pai como lorde Robert não sonharia em deixar seu filho

A vida de lorde João Grande de Grandevila

e o filho de seu amigo entrarem em um teatro; nem nas docas e cais, que meninos inteligentes adorariam explorar, mas eram proibidos por serem sujas. Diversões adequadas para um menino que visitava a capital pela primeira vez eram uma visita a uma grande galeria de pinturas e uma inspeção da Casa do Parlamento. De fato, Frederico escreveu ao visconde com estas palavras:

— Gosto muito de Alegrete, querido pai, e é uma ótima cidade. Mas há tão poucos lugares para onde se pode ir.

Tendo feito essa parada, lorde Robert colocou seus dois pupilos em uma diligência para Grande Anglópolis, de onde outra os levaria para Danphabel, deu gorjeta ao guarda para cuidar deles e voltou para casa em sua carruagem particular.

Capítulo II

✖ ✖ ✖

A escola Danphabel era então a escola mais importante do país, e agora não é uma das piores. Havia sido fundada trezentos anos antes pelo rei Bolhozo II, e era famosa por sua educação sólida e proezas atléticas. Bem poderia o coração de João Grande ter batido alto de orgulho quando ele passou pelo arco onde seu pai jogou bolinhas de gude e sentou-se perto da mesa onde o Pequeno Mestre Branco havia esculpido seu nome. E nem poderia deixar de ficar agradavelmente impressionado com os edifícios imponentes e gramados sombreados — o presente real de um verdadeiro monarca!

Os dois meninos chegaram a Danphabel no devido tempo e foram colocados na mesma série, não muito longe do fundo da escola. Aqui, trabalhando lado a lado, os diferentes estilos dos dois meninos começaram a aparecer. João Grande

Boxen

dedicaria uma noite inteira para adiantar arduamente no trabalho do dia seguinte, enquanto o filho de Passoveloz jogava futebol nos corredores, confiando que ele conseguiria estudar um ou dois minutos antes do café da manhã na manhã seguinte, quando amanhecia, os livros de Frederico estariam perdidos ou ele esqueceria todos os seus planos. Assim, embora sendo o mais maçante dos dois, João progrediu mais firmemente do que seu companheiro e adquiriu um estoque de conhecimento raramente visto em um garoto de sua idade.

No pátio de recreio, no entanto, Frederico se destacou. João se esforçou muito no atletismo e teve sucesso moderado no futebol, mas continuou sendo um jogador de críquete ruim e ficou desanimado por isso. De fato, os últimos dias de seu primeiro trimestre foram escuros e sombrios. Cansado e deprimido pelo excesso de trabalho, desanimado por seus fracassos no campo e impopular entre seus colegas, que não suportavam a comparação com um colega de classe tão diligente, ele levou uma vida desagradável.

Ele voltou para casa para seu primeiro feriado cheio de conhecimento, carregando mais de um prêmio e com o espírito tristemente devastado.

Seu pai não pôde deixar de notar a mudança em suas maneiras, mas, como um homem sábio, vendo que nenhuma informação foi concedida, não investigou o assunto. A mãe de João, no entanto, não foi tão prudente e, notando o porte alegre e o coração leve de Frederico, confrontou seu filho por causa do mau humor dele.

João não deu nenhuma explicação, mas, embora seu estado de espírito permanecesse inalterado, assumiu uma aparência de alegria. Tal dissimulação, embora não fosse boa para o caráter, ensinou ao jovem sapo os elementos da diplomacia e ele nunca esqueceu tal lição.

A vida de lorde João Grande de Grandevila

Em seu retorno a Danphabel, ele se viu em uma série mais avançada, enquanto Frederico permaneceu onde havia começado. João não explodiu em exclamações abertas de alegria, como teria feito alguns meses antes; mas, embora na realidade nunca relaxasse seus esforços, simulava uma indiferença despreocupada com o trabalho, o que logo o fez recuperar sua popularidade. Frederico, de quem ele havia se afastado um pouco, tornou-se mais uma vez seu amigo firme, e por um tempo ele foi feliz e próspero.

Mas em pouco tempo ele encontrou uma nova fonte de problemas. Frederico e seu grupo eram realmente amigáveis com João, mas não eram adequados para suportar o escrutínio do poderoso telescópio moral que o sapo cravava em todos os seus conhecidos. À medida que ele se tornava cada vez mais conectado com o grupo de seu amigo, aprendeu sobre muitas práticas malignas que o enojavam: como vinhos e bebidas alcoólicas eram contrabandeados para os escritórios para serem bebidos à meia-noite em reuniões clandestinas, ou como Frederico e seu grupo escapavam da escola à noite para visitar mulheres libertinas na cidade e como a diversão favorita deles era caçar perdizes nas propriedades vizinhas de lorde Groselha.

Dois caminhos estavam diante de João. Um era renunciar a seus amigos imorais e se tornar novamente um trabalhador impopular, mas aplicado; o outro era se juntar mais intimamente a seus amigos e compartilhar de seus prazeres. De forma fraca, mas natural, ele decidiu pelo último caminho e mergulhou nos vícios de seu grupo. Lorde Robert se perguntou por que nenhum prêmio chegava mais em casa e lady Jane estava preocupada com a aparência doentia de seu filho.

Por mais de um ano João viveu dessa maneira, com os excessos do grupo se tornando diariamente mais ousados e

Boxen

perigosos. Tal estado de coisas não poderia ter continuado por muito tempo sem que a saúde de João — que era bastante delicada — se deteriorasse, e foi realmente uma sorte quando eles foram finalmente descobertos por um professor em uma festa noturna com bebidas. Entre os culpados estavam Frederico, João e Hillory Smith-Gore, um buldogue, filho de um escudeiro sulista.

Por um tempo, os meninos correram o risco de serem expulsos, mas, para salvar tantas famílias antigas da desgraça, eles escaparam com uma surra. O evento não pôde, é claro, deixar de chegar aos ouvidos de lorde Robert, que severamente advertiu João a cessar sua loucura. Mas suas palavras eram desnecessárias: os meninos estavam muito assustados por terem escapado por pouco para tentar tais feitos novamente. João retornou aos estudos e Passoveloz, com sua inteligência natural compensando sua falta de diligência constante, rapidamente subiu ao topo da escola. Ambos estavam na melhor forma e, em grande parte, tinham limpado sua conduta antes de deixarem Danphabel no ano de 1874, com as respectivas idades de dezoito e dezessete anos.

Capítulo III

❊ ❊ ❊

Vimos no último capítulo que a carreira escolar de João Grande não havia sido tão brilhante quanto ele e seus pais esperavam, e ele estava totalmente consciente do fato. Ele voltou para casa penitente e muito impressionado com uma sensação de suas próprias falhas, então se entregou ao desespero moral, acreditando que ele era um desastre total e nunca mais poderia ser útil no mundo, tornando mórbido e

A vida de lorde João Grande de Grandevila

prejudicial um remorso que, em uma natureza mais positiva, teria sido justo e saudável. Enquanto ele estava nesse posição, seu pai o abordou com as seguintes palavras:

— João, você deixou a escola, sua educação está finalizada e é hora de pensar em uma profissão. Pense e me diga quando você se decidir.

Não era apenas necessário que lorde Robert fizesse tal questão ao seu filho, mas também era altamente político que ele escolhesse esse momento para fazê-lo, quando a mente do jovem sapo ficou perturbada pela tristeza e precisava de algum problema importante para lidar e que poderia elevar seus pensamentos para além das suas próprias discrepâncias. Fiel ao seu caráter vigoroso e poderoso, João não demorou a escolher uma carreira, e disse ao pai em poucas semanas que desejava ser advogado. Para que ele pudesse ser chamado para a Ordem de acordo com todos os costumes de Boxen, era desejável que ele passasse por uma universidade, e lorde Robert tomou providências para que ele fizesse a graduação em Grande Anglópolis.

Tendo sido avisado por seu excelente pai para levar uma vida mais pura e mais diligente na faculdade do que na escola, no ano de 1876, e agora aos vinte anos, João partiu para a capital mais uma vez.

Ali, ele encontrou seu velho amigo Frederico Passoveloz enquanto esperava o treinador de Anglópolis, e descobriu que este último havia comprado uma patente no Segundo Batalhão dos Dragões.[2] Teria sido realmente curioso se, olhando para o esplêndido uniforme e os aparatos militares de seu antigo colega de escola, o jovem sapo não sentisse o desejo de se juntar

---

[2] No contexto militar, "dragoon" era um soldado da cavalaria armado com uma carabina. (N.T.)

Boxen

ao mesmo serviço altivo e se unir a seu ex-companheiro. Mas ele escolheu a Ordem como seu chamado e, não sem muitos arrependimentos, continuou sua jornada para Anglópolis.

Um fragmento bastante patético de seus sentimentos chegou até nós em uma carta escrita para sua mãe, quando ele estava em Alegrete, que conta assim:

— Encontrei aqui nosso amigo em comum, Frederico, que agora é um dragão e parece bem como tal; é um bom trabalho, o de um soldado. Não fosse que eu tivesse sido prometido à lei, eu ficaria ao lado dele.

João havia sido educado em uma escola de grande antiguidade e reputação estabelecida, e sua universidade era igual em todos os aspectos. Ela abrigou ao longo de séculos anteriores as formas cinzentas de monges, os filósofos de túnica negra e os estudantes tagarelas; mas João não se atreveu a parar em seu limiar e se deliciar com o sentimento de orgulho perdoável que havia inchado seu peito quando ele entrou em Danphabel.

Tais sensações mentais estavam conectadas em sua mente com explorações vergonhosas e propósito perdido: ele olhou com suspeita o mais genial de seus colegas estudantes, temendo que ele pudesse mais uma vez ser levado a um grupo maligno. Não se importava mais com a popularidade nem com o atletismo, renunciou severamente aos prazeres da garrafa e se dedicou totalmente ao trabalho. Não fazia uma pausa para se exercitar nem para fazer refeições adequadas, mas passava seus dias e grande parte de suas noites analisando seus livros de direito.

Frederico, que desceu uma vez para visitar seu velho amigo, ficou horrorizado com suas bochechas magras e os olhos vermelhos cercados por anéis escuros. Durante as férias, seu pai o aconselhou a descansar, mas o jovem sapo, empenhado em passar e passar bem no exame que o admitiria na Ordem, não ouvia conselhos.

A vida de lorde João Grande de Grandevila

Em 1º de janeiro de 1879, aos 23 anos de idade, ele viajou para Alegrete para fazer o exame. Nervoso demais para tomar um café da manhã, ele se apresentou no lugar designado muito antes do horário declarado, entrou assim que foi permitido, escreveu furiosamente por uma hora e meia e caiu desmaiado sobre os seus papéis. Ele foi levado para o quarto na Estalagem do Ganso, onde estava hospedado na época, e se recuperou para ouvir com alegria que ele havia sido o primeiro da lista.

Entre aqueles que vieram parabenizá-lo estavam Frederico Passoveloz e Hillory Smith-Gore, que também se tornou um dragão. Esses velhos amigos o convenceram a ficar em Alegrete por algumas semanas e a desfrutar de um descanso e uma rodada de prazer bem-merecidos. Era natural que o sapo, cujo caráter fosse propenso a reações violentas, e que levou uma existência do trabalho mais duro e das privações mais cruéis, concordaria ansiosamente com uma proposta tão tentadora.

Escrevendo a lorde Robert para informar que começaria a exercer a profissão em Alegrete, ele recebeu deste último um subsídio de 650 libras por ano até que se tornasse suficientemente conhecido e estabelecido para se sustentar, e, com parte disso, comprou uma pequena casa na cidade.

Vinham Frederico e Smith-Gore e, de fato, muitos velhos amigos de ambos os sexos, até que ficou evidente que o Exmo. João Grande estava, em certa medida, retornando ao seu antigo modo de vida, e o velho lorde Robert ouviu que ele era uma figura muito mais familiar nos teatros e clubes noturnos e nas casas de mulheres cujo caráter e relações com seus convidados não suportariam investigação do que nos tribunais de juri.

Um pai menos prudente do que lorde Robert teria desperdiçado seu tempo em arrependimentos e reclamações vãos, mas ele sabia muito bem que o caráter de um jovem de cabeça quente não é alterado por qualquer quantidade de discurso moral e, portanto, ficou determinado a colocar um ponto final à indolência do filho de maneira mais segura. Consequentemente, em 1 de maio de 1881, no vigésimo quinto aniversário do filho, viajou para Alegrete e visitou João em sua casa na cidade.

O jovem sapo não ficou satisfeito por ver seu pai, mas o cumprimentou carinhosamente e aceitou seus votos de felicidades:

— Aqui está um presente de aniversário para você, João — disse lorde Robert, entregando-lhe um envelope fino.

— Muito obrigado, pai — agradeceu João pensando que era um cheque.

Portanto, ele não ficou um pouco surpreso ao descobrir que o envelope continha a patente de porta-bandeira da Guarda, um regimento que, embora tão aristocrático como os Dragões, não permitia tanta liberdade aos seus membros.

Capítulo IV

⚅ ⚅ ⚅

João Grande, ou, como devemos chamá-lo agora, porta-bandeira Grande, embora extremamente arrependido de desistir de sua vida de imoralidade fácil, logo se estabeleceu na vida militar no quartel da rua Florescer, para onde os guardas haviam sido enviados e, portanto, passou a viver uma vida que nem era obscurecida pela privação insana da Universidade de Anglópolis e nem era desonrada pela devassidão de Danphabel e sua recente vida na cidade. A sociedade de aristocratas saudáveis de sua idade aplaudiu seu espírito, enquanto seu corpo, quebrado e afligido por uma longa

A vida de lorde João Grande de Grandevila

rodada de dissipação e excesso, encontrou uma nova força na vida e rotinas regulares do quartel.

Ali ele conheceu o porta-bandeira Chutney, que logo se tornou seu amigo inseparável. Esse jovem notável era dois anos mais velho que João e exerceu alguma influência sobre o recém-chegado: ele era um bom piloto, escrevia e pintava razoavelmente, era dedicado ao seu dever e um personagem popular na sociedade de Alegrete.

Aqui também João conheceu outro soldado com quem ele estava depois conectado, embora não de uma maneira tão amigável como com Chutney, o tenente Sir Marmaduke Powle, um urso branco de temperamento singularmente desencanado com quem João nunca esteve em bons termos.

Nos poucos momentos de lazer de que ele conseguia se apossar, ele entrava com seus antigos conhecidos Frederico e Smith-Gore, nem se esforçando para exercer controle sobre a conduta deles, nem compartilhando dos seus excessos que, na verdade, não estavam tão terríveis quanto antes, pois Frederico havia sido promovido ao posto de tenente e se tornou mais digno do que antes, enquanto o buldogue estava triste com a morte de seu pai.

A única mancha nesse estágio da vida de João é sua indulgência excessiva na prática de duelo, que estava muito em voga. Ele tinha era naturalmente esquentado e, como sua vida recente deixou muitas suspeitas sem fundamento em seu caráter, estava com ciúmes de qualquer palavra que por acaso pudesse ser interpretada como insulto. Ele era um esgrimista especialista e tinha uma mira mortal, e se não fosse pela sua opinião e moderação natural, teria se tornado um valentão aventureiro.

No entanto, ele nem sempre foi vitorioso: sua derrota mais vergonhosa e ignominiosa foi de Sir Marmaduke Powle. Brigando com esse urso sobre uma suposta desonestidade no uíste, ele o desafiou, e os combatentes se encontraram com sabres na estrada Castelo de Bip, no início da manhã. João começou o duelo atacando seu oponente com terrível vigor, mas sua espada foi derrubada da mão e o urso disse insolentemente:

— Pegue sua arma meu pequeno sapo.

Louco de raiva e confusão, o jovem João avançou mais uma vez sobre o seu oponente. Teve o mesmo resultado, e o mesmo comando. Isso foi repetido três vezes e, na quarta, Sir Marmaduke, um urso de grande força, agarrou o jovem sapo pelo colarinho e o chutou para o lado. Doloroso e ridículo como tinha sido aquele evento, foi sem dúvida bom para ele. Serviu como um lembrete útil sobre seu orgulho e o ensinou a não procurar por uma briga tão ansiosamente.

Na primavera do ano de 1883, uma enorme provação caiu sobre o porta-bandeira Grande. Lorde Robert, que por muito tempo não desfrutava de boa saúde, adoeceu com alguma questão interna e morreu. João, embora obstinado, apaixonado e impaciente com a autoridade, era muito apegado ao pai e sofreu com sua perda. Mas, felizmente para ele, havia muitos outros assuntos para ocupar sua mente: naquela época, era muito difícil para um jovem porta-bandeira ganhar uma promoção, pois o exército estava superlotado com jovens cadetes inúteis de casas famosas que apenas compraram uma patente alguns anos antes do que João e seus amigos, e que ainda desfrutavam de maior tempo de serviço.

No entanto, João colocou sua intenção de subir para os postos mais altos possíveis e empregou todos os esforços para ganhar o favor de seus superiores.

No ano seguinte, 1884, quando ele tinha 28 anos, alguns tumultos formidáveis eclodiram em Alegrete entre os lojistas que ficaram insatisfeitos com uma lei recente aprovada contra

A vida de lorde João Grande de Grandevila

qualquer loja aberta após uma certa hora. O problema ameaçou se tornar grave e um corpo da guarda foi enviado para a parte sul da cidade para reprimir o distúrbio, comandado pelo major Browne, um pássaro de grande discrição.

Houve uma escaramuça breve na costa sul do rio, após esta os manifestantes fugiram para o norte, e o major mandou João por uma rota tortuosa para a estrada do Castelo de Bip, onde ele poderia interceptar a retirada dos inimigos. Ali, ele bloqueou a estrada com um pequeno batalhão contra os civis enfurecidos, exibindo grande coragem pessoal e ingenuidade estratégica. Por esse serviço, ele foi promovido ao posto de primeiro tenente, pulando, assim, o cargo de segundo tenente pelo qual ele deveria ter passado.

No ano seguinte, 1835, uma série de eventos que teve um efeito considerável sobre a vida de João e muitos outros boxonianos ocorreu em Pongee. As ferrovias, que agora haviam sido trazidas para um estado de eficiência tolerável em Boxen, ainda eram uma raridade no continente. O governo de Pongee, no entanto, havia colocado cerca de oitenta quilômetros de metal, indo de Omar-Raam, a capital, para a cidade de Phestar, e naturalmente se orgulhava deste artifício que parecia aumentar seu padrão de civilização para acima dos estados vizinhos.

Alguns meses após a abertura dessa linha, um boxoniano chamado Orring, por manifestação pessoal contra o agente imperial Choribundo, cujo dever era cuidar da ferrovia, destruiu maliciosamente um dos trens. A fúria de Mahhrin, o imperador, e Choribundo, o agente, foi ilimitada: não apenas as vidas de muitos pongeeanos foram perdidas e o produto de muita labuta e planejamento foi estragado em alguns momentos, mas também aquela instituição altamente civilizada que havia sido tão querida para seus corações havia sido levada ao ridículo frente a todas as nações vizinhas.

Boxen

Orring foi capturado, preso e torturado com a verdadeira habilidade pongeeana, e diz-se que sofreu os refinamentos mais horríveis da agonia. Escapando, no entanto, ele fugiu para Boxen e apelou para seu país, alegando que o tratado internacional, que exige que todos os prisioneiros sejam entregues aos seus soberanos, havia sido desrespeitado.

Lorde Herbert Vant, o porco, que era naquela época o Pequeno Mestre, sendo de um temperamento ardente e com ciúmes de qualquer insulto ao seu país, defendia a guerra, mas o país não estava entusiasmado, e era provável que a paz continuasse se o imperador Mahhrin não tivesse intensificado a tensão nas relações com Boxen, massacrando todos os viajantes boxonianos que passavam por seus domínios nos quais ele poderia pôr as mãos. Então, de fato, o espírito do país foi despertado e, em 19 de janeiro de 1886, no trigésimo ano da vida de João Grande, a guerra foi declarada.

CAPÍTULO V

❊ ❊ ❊

Antes de prosseguir com uma descrição da grande guerra de Pongee, será necessário fazer uma pesquisa breve sobre os ministros boxonianos em cujas mãos os negócios estavam e sobre a condição da política. Sem dúvida, é desnecessário explicar ao meu leitor os princípios fundamentais da política boxoniana, como dos dois grandes partidos, os Walterianos permanecem pelos costumes conservadores e os Dinipianos são a favor da reforma; e como uma camarilha ou gabinete governado por um Pequeno Mestre preside a Câmara Dupla; e como, embora os dois países de Boxen, Terranimal e Índia, sejam unidos em um parlamento, mas ainda mantêm seus soberanos individuais.

294

A vida de lorde João Grande de Grandevila

Na época em que estamos pensando, como vimos, lorde Vant era o Pequeno Mestre, enquanto o chefe do almirantado era Sir Pedro Rato; o velho inimigo de João, Sir Marmaduke Powle subiu para o cargo de segundo chefe do Gabinete de Guerra, com o velho visconde Passoveloz acima dele. Tais eram as pessoas em cujas mãos estava a administração da guerra, e veremos à medida que avançamos como eles cumpriram seu dever.

Menos de um mês após a declaração da guerra, João ficou encantado ao ouvir que seu próprio regimento, a Guarda, deveria acompanhar a expedição. E era provável que ele estivesse igualmente satisfeito ao saber que primeiro e segundo dragões também iriam, o que lhe garantiria a sociedade de seus amigos Frederico e Hillory Smith-Gore. Os outros regimentos ordenados para a frente foram os Ratolândios, os Baynoteers (um regimento de infantaria, agora conhecido como os Chutneys), a Tropa Camelo e a Artilharia Terra dos Ursos; o todo compreendendo uma força de cerca de trinta mil homens.

João, embora de modo algum dado à desanimação pessimista, percebeu plenamente a inadequação de tal tropa para lidar com as vastas hordas que Mahhrin poderia colocar no campo, e ele expressou suas dúvidas em uma carta escrita a Frederico na véspera de sua partida:

— Nós estamos indo — escreveu ele — para o sucesso, como espero, para o fracasso, como eu temo. Somos apenas trinta mil fortes, enquanto os pongeeanos de pele amarela se agrupam como formigas; no entanto, a gente é duro na queda.

No terço de março do mesmo ano, os regimentos partiram, não para Pongee, mas para a Turquia, pois o visconde Passoveloz pretendia navegar pelo Bósforo até Fortressa e usar a cidade como base para arremessar suas tropas no interior de Pongee.

Boxen

A viagem à foz do Bósforo deu-se sem intercorrências, e João não deixou registrado suas experiências; mas, depois disso, a jornada foi lenta, tediosa e repleta de perigo. As margens planas do grande rio estavam cobertas com florestas impenetráveis que efetivamente escondiam massas de turcos, que, embora seu soberano prometesse ajudar os soldados boxonianos, eram realmente a favor de Pongee. Vivendo como viviam, em fronteiras mal definidas, essas tribos pensavam mais e se importavam mais com o imperador de Pongee do que o sultão da Turquia.

Assim, a vida de João na semana seguinte não foi de maneira alguma invejável, pois uma fogueira constante era mantida pelas brigadas na praia e, à noite, os numerosos insetos incomodavam os infelizes soldados. Uma ou duas vezes, as partes foram enviadas para terra para atacar as tropas turcas e, nessas ocasiões, o sapo se distinguiu e foi elevado ao posto de major.

Depois de uma jornada cujos desconfortos podem ser mais bem imaginados do que o descritos, João e seus camaradas chegaram à cidade de Fortressa, na qual eles foram autorizados a entrar pacificamente pelo governador, Abu-Ben-Adam, que era ligado ao sultão e, portanto, amigável aos intrusos. Enquanto estavam ali envolvidos em se preparar para uma grande marcha em direção a Omar-Raam, as tribos pongeeanas sob o comando do agente Choribundo invadiram a fronteira e, unindo-se aos turcos desapontados, cercou a cidade.

A posição dos boxonianos agora era de extremo perigo. O visconde Passoveloz, no entanto, com grande presença de espírito, enviou um corpo de quinhentos dragões sob o comando de seu próprio filho, Frederico, para Constantinopla para implorar por ajuda ao sultão. Escapando da cidade à noite, o pequeno destacamento atravessou as linhas

A vida de lorde João Grande de Grandevila

pongeeanas e, depois de inúmeras dificuldades e perigos, alcançou a metrópole turca, tendo perdido duzentos homens devido a doenças e às batalhas.

Lá, o sultão Ahmed VIII recebeu-os gentilmente e enviou-os de volta à Fortressa, prometendo mandar um exército de vinte mil corajosos atrás deles; mas a promessa de um turco se assemelha a uma crosta de torta, pois é feita apenas para ser quebrada. Ahmed, devido à extravagância da sua corte, estava profundamente endividado e não desejava perder mais dinheiro aumentando o número de voluntários. Após um atraso de um mês, ele enviou milhares de camponeses, equipados e preparados parcamente.

Enquanto isso, Frederico descobriu que, embora tivesse rompido pelas linhas de Pongee com facilidade tolerável, ele não podia, com uma força muito reduzida e enfraquecida pela marcha longa, tediosa e desanimada pela perfídia de Ahmed, invadir novamente, e foi assim forçado a ficar na ociosidade à vista de seus próprios amigos nas muralhas.

Notando isso, o visconde enviou major Grande para tentar chegar a Frederico por dentro: o sapo liderou um ataque animado, no qual muitos guardas caíram sobre as lanças pongeeanas, enquanto seu amigo atacava o inimigo na retaguarda, que foram colocados para correr. Por esse serviço, João foi elevado ao posto de general, tornando-se um membro da equipe e pulando o posto de coronel, enquanto Frederico se tornou justamente um. Logo depois que os dragões recuperaram a cidade, chegaram os miseráveis auxiliares turcos, e os pongeeanos, pensando serem os precursores de uma vasta horda turca, levantaram o cerco e fugiram. Herbert Vant liderou uma grande tropa de cavalaria e perseguiu os fugitivos, muitos dos quais foram mortos.

Assim, em 2 de janeiro de 1888, João, então com 32 anos de idade, foi posto um fim no governo de Pongee na Turquia,

Boxen

e os boxonianos, tendo sido presos por mais de um ano em Fortressa, estavam prontos para prosseguir em sua grande marcha para Omar-Raam.

Capítulo VI

❈ ❈ ❈

Tentar fazer um relato detalhado da marcha dos boxonianos da Turquia para Omar-Raam estaria fora do escopo deste trabalho. Basta dizer que dos 25 mil que partiram no início de 1888, apenas dezoito mil chegaram e no final de 1889. Não apenas o país era montanhoso e o clima insalubre, não apenas o inimigo era numeroso e determinado, mas a força, embora de modo algum tão grande quanto desejável, foi esmagada por sua própria magnitude: não foi possível encontrar comida para a multidão. À medida que avançavam, os nativos queimaram as colheitas e aterraram os poços, preferindo, com a verdadeira coragem e malignidade de Pongee, a fome para si mesmos a um bocado de milho para os invasores.

A primeira resistência organizada que eles encontraram foi a sob o comando de Polbian, na cidade de Arrading. Esse general resistiu contra os boxonianos por mais de um mês, mas finalmente deixou sua cidade e seus homens e fugiu para o norte sozinho a cavalo, até o imperador, para quem pediu insistentemente a conveniência de ser enviado para a distante cidade de Losen ou Lŏ-Sèn. Assim, ele foi removido do perigo e Mahhrin, acreditando em sua história que Passoveloz já estava ameaçando o seu posto avançado, tornou-o um mandarim.

Mas havia um homem em Pongee que era mais temido do que o crédulo imperador ou o covarde Polbian: este era

A vida de lorde João Grande de Grandevila

Choribundo, o agente. Assim que Passoveloz passou pela cidade de Arrading, o astuto pongeeano cercou-a e, usando-a como base, prosseguiu para o Norte, atrás dos invasores na forma de um enorme crescente composto por linhas de homens colocados a cerca de dez milhas de distância, de modo a cobrir a retirada de Passoveloz.

Em uma ocasião, Sir Marmaduke Powle, que estava na retaguarda, avistou um destacamento seguindo-o, correu de volta e se envolveu em uma batalha na qual perdeu a vida. João foi elevado ao cargo de segundo chefe do Escritório de Guerra, no qual conheceu Sir Pedro Rato, que depois foi um de seus maiores amigos.

Conforme lorde Vant e o visconde guiavam seu exército cada vez mais perto de Omar Raäm, Choribundo ampliou seu crescente até que, por fim, quando os boxonianos desenhavam suas linhas em torno da capital, por sua vez, foram sitiados por um anel maior de pongeeanos que os envolvia. Eles eram perfeitamente ignorantes desse fato, pois o agente mantinha seus homens a uma distância que os tornava invisíveis.

Agora começava um período da guerra para o qual nenhum boxoniano pode relembrar sem sentir vergonha. O cerco se arrastava assim: as muralhas da cidade eram fortes e suas provisões eram abundantes. Mahhrin estava contente. A força boxoniana era irremediavelmente ineficiente para tentar tomar a cidade e, depois de alguns meses, foram informados da presença de Choribundo, que os perseguia durante dia e noite.

O estado das coisas continuou assim por um ano e, no início de 1890, os generais chegaram à conclusão de que, se a cidade fosse tomada, seriam necessários reforços. Para seu grande prazer, João foi escolhido para voltar para casa em Alegrete e implorar por mais tropas. Era uma tarefa cujas

Boxen

dificuldades poderiam muito bem ter assustado o coração mais corajoso.

Em primeiro lugar, a jornada pelo coração de um país hostil era um trabalho hercúleo e, em segundo lugar, quando chegou a Alegrete, precisou de toda a sua eloquência e impetuosidade para despertar o país de sua letargia. Mas a personalidade de João era do tipo que é ótimo no meio da adversidade e preserva o desânimo e a indolência para as horas de lazer.

Ele partiu sob a cobertura de uma noite sem lua e passou sem ser notado entre os bandos de pongeeanos, e, depois de uma longa e perigosa marcha, chegou à cidade costeira de Tchua, de onde ele e seus homens partiram para Alegrete. De fato devem ter se misturado as sensações do jovem general enquanto ele olhava mais uma vez a capital de sua terra natal, murchando porque ele esperava voltar de uma maneira mais feliz!

Em sua chegada, ele foi imediatamente ao Palácio Riverside para consultar o rei Benjamim VI e o rajá Hawki IV, seus soberanos conjuntos. Embora agora com 34 anos, João nunca havia encontrado os reis com quem estaria tão intimamente conectado depois. E, como sabemos de cartas escritas na época, os reis ficaram muito impressionados com o soldado leal que falou com ardor, mas com respeito e deferência, ainda com a dignidade do estado de seus camaradas em Pongee. Eles viram a verdade em suas palavras e conversaram com seus ministros sobre suas demandas.

A questão foi discutida no Parlamento, mas o país ainda era apático. João, em desespero, decidiu que ele mesmo tentaria ser eleito um membro, para que pudesse dar um pouco de ventilação a seus sentimentos reprimidos e, se possível, influenciar a câmara. Consequentemente, ele representava

A vida de lorde João Grande de Grandevila

Grandevila, onde era popular no campesinato e, no ano de 1892, em seu trigésimo sexto aniversário, ele foi eleito membro da Câmara Dupla.

Assim, sua carreira política – mais importante em alguns aspectos do que sua carreira militar – foi, em certo sentido, ocasionada por um acidente.

Fim do Volume Primeiro

VOLUME DOIS
Período coberto: 1892-1908 (16 anos)

Capítulo VII

Embora o general Grande tivesse conseguido se tornar um membro do Parlamento, a parte mais difícil de sua tarefa estava diante dele: não teria sido impossível para um jovem de boas e vigorosas partes que era devotadamente ligado a qualquer partido levar adiante qualquer projeto que tivesse o apoio de sua própria coalizão. Mas a vida de João tinha sido muito agitada para lhe permitir o lazer de estudar política e, embora estivesse inclinado a ser Walteriano em suas visões, sua demanda provavelmente se mostraria impopular em ambas as bancadas.

O entusiasmo com o qual a guerra havia sido iniciada havia morrido completamente: os repetidos fracassos e pesadas perdas haviam alienado muitos homens poderosos da causa do exército. E a câmara estava muito ocupada discutindo a sugestão de Sir Charles Arabudda de Governo Autônomo para as Ilhas do Mar do Sul para ouvir uma petição por mais tropas.

Duas vezes o desesperado João se levantou para falar e, em cada uma delas, antes de ter proferido dez palavras, foi chamado à ordem por falar sem nenhuma conexão com o

Boxen

assunto em questão por lorde Groselha, que estava agindo como Pequeno Mestre na ausência de lorde Vant. No terceiro dia, ele deu um golpe cuja ressonância ainda é ouvida e cuja concussão ainda é sentida da baía invernal de Picópolis aos campos de arroz do Ceilão; ele salvou seu país e estabeleceu para sempre sua reputação política.

Descendo ao plenário da câmara e chamando os membros não como Walterianos e Diripianos, mas como boxonianos, ele irrompeu em palavras majestosas que agitaram até o ouvinte mais insensível. Não foi, ele disse, para discutir a legislação de um estado mesquinho que ele havia voltado para casa passando por inúmeras provações e perigos. E ele não voltaria para aqueles bravos companheiros que sem dúvida estavam naquele momento existindo apenas na esperança de reforços, para dizer-lhes que seus compatriotas eram insensíveis, que pensavam mais nas ilhas bárbaras além do mar do que na vida e morte de seus soldados valentes. Ele não negou que o governo das colônias era uma questão de grande importância, mas se não ajudassem na guerra de Pongee, a oportunidade de governar essas terras ou mesmo suas próprias terras seria tirada para sempre. Para sempre, admitiu, era uma expressão longa, mas era bem sabido por seus ouvintes que, quando um país perde sua supremacia, nunca mais a recupera.

Ele falou dessa forma por mais de duas horas. Não tinha papéis nem anotações, mas os conhecedores da oratória nos dizem que ele nunca superou ou mesmo igualou a excelência de seu primeiro discurso. Seu trabalho posterior está concluído e culto, e seus argumentos são pesados; sua entrega melhorou e sua presença é mais impressionante, mas cada discurso subsequente carece daquele sentimento indefinível, aquelas explosões dramáticas de paixão e aqueles toques de poesia que são quase poéticos em sua simplicidade polida.

A vida de lorde João Grande de Grandevila

A câmara foi tomada de assalto; multidões de membros se reuniram para apertar a mão do general; cópias de seu discurso foram vendidas em todos os lugares; as ruas de Alegrete foram cobertas com cartazes lisonjeiros e suprimentos abundantes foram votados. O jovem João era muito requisitado; e ao ser convocado perante os dois reis, ele narrou a história de suas aventuras e recebeu atenções lisonje[i]ras das rainhas. Nenhum baile era oferecido sem que o general Grande comparecesse, nenhum concerto estava completo sem uma balada cantada pelo sapo, em sua voz baixo cantante. Ele não podia aparecer nas ruas públicas sem ser seguido por uma multidão adoradora, que se pressionava para um aperto de mão do grande homem. Mães ardilosas tentaram atraí-lo para redes matrimoniais, e aqueles que tinham brigado com ele foram profusos em suas desculpas.

Tal adulação poderia muito bem ter transformado um membro da Guarda honesto em um cachorrinho presunçoso se o pensamento de seus miseráveis camaradas não estivesse sempre presente em sua mente. Como devia ser, ele não ficou em Alegrete mais do que o necessário para a preparação dos auxiliares, e no início de 1893, aos 37 anos, ele zarpou no comando de cinco mil tropas.

Chegando a Tchua sem dificuldade, ele seguiu para o interior e ficou surpreso com a falta de oposição que encontrou, em consequência da qual chegou à vista de Omar-Raäm em menos de uma semana. Para seu espanto, não havia nenhum piquete de Choribundo fora das linhas boxonianas, e ele soube que o agente, ao tomar ciência da aproximação dos reforços e desesperado pelo sucesso do imperador, havia desertado e se juntado à força boxoniana. Com tal anfitrião, Passoveloz teve pouca dificuldade em tomar a cidade de assalto, embora não antes de uma luta acirrada.

Boxen

Quando a capital caiu, a resistência chegou ao fim, e fez-
-se paz em dezembro de 1893; a honra, sem dúvida, ficou
com Boxen, mas houve pouca vantagem material; a guerra foi
longa e cara e muitas vidas foram perdidas. João, no entanto,
estava exultante e voltou para casa determinado a continuar a
carreira política que havia começado com tanto sucesso.

Capítulo VIII

❆ ❆ ❆

A última visita de João a Alegrete e seu sucesso durante essa
visita o colocaram em um nível social, político e militar mais
alto do que ele jamais esperou desfrutar, e ele estava destinado
a subir ainda mais.

Ambos os reis de Boxen tinham uma opinião elevada
sobre ele, e eles comunicaram aos lordes Vant e Groselha sua
crença de que foi o general Grande quem ganhou a guerra.
Vant, um político inteligente e um porco honesto, em grande
parte concordou com seu mestre, mas Groselha, que temia
que o sapo pudesse se tornar muito poderoso e tinha ciúmes
de qualquer rival sob o favor dos reis, fez tudo ao seu alcance
para influenciá-los contra ele, mas tudo foi em vão. O rajá era
obstinado, enquanto o rei Benjamim era perfeitamente indi-
ferente a todos os argumentos, de modo que os argumentos
do cortesão caíram em solo pedregoso; João foi convocado ao
Palácio Riverside e, na presença de toda a corte, foi elogiado
por sua coragem e diligência.

Ele já era o lorde Grande com a morte de seu pai e agora
recebeu o título O Sapo, e foi nomeado para o posto de tutor
dos príncipes herdeiros, Hawki e Benjamim, com um salário
de mais de dois mil [por] ano. Nessa função, João assumiu

A vida de lorde João Grande de Grandevila

sua morada no palácio e se tornou uma figura bem conhecida na corte.

Aqui, se ele tivesse sido dotado de certas qualidades, poderia ter alçado voos ainda maiores do que fez, e em um período de tempo mais curto, mas ele não tinha aqueles atributos que fazem um bom cortesão. Embora de forma alguma insolente ou insubordinado, ele era impaciente com o comando e inábil na arte da bajulação. Além desses fatos, lorde Groselha, que esperava ganhar a tutoria para seu próprio filho, se opôs violentamente ao recém-chegado e fez tudo o que pôde para causar sua demissão.

Cada problema dos aposentos das duas crianças era levado aos reis, e instrumentalmente apresentado a eles de tal forma que o infeliz João foi mostrado na pior luz possível; quando o sapo deixou suas belas botas de montaria do lado de fora de sua porta para serem limpas, elas foram preenchidas com um composto de cola e palha picada; se ele retaliasse irritando seu algoz em público, este diria a seus soberanos em particular que o sapo havia tomado um ódio violento e absolutamente injustificado por ele e estava abusando dele da maneira mais ultrajante.

Tal estado de coisas na maioria das cortes logo teria trazido João a uma péssima reputação, mas, como foi visto, nenhum dos reis era homem que se deixava persuadir facilmente. Em poucos meses, Groselha, por seus esforços inoportunos, fez com que os reis tivessem uma forte antipatia por ele, e ele sabia que sua vida na corte estava no fim.

O caráter de Benjamim era do tipo que, tendo concebido um plano, o executará por qualquer meio, por mais cruel que seja, e diante de qualquer oposição. Tendo determinado expulsar um certo cortesão de sua corte, o rei não hesitou em fazer da vida daquele infeliz um fardo, mesmo que, ao

Boxen

fazê-lo, ele ultrajasse todas as leis humanas e sociais. O miserável Groselha era convocado para um banquete e, em sua chegada, era brevemente informado pelo coelho "que havia escassez de cadeiras e que era melhor ele abrir espaço para seus superiores".

Mesmo o sujeito mais casca-grossa não suportaria por muito tempo tais insultos, e ainda menos o nobre sensível e arrogante. Em 1896, ele se aposentou de Alegrete e, aos quarenta anos, João perdeu seu inimigo para sempre.

Seja qual for o sucesso ou fracasso do jovem general como cortesão, não há dúvidas sobre sua excelência na capacidade de tutor: sob seus cuidados, os jovens príncipes, naturalmente selvagens e obstinados, tornaram-se gentis e bem-educados, e, de fato, como os filhos do sangue real veem pouco seus próprios pais, tornaram-se muito apegados ao bom sapo, a quem passaram a considerar quase como um pai — um fato que foi muito importante nos últimos anos porque concedeu a João influência sobre eles quando se tornaram reis.

Enquanto João estava assim empregado no Palácio Riverside, um dia foi convocado para o leito de morte de seu velho amigo Chutney, que com seu último suspiro implorou ao sapo para assumir a educação de seu filho St. John, missão que ele cumpriu, obtendo permissão de seus soberanos para criar o menino junto com seus dois encargos originais.

Embora assim ativamente empregado e ocupado até mesmo em seus momentos de lazer pela vida da corte, João, tendo mergulhado uma vez na política, não resistiu à tentação de retornar ao jogo fascinante e, no ano de 1897, foi mais uma vez eleito membro de Grandevila.

Naquela época, sob lorde Herbert Vant como Pequeno Mestre, uma disputa feroz estava acontecendo entre os Walterianos e os Diripianos sobre o assunto da Terra dos Gatos.

A vida de lorde João Grande de Grandevila

Por mais de quinhentos anos, desde, de fato, sua derrota para a Terra dos Ratos sob o comando do rei Rato, o Bom, os gatos ficaram sob sanções desesperadas. Não havia dúvida de que, em tempos muito antigos, era natural que uma raça cruel e ambiciosa, tendo falhado em uma tentativa de subjugar todo o país à sua vontade, sentisse a maior fúria dos conquistadores que de outra forma teriam sido suas vítimas, mas era claramente injusto que, depois de centenas de anos em que a raça felina deixou de se manter misantropicamente distante de seus compatriotas e tinha, por casamento e por parcerias comerciais, se misturado com a massa comum, eles ainda trabalhassem sob desvantagens impostas por inimigos furiosos de eras desaparecidas.

E suas sanções eram aquelas que tendem a amargar a vida privada de um homem e arruinar sua carreira social. Os nobres felinos foram privados de suas propriedades, e estas foram dadas a escudeiros vizinhos; grandes taxas foram impostas a todos os artigos que entravam e saíam do estado. Parece absurdo que tal intolerância e perseguição tenham prevalecido há menos de cinquenta anos!

No entanto, quando lorde Grimalkan, um nobre felino de linhagem antiga e honrada que ganhava uma vida miserável como professor enquanto Sir Charles Arabudda, um peixe, vivia em sua propriedade familiar, apresentou uma moção para reparação de queixas felinas, muitos se opuseram.

Para começar, aqueles que possuíam propriedades na Terra dos Gatos eram contra, temendo que, se a posição dos gatos melhorasse, os domínios seriam devolvidos aos seus verdadeiros donos. E, também, diga o que quiser, no fundo do coração de cada homem há uma objeção profundamente enraizada à mudança — um amor por velhos costumes por causa de sua idade que nem o tempo nem a eternidade podem apagar.

309

Com Grimalkan estavam, é claro, todos os gatos e alguns cavalheiros desinteressados, como Sir Pedro Rato, enquanto seu principal oponente era um jovem soldado vigoroso, o tenente Fortescue e Sir Charles Arabudda.

Capítulo IX

✠ ✠ ✠

O velho lorde Robert, embora membro do Parlamento, não era de forma alguma um político entusiasmado, e seu filho naturalmente cresceu sem fortes convicções políticas. Estava, portanto, um tanto perplexo sobre qual partido deveria apoiar. Movido por seu senso de justiça, naturalmente teria sido a favor da emancipação dos gatos, mas estava um tanto relutante em assumir a causa deles, já que era por natureza conservador e avesso a mudanças; nem seu ambiente inicial foi um que encorajou uma adesão ao novo partido.

Enquanto o bom sapo estava nesse dilema, seu velho amigo de escola, coronel Smith-Gore, que agora era membro do Parlamento, o visitou em Riverside e o instou a tomar seu assento no banco walteriano. João ouviu com atenção o conselho de seu amigo e pediu alguns dias para considerar o assunto.

O impetuoso buldogue, no entanto, já acostumado às decisões rápidas que João havia tomado em seus dias de escola, quando estava habituado a agir primeiro e pensar depois, ficou enojado com o que lhe pareceu falta de entusiasmo e se despediu. Algum atrito se seguiu entre eles e, logo depois, João decidiu defender a causa dos gatos.

Na primavera de 1898, aos 42 anos, ele foi reeleito para Grandevila e assumiu seu assento sob a liderança de Grimalkan.

A vida de lorde João Grande de Grandevila

Durante os primeiros meses daquele ano, um conflito furioso se alastrou na câmara.

O gato, que provou ser um político de habilidade nada desprezível, empregou as primeiras sessões lendo para o Parlamento os resultados de uma investigação que ele havia feito sobre a condição dos nobres expulsos. Muitos assuntos cruéis e vergonhosos vieram à tona e o sentimento público foi fortemente excitado em favor do Partido Felino. Quando esses papéis foram lidos e verificados, Grimalkan fez um discurso curto, mas poderoso, e então chamou Sir Pedro Rato para falar.

Este último, em um discurso que durou até o amanhecer cinzento iluminar as fileiras cerradas de membros que ouviram com prazer durante as longas horas de escuridão, destacou o quão completamente os gatos tinham, por seu patriotismo, fidelidade e devoção a Boxen, apagado a mancha de seus crimes anteriores e desenhado um quadro tocante da pobreza e desgraça dos pares desfavorecidos da Terra dos Gatos.

Sir Charles Arabudda levantou-se para responder e fez um discurso de alguma força, que, no entanto, não foi ouvido com muita paciência por uma câmara de homens que consideravam o orador com interesses pessoais. Nem, de fato, podemos nós mesmos absolver o membro de tal acusação; e é uma questão de disputa até os dias atuais se o bom peixe teria se oposto à emancipação felina se grande parte de sua renda não tivesse sido derivada de propriedades que antes pertenciam à família Grimalkan.

O discurso de Sir Charles Arabudda foi seguido pelo de seu filho, o jovem Charles, que, embora demonstrasse muito aprendizado e um amplo conhecimento da teoria do governo, apenas desperdiçou o tempo público por três horas e meia.

Quando a câmara encerrou a reunião daquela noite, as coisas estavam paralisadas, embora o país parecesse de certa

Boxen

forma ao lado de lorde Grimalkan. O dia seguinte foi ocupado por uma discussão acalorada entre Smith-Gore e lorde João. Ao cair da noite, este se levantou e começou seu famoso discurso sobre os laços comuns de sangue e parentesco que uniam toda Boxen.

— É uma coisa vergonhosa — disse ele — que um estado que nos últimos quatrocentos anos foi tão justamente famoso como uma das mais leais de nossas províncias, ainda trabalhe sob um sistema de opressão, mais severo do que o praticado por qualquer déspota oriental, e tendo sua origem em um rancor cujos direitos e erros foram esquecidos. Quinhentos anos! Com quantas amizades, com quantos amores, com quantos ideais esses anos acabaram? Não seriam suficientes para acabar com um ódio também? Nenhum dos cavalheiros do outro banco pode apresentar qualquer mérito real dos gatos por essa barbárie. Pois os casos isolados de crime que Sir Charles citou podem ser aplicados com igual força a qualquer província.

Essas palavras encerraram a sessão daquele dia e, mais uma vez, a fama de lorde João ecoou por Boxen. As ruas de Alegrete gritavam sobre ele como fizeram quando ele retornou de Pongee, e Bombaim aclamou o eco de sua oratória.

Capítulo X

❉ ❉ ❉

Embora o partido diripiano fosse defendido por uma coalizão tão capaz e [fosse] tão bem favorecido pela massa de seus compatriotas, uma tarefa difícil estava diante dele. Os velhos costumes são difíceis de morrer, e o Projeto de Lei de Emancipação foi vigorosamente combatido pelos reis e por lorde Herbert Vant, o Pequeno Mestre.

A vida de lorde João Grande de Grandevila

Dez dias após o famoso discurso de João, o projeto de lei foi aprovado na câmara por uma maioria de 25 e, de acordo com a lei, enviado ao Palácio Riverside para a assinatura real. Ele decretou que as propriedades dos nobres felinos deveriam ser devolvidas aos seus devidos donos, e que os gatos deveriam desfrutar dos mesmos privilégios que outros boxonianos.

Por muitos anos, o costume de enviar um projeto de lei para assinatura dos soberanos foi uma mera formalidade, eles invariavelmente concordavam. Qual foi então a indignação muda e a amarga decepção dos amigos de Grimalkan, ao saberem que Benjamim e Hawki, cujas personalidades resolutas e métodos não convencionais já mencionamos antes, se recusaram a abrir os papéis! Nada poderia ser feito, os reis estavam em seus direitos e o projeto foi abandonado à força.

Enquanto João estava tão ocupado em assuntos públicos, não se deve supor que ele passou sua vida privada em indolência. Ocupado como estava na educação de seus alunos e nos complexos deveres da vida na corte, ele tinha pouco tempo para prazer e diversão. No entanto, se estivesse livre de um certo aborrecimento e preocupação quando estava no trabalho ou no lazer, ele não estaria menos confortável do que qualquer outro cortesão.

Mas isso não era de forma alguma o caso: desde os primeiros tempos, os monarcas boxonianos incluíam em seu séquito o cargo de bobo da corte, uma pessoa privilegiada com um grande salário e uma pensão confortável ao se aposentar, que tinha licença para importunar seus colegas oficiais — às vezes até os próprios reis — com inúmeros truques e expondo seus pontos fracos.

"Ambrose Alegre", como o brincalhão profissional era chamado, parecia ter escolhido João como sua presa especial; pois, de fato, devemos admitir que o sapo sério e um

Boxen

tanto pomposo se apresentou como um admirável contraste. Inúmeros dispositivos grosseiros e até infantis foram construídos para seu aborrecimento, como armadilhas, cartas falsas e banheiras de água do lado de fora de sua porta. Não adiantava reclamar com suas Majestades, que sempre obtinham grande prazer em uma piada à custa de outra pessoa e riam alto do tutor desaprovador.

Mas o bobo da corte logo sentiu a consequência natural de seus delitos: sua vítima esperou por ele no pátio do palácio e administrou uma surra sólida e ricamente merecida.

Tal evento poderia muito bem ter ensinado uma lição ao Ambrose Alegre e uma reconciliação teria sido efetuada, mas sua natureza não era bem calculada para perdoar o que ele considerava um insulto mal merecido. Ele continuou suas piadas, mas um novo veneno estava nelas, pois o que antes era apenas um esporte cruel agora se tornou um ato sistemático e prolongado de vingança. O astuto patife sequer hesitou em desenterrar velhas histórias da juventude depravada de João e espalhá-las pela corte.

A reputação do sapo despencou cada vez mais e seus oponentes políticos usaram muitas histórias, algumas verdadeiras e outras totalmente infundadas, como armas contra seu poderoso inimigo. Esse estado de coisas não poderia ter continuado por muito tempo, e a crise veio quando Ambrose Alegre confrontou João diante de toda a corte com uma das amigas de seus dias de juventude.

Os reis, embora sensatos o suficiente para não dar importância a essas loucuras passadas, não podiam deixar de ver quão escura era a nuvem de escândalo que se formava em torno do pedagogo de seus filhos, [e] ordenaram que este tirasse férias longas no continente.

Entristecido e enojado por um evento cujo peso ele sem dúvida ampliou, o infeliz sapo se dirigiu às ilhas Tracidade, um

A vida de lorde João Grande de Grandevila

grupo que, como todos sabem, é o centro da grande Organização Xadrês. Ali ele permaneceu por três anos (1899–1901) e aos 45 anos retornou a Alegrete. Mas ele não estava ocioso, pelo contrário, ele havia empregado seu tempo escrevendo sua famosa obra *Os parasitas*, um tratado que aponta detalhadamente os males causados pelo poder do Xadrês em Boxen e outros países.

Em seu retorno, ele ficou satisfeito ao descobrir que duas coisas haviam ocorrido: a demissão de Ambrose Alegre, cujas posturas irreprimíveis haviam se tornado intoleráveis, e uma determinação por parte dos reis de deixar em aberto o cargo de bobo da corte.

Ele agora se deparava com outra questão de delicadeza e momento. Os dois príncipes já estavam crescidos, com quinze e dezesseis anos, respectivamente, e seus pais convocaram João à presença para discutir a questão de eles irem para uma escola pública. Seu tutor aconselhou fortemente Danphabel, mas no final os reis decidiram pelo Xadriz Real, e ordenaram sucintamente que o sapo "segurasse a língua", quando, cheio como estava de horror a todas as instituições de Xadrês, ele explodiu em violentas repreensões.

Convencido de que a vontade real não poderia ser alterada, João partiu para buscar os príncipes no palácio em Bum--Regis, onde eles estavam hospedados durante sua ausência. Sob sua orientação hábil, mas firme, as crianças selvagens que em sua juventude gostavam de jogar cal das ameias do Palácio de Riverside na rua lotada, tornaram-se meninos inteligentes e ativos, que prometiam bem para o difícil cargo que um dia deveriam desempenhar. Assim, o sapo consciencioso tinha todos os motivos para se orgulhar dos encargos que, não sem dúvidas, ele entregou ao Frater Sênior do Xadriz Real, em Alegrete, no início do Período da Páscoa de 1902.

Boxen

Capítulo XI

❊ ❊ ❊

O Xadriz Real era uma instituição mais venerável ou adequada à educação de meninos destinados a empunhar o cetro do que qualquer outra.

Fundado puramente como um Xadriz por Linácio na época da República, a parte educacional dele foi adicionada cerca de cinquenta anos depois como uma escola para xadreses, embora depois, como vimos, aberta a alunos de todas as nacionalidades. A escola era dividida em quatro celeiros, ou casas, conhecidos respectivamente como celeiros vermelho, preto, branco e amarelo. Foi para o primeiro deles que os jovens príncipes, junto com seu velho amigo Chutney, que, como será lembrado, também era pupilo de João, foram enviados.

Aqui, apesar do cuidado anterior e da sólida educação elementar de seu bom tutor, deve-se admitir que nenhum dos três se destacou nos estudos, embora Chutney e Hawki representassem sua escola no campo de críquete, enquanto Benjamim ganhou honras como remador no barco do seu celeiro.

Como será visto prontamente, o fato de suas altezas estarem agora em uma escola pública diminuiu consideravelmente os deveres de seu tutor, que mais uma vez encontrou tempo e atividades para a política. Assim que seus pupilos foram colocados em segurança nas mãos de seus novos mestres, o digno sapo se retirou para sua propriedade familiar, para onde convidou seus velhos companheiros Passoveloz e Hillory Smith-Gore.

O primeiro, que por algum tempo desfrutou da dignidade de general, agora estava trabalhando no Escritório de Guerra numa importante e lucrativa posição de abastecedor das

A vida de lorde João Grande de Grandevila

forças, enquanto o cão, que, com a morte de seu pai, tornou-se herdeiro de uma ampla propriedade e uma renda confortável, aposentou-se como coronel, estando agora com cinquenta anos de idade.

João passou várias semanas em sua companhia e, como era de se esperar, grande parte do tempo deles foi gasto na discussão de política. Frederico e Hillory eram ambos fortes walterianos, pois, como vimos anteriormente, o buldogue se opôs vigorosamente a João na Questão do Gato. Não precisamos, portanto, nos surpreender que tenham retornado a Alegrete, deixando um convertido para trás em Grandevila. João, cuja criação e caráter o levaram ao Walterianismo, não viu razão para conter suas inclinações pelo bem dos gatos, cuja condição não poderia ser melhorada sob os reis teimosos.

[N.T.: Pequena vista de uma parte do Xadriz Real.]

Pareceu conveniente a João que o mundo soubesse de seu movimento o mais rápido possível, e ele, consequentemente, fez uma viagem a Alegrete na primavera de 1903, sendo

Boxen

mais uma vez, aos 47 anos, eleito para o distrito eleitoral de Grandevila.

Lorde Herbert Vant havia morrido no ano anterior de doença cardíaca, e a cadeira do Pequeno Mestre agora era ocupada por Sir Hector Rato, filho de Sir Pedro Rato, que havia liderado o conselho naval contra Pongee.

Não era de se esperar que João pudesse mudar suas táticas tão completamente sem incorrer em certa quantidade de impopularidade, e a rua D. ressoou com gritos de "Vira-casaca!" e "Traidor" quando ele entrou na câmara. Os Diripianos estavam agora no poder, e Sir Hector era um forte membro daquele partido, que estava engajado em apoiar o projeto de lei de Grimalkan para a guerra contra os prussianos que estavam invadindo o território boxoniano na ilha de Tararo. O banco walteriano agora era liderado por Passoveloz, pois Sir Charles Arabudda havia morrido, e João se viu, portanto, um dos membros mais importantes da câmara. Uma nova camarilha foi formada, composta por:

REIS	Benjamim & Hawki
PEQUENO MESTRE	Sir Hector Rato
WALTERIANOS	DIRIPIANOS
General Passoveloz	Arabudda, Jr.
Lorde Grande	Reginaldo Vant
Coronel Smith-Gore	General Fortescue

Com todos esses, exceto Reginaldo Vant e General Fortescue, já estamos familiarizados. O sr. R. Vant era o filho mais novo de lorde Herbert e era um próspero armador, enquanto Fortescue era um soldado jovem e vigoroso que havia subido da patente de subalterno por pura diligência e que estava empenhado em reformar o exército.

A vida de lorde João Grande de Grandevila

João, como era de se esperar, ficou muito eufórico por se tornar um membro da camarilha, e esse passo gerou nele o desejo de se tornar Pequeno Mestre em dias futuros — uma ambição que ele não tinha nutrido até então.

Não apenas o desejo de ficar ao lado de seus amigos, mas também um verdadeiro conhecimento da natureza da guerra e uma suspeita de que Sir Hector foi movido por um ressentimento pessoal contra o imperador Petrie da Prússia, com quem ele havia brigado, levaram João a favorecer a paz. Durante essa sessão, um jovem coruja, cadete da Casa de Puddiphat, que enriqueceu como promotor de salão de música, veio à frente no banco walteriano — causando não pouca sensação ao introduzir pela primeira [vez] em Boxen, o tipo casual de oratória, que se mostrou muito eficaz.

Enquanto assim empregado na gestão pública, o sapo infatigável empregou seus momentos livres no treinamento de sua voz grave, o que fez com tanto efeito que durante o outono ele apareceu como "Volmer" em uma performance amadora de *Sangeletto*, que foi realizada no famoso Teatro Amador de Alegrete. O elenco, que devia ser verdadeiramente notável, incluía também Oliver Vant (irmão de Reginaldo) no papel principal, lady Hector Rato, Smith-Gore como o líder do coro e a condessa de Picópolis.

O famoso dueto "O amanhecer está próximo" entre a condessa e João foi considerado um dos eventos musicais do ano, e o sapo seguiu com a condessa para Riverside a fim de receber um belo presente dos reis, que dormiram muito confortavelmente durante a ópera. Infelizmente para o bom sapo, seu velho inimigo Groselha tinha vindo até Alegrete, onde ele usou seu talento para intrigas com tal propósito que sua vítima, devido a um escândalo que circulou sobre ele e a condessa, foi obrigada a se retirar por um tempo para Badderna.

319

Enquanto isso, os príncipes ainda estavam no Xadriz Real, onde, apesar das repetidas exortações de seu tutor, mantiveram a posição de peões.

CAPÍTULO XII

⊗ ⊗ ⊗

Em 1904, João levou seus três pupilos para férias na Turquia, um país que ele não visitava desde a infância e onde ficou muito satisfeito com o padrão inesperado de civilização que encontrou.

Em seu retorno, ele mais uma vez retornou ao Parlamento que agora estava reunido em Calcutá. Sir Hector e seus amigos estavam fazendo uma declaração valente pela guerra, mas o país era contra e, no final do debate da primeira semana, o poder diripiano havia desabado. Era, portanto, conveniente, de acordo com o costume, que um novo Pequeno Mestre fosse escolhido do grupo vitorioso e, para o intenso prazer do sapo, seu colega, Frederico Passoveloz, subiu à cadeira.

Esse evento importante e agradável foi celebrado com um jantar no apartamento do general em Calcutá, onde, é claro, João e o coronel Smith-Gore discursaram. Muita ansiedade foi sentida no país sobre como o novo político exerceria o poder de Pequeno Mestre. Como um bom walteriano, ele, é claro, manteria as tradições de seu partido, mas seus planos exatos eram conhecidos apenas por alguns.

Isso pareceu a João uma oportunidade favorável de apresentar um esquema que estava em sua mente há algum tempo considerável e que ele tinha certeza de que Frederico o favoreceria e ajudaria — ou seja, a expulsão do Xadrês do Parlamento. O Xadrês, como todos sabem, é uma nação

A vida de lorde João Grande de Grandevila

desalojada, cujas hordas se estabeleceram nas costas de todos os países civilizados, onde residem sem pagar impostos, alojados em suas casas comuns ou "Xadrizes". Esse povo havia sido originalmente considerado estrangeiro pelos boxonianos, e com razão, mas com o passar do tempo eles se tornaram parte da comunidade, até que finalmente, em 1760, lhes foi concedida entrada na Câmara Dupla por um governo diripiano. Revogar essa medida era uma das ambições mais preciosas do sapo e, tendo obtido uma promessa de ajuda do Pequeno Mestre, ele se retirou para Grandevila, onde começou os preparativos elaborados para a introdução de sua Lei de Exclusão.

No início do ano de 1905, a câmara se reuniu em Bombaim, e aqui o sapo, agora se aproximando de seu quinquagésimo aniversário, apresentou sua moção. Daquele dia em diante, a história do projeto de lei foi uma série de desastres! Para começar, ele havia escolhido um momento desfavorável para discutir um assunto de tão profunda importância, pois a mente do público estava então centrada na doença do rei Benjamim e na grande Corrida Ferroviária Boxoniana, então em andamento em Déli. Para a indignação de João, Frederico, que havia prometido sua ajuda, nem mesmo apareceu na cadeira no dia da abertura do debate, mas se ausentou, como muitos outros membros, para assistir ao grande evento esportivo. O miserável João foi deixado para fazer seu discurso aos porteiros e xerifes parados nas portas.

Tal era seu desgosto com esse mau tratamento que ele se aposentou em Piscia e se recusou a concorrer à eleição no ano seguinte, 1906, quando seus três pupilos deixaram a escola — os príncipes como castelos e Chutney como cavaleiro. Nos meses seguintes, ele se dedicou ativamente a treinar todos os três para a Universidade de Anglópolis, para onde iriam no ano seguinte, mas com pouco sucesso. Embora tenham se formado, Chutney, e somente Chutney, se tornou mestre.

Em 1908, ocorreu um evento que tirou completamente a mente do sapo de eventos menores. O rei Benjamim deu seu último suspiro de apoplexia e foi acompanhado um mês depois pelo seu companheiro rei.

Não se pode dizer, é verdade, que qualquer um desses monarcas tenha sido famoso por estratégia, eloquência ou diplomacia, mas talvez em uma era de sinecuras, nenhum desses três seja necessário para o cargo real. Que o rei seja um cavalheiro cortês que nunca é culpado de ultraje ao bom gosto é o que desejamos hoje. No entanto, não podemos aplicar isso a esses dois reis; seus métodos eram pouco convencionais, suas maneiras grosseiras e pouco polidas. No entanto, seja qual for a explicação, eles foram ampla e sinceramente lamentados por seus súditos, e foi com o coração cheio de tristeza e lembranças dolorosas que nosso herói foi a Anglópolis para comunicar a seus antigos pupilos o fato de que eles eram agora seus soberanos.

Com o novo Hawki e o novo Benjamim, o país não podia esperar um governo forte ou original, mas eles podiam esperar uma suavidade e delicadeza que seus pais não haviam demonstrado. Assim, foi com genuína alegria que a cerimônia de coroação foi aclamada pelas ruas lotadas de Alegrete, quando, no quinquagésimo segundo ano de sua idade, João viu seus alunos ascenderem ao trono.

Fim do Volume Segundo

A vida de lorde João Grande de Grandevila

TABELA DE DATAS DO "VOLUME 2"

1893	Parte pela segunda vez para Pongee
1896	Groselha deixa Alegrete.
1897	Grande é reeleito para o Parlamento.
1898	Novamente se senta no Parlamento
1899	Vai para as ilhas Tracidades
1901	Publica *Os parasitas*
1903	Se torna um Walteriano
1904	Leva seus pupilos para a Turquia.
1908	O falecimento dos reis

Boxen

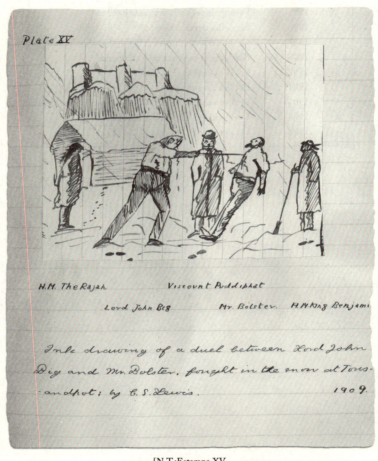

[N.T.:Estampa XV
Vossa Majestade, o rajá; Visconde Puddiphat
Lorde João Grande; Sr. Bolster; Vossa Majestade, rei Benjamim
Desenho a tinta do duelo entre lorde João Grande e sr. Bolster, realizado na neve em Milpanela, por C. S. Lewis. 1909.]

VOLUME TRÊS

Capítulo XIII

※ ※ ※

No início da primavera de 1909, lorde João acompanhou seus dois pupilos a Calcutá para a cerimônia de sua coroação. Houve poucos eventos na história recente que reuniram em um espetáculo tão majestoso as artes, as indústrias e a pompa de tantas nações civilizadas. O continente quase se recuperou da influência da guerra de Pongee, e um tratado recém-formado entre a Prússia e a Turquia consolidou esses países em uma amizade que não poderia ser de outra forma senão benéfica. Sob tais circunstâncias, era de se esperar que uma reunião brilhante e representativa reuniria os espectadores de um rito tão digno e de tal consequência internacional.

Para a antiga capital da Índia, dirigiu-se o imperador Hans da Prússia, um homem justamente famoso por sua força de caráter e engenhosidade estratégica, e universalmente respeitado pelos recursos sob seu comando, junto com o sultão Ahmed, um turco de partes vigorosas. Para cá também veio um vasto e glorioso trem de embaixadores de Devonish, seguido por uma embaixada da república clarendoniana.

Em meio a uma companhia tão nobre, no entanto, como lorde João observou com apreensão, nenhum xadrês apareceu. Aquela nação, enfurecida pela tentativa do sapo de expulsá-los da Câmara Dupla, permaneceu taciturnamente distante. Esse caso, desavergonhado e deprimente como era, não teria

Boxen

causado grande desconforto a lorde João se não tivesse sinalizado a atitude que aquele poder iria adotar. Logo ficou claro que uma guerra era iminente contra o Xadrês.

Depois que a cerimônia foi concluída com todo o esplendor e o desembolso generoso de capital que marcaram seu início, lorde João e seus dois soberanos retornaram a Alegrete, onde o Parlamento foi aberto logo depois.

Sir Hector Rato foi baleado por um ladrão no Castelo de Bip e, privado do apoio de seu Pequeno Mestre, a velha camarilha vacilou e finalmente caiu diante da invasão de vários novos políticos.

Quando o novo gabinete foi eleito, o bom sapo observou com sensações misturadas de prazer e desgosto que seu amigo Passoveloz estava sentado na cadeira do Pequeno Mestre. João dificilmente seria humano se não tivesse esperança de ocupar essa posição, mas, escondendo seus sentimentos de decepção, ele foi o primeiro a parabenizar o general e persuadiu os reis a saudar seu novo conselheiro com calor e deferência.

O sapo se viu à frente do banco walteriano, apoiado pelo coronel Smith-Gore e pelo visconde Puddiphat, um coruja de criação e educação que havia reparado a fortuna de sua família promovendo salões de música. Arabudda permaneceu como líder diripiano, mas Fortescue foi persuadido pelo general Passoveloz a mudar de lado e renunciar ao seu assento na camarilha. Reginaldo Vant manteve seu assento e a retaguarda de seu banco ficou a cargo de Polônio Verde.

Este último era um papagaio sem posição social, mas de partes fortes e inescrupulosas, que havia começado a vida como foguista em um dos mineiros de porcos, mas, por diligência e impertinência, havia se tornado dono de uma pequena empresa de navios a vapor. Desse pássaro João tinha uma opinião muito ruim, e seus planos e ideais não demoraram a entrar em colisão.

326

A vida de lorde João Grande de Grandevila

Como se para esmagar completamente os restos da tentativa de medida de lorde Grande contra o Xadrês, o papagaio realmente tomou a ofensiva e apresentou uma proposta de que ele deveria ter permissão para sentar-se na camarilha. João denunciou seu oponente com uma fúria que nunca havia sido vista nele desde seu primeiro discurso e foi bem apoiado por seu próprio partido. Passoveloz, pelo contrário, disse na presença da Câmara Dupla que achava que tal medida seria altamente benéfica, pois ajudaria a acalmar as relações tensas então existentes com os xadreses. Os dois políticos discutiram o ponto tão violentamente em particular que um duelo entre eles foi evitado apenas pela influência da coroa. O projeto de lei foi votado e falhou.

Poderia ter sido esperado que aqui o problema xadrês terminasse, mas a proposta do sr. Verde era para ter um momento ainda maior em sequência. Quinze dias após o projeto de lei ter sido votado, o sr. Reginaldo Vant, que havia obtido grande parte de sua renda do comércio realizado por seus navios entre Alegrete e as ilhas Tracidade (que são o centro de Xadrês), recebeu uma carta do Frater Sênior. Essa missiva afirmava que seus navios não seriam mais necessários para esse comércio, pois o monopólio do tráfego xadrês havia sido concedido ao sr. Verde.

O porco indignado mostrou seu documento para a camarilha e criou uma grande sensação. Aos olhos de João, Puddiphat e do Pequeno Mestre, era um caso claro de suborno, a população nem hesitou em lançar suas acusações contra o papagaio suspeito. Mas, embora fosse provável que Verde tivesse recebido esse privilégio como um pagamento por seus trabalhos em nome do Xadrês, nenhuma prova clara foi apresentada. Um inquérito, realizado perante o conselho da Terra dos Pássaros, absolveu o papagaio, e o Conselho de Comércio se recusou a condená-lo.

Derrotados nessas direções, João e seu partido adotaram outra linha de ação e negaram o direito do Frater Sênior de impor tais termos. Em um belo discurso do tipo casual, Puddiphat convenceu o público de que Boxen havia sido insultado, enquanto Smith-Gore atiçou a indignação popular com seus discursos ferozes. Naquele outono, foi decidido por unanimidade enviar uma embaixada para as Tracidades, insistindo na retirada das condições. O que foi recusado. João e seus amigos, com raiva do país, foram com poder total, e a guerra foi declarada.

Capítulo XIV

⊗ ⊗ ⊗

Estaria muito além do propósito deste trabalho tentar um relato detalhado da expedição às ilhas Tracidades, que foi o resultado dos esforços de João; nem esta luta, que foi tratada em outro trabalho, merece em seu próprio interesse mais do que uma pesquisa superficial.

Como Frederico Passoveloz era agora Pequeno Mestre, ele foi compelido a renunciar à sua posição como chefe do Escritório de Guerra, e a vaga assim formada foi preenchida por Chutney, que havia alcançado o posto de general. Este, como devemos confessar aqui, embora um cavalheiro de criação e de maneiras altamente cultas, não tinha grande habilidade e carecia daquela energia e visão que teriam garantido seu sucesso como soldado.

Assim, aconteceu que a maior parte do trabalho em conexão com a guerra recaiu sobre os ombros augustos de lorde João. Felizmente, não faltou apoio do país e, em um mês, João havia equipado uma pequena expedição, incluindo destacamentos

A vida de lorde João Grande de Grandevila

da Terra dos Ratos e de Chutneys, juntamente com um recrutamento de voluntários. A equipe desta organização consistia em João, Passoveloz, Chutney e Fortescue, enquanto os reis recém-coroados a acompanhavam pessoalmente.

Aqueles que desejam saber os detalhes da disputa devem ser encaminhados à compilação que leva o nome de "Porta trancada", na qual o assunto é tratado com amplitude tolerável. Que aqui seja suficiente saber que as embarcações chegaram em segurança ao seu destino e, após uma reunião com Von Quinklë, o Frater Sênior, partiram para uma guerra na qual foram eminentemente bem-sucedidos.

Mas a questão controversa ainda não estava destinada a encontrar um acordo. Assim que o Xadrês foi compelido a pedir a paz, um documento endereçado ao Frater Sênior chegou afirmando que o sr. Verde havia se recusado a aceitar sua oferta. Com a mais quente vergonha e indignação, o bom sapo e seus aliados souberam que toda a guerra havia sido uma farsa, conduzida por um insulto que havia sido apagado há muito tempo.

Começou um rumor de que essa carta, datada de um mês atrás, havia sido retida maliciosamente pelo governo de Golfinho, país por meio do qual havia sido enviada. Em seu retorno a Alegrete, portanto, no outono de 1912, e aos 56 anos, lorde João tentou incitar o país a uma nova guerra contra o poder ofensor. A medida, no entanto, era desagradável para walterianos e diripianos, e teve que ser abandonada.

Quando a Câmara Dupla se reuniu mais uma vez no Ano-Novo, um evento de alegre significância ocorreu, o que levantou os espíritos um tanto desanimados do sapo. Na nova camarilha, da qual o sr. Verde havia sido expulso, e que havia sido enriquecida pela presença do major Fortescue (agora como chefe do Escritório de Guerra), João se viu

Boxen

naquela posição que ele vinha se esforçando para atingir por muitos anos, com uma energia tanto louvável quanto infatigável.

Embora assim triunfantemente colocado na posição mais alta à qual um estadista boxoniano poderia aspirar, não era de se esperar de um cavalheiro do temperamento de Grande que ele mantivesse seu posto em indolência. Mal ele havia sido confortavelmente instalado no palácio onde agora residiria com seus antigos alunos [Uma folha do manuscrito — duas páginas — está faltando. Aproximadamente 200 palavras foram perdidas – Editor]

—es devotos da diversão.

Apenas um cavalheiro da câmara — um certo sr. Bar — ofereceu alguma resistência determinada. Este era um pequeno urso, o cadete de casa nobre, que, não possuindo nem terras nem riqueza, estava ocupado como segundo tenente na marinha. Mas embora o jovem marinheiro não tivesse esses dois valiosos ativos, ele era o possuidor de outro atributo mais precioso — um fundo único e inesgotável de falta de vergonha.

Apoiado por isso, e pelo nome de Bar, ele havia conquistado para si um lugar em uma sociedade alegretense e uma cadeira na Câmara Dupla, onde, como vimos, ele se dedicou a lutar contra uma medida igualmente ofensiva aos seus sentimentos e proibitiva para suas diversões privadas. Sua resistência foi, como pode ser facilmente imaginado, completamente inútil, e, no meio do verão daquele ano, João viu com alegria seu projeto se tornar lei. Permaneceu, no entanto, uma amarga inimizade entre ele e James Bar, a quem ele logo reconheceria como o sucessor de Groselha e Ambrose Alegre.

A vida de lorde João Grande de Grandevila

Capítulo XV

❄ ❄ ❄

Lorde João havia chegado a um estágio em sua carreira em que os cargos do estado tinham nenhum posto mais alto pelo qual ele pudesse ter ambição e, como era natural, seu poderoso intelecto, incapaz de inação, voltou sua energia para assuntos privados. O bom sapo não estava destinado a ficar sem problemas, pois seu velho amigo, Frederico, que havia se estabelecido no palácio desde sua posse no cargo de Pequeno M[agistrado], estava se comportando de maneira ofensiva. Como hóspede indesejado, ele se recusou a deixar Riverside, enquanto os hábitos perdulários de um velho a quem a idade não trouxera prudência eram uma fonte de preocupação e aborrecimento.

Mas isso não teria sido muito sério, se tivesse sido seu único infortúnio, pois suas brigas com o general, embora frequentes, nunca eram sérias. Havia, no entanto, como já sugerimos antes, um personagem em Alegrete que nunca se cansava de inventar brincadeiras para testar a paciência de seu Pequeno Mestre. Esse humorista era o tenente Bar, que, desde seu atrito com João sobre o projeto de lei de *Exclusão*, havia concebido uma violenta antipatia por ele, que não demorou a ventilar.

Por muitas vezes o guarda-roupa do sapo foi devassado, sua reputação escandalizada, sua pessoa agredida, sua aparência e hábitos ridicularizados, e seu quarto no palácio destruído. Em uma ocasião, seu colchão foi recheado com bolas de golfe, e uma vez o Pequeno Mestre desfilou pela rua D. com um cartaz nas costas, com a inscrição: "João Grande, o famoso sapo performático e o velho cão astuto dos guardas".

331

Não se deve imaginar que o astuto urso sempre realizou essas façanhas impunemente, pelo contrário, ele foi frequentemente capturado e espancado pelo político indignado, apenas para escapar e retornar à disputa com mais vigor.

Esse estado de coisas poderia ter continuado até o momento da escrita, se não fosse por uma série de eventos que devemos relatar agora. Bar, como João foi informado pelo general, que havia se tornado muito íntimo do jovem marinheiro, estava há algum tempo vivendo com uma famosa cortesã de Alegrete chamada srta. Verde, cuja mãe tinha sido uma das primeiras paixões de João, datando do período de sua vida passada no bar. Havia rumores em Alegrete, seja verdade ou mentira, não estamos preparados para dizer, que João era o pai dessa menina. Seja como for, ela possuía várias provas da conexão inicial do sapo com a sua mãe — um fato nada agradável para ele.

A vida de lorde João Grande de Grandevila

Uma noite, quando o general foi convidado para jantar com James Bar, João ficou surpreso ao descobrir que sua própria presença também era desejada. Embora soubesse perfeitamente que tal exigência era irônica, ele não pôde deixar de acompanhar seu companheiro, cujas ações em tal sociedade ele temia.

Ao chegar, ele ficou surpreso ao descobrir que o entretenimento era perfeitamente tranquilo e conduzido com bom gosto e discrição. Na manhã seguinte, ele recebeu a visita da srta. Verde, que mencionou que *O ocioso*, um jornal popular de Alegrete, havia oferecido a ela cinco mil libras pelas provas do caráter de João em sua juventude.

Mas o sapo não tinha intenção de ser chantageado dessa forma, em vez disso, ele ofereceu a James Bar duzentas libras por ano para o resto da vida, com a condição de que ele se casasse com a jovem. A proposta foi aceita, e lorde Grande logo descobriu que seu jovem protegido era um urso bastante agradável, com quem ele poderia se associar sem perder o temperamento ou a dignidade. O arranjo, nos disseram, ainda está funcionando admiravelmente.

Assim, reconciliado com seu último inimigo, no ano de 1913, e aos 57 anos, devemos deixar lorde João Grande. Ele ainda pode ser visto fumando um charuto na rua D. ou dirigindo para a ópera, enquanto aqueles que desejarem podem obter um autógrafo dele, se ele estiver de bom humor. Ele goza de excelente saúde e continua a ter aquele grande interesse pela política, que marcou seu início de carreira; permanecendo o que sempre foi, apesar de seus defeitos: um cavalheiro corajoso, generoso e educado.

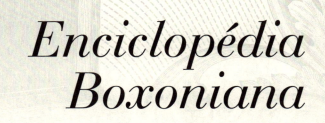

Enciclopédia Boxoniana

INTRODUÇÃO

I. O plano para a enciclopédia

O escritor de uma Boxonologia completa — um trabalho que ainda está para ser tentado — teria duas fontes de valor quase igual nas quais basear suas pesquisas; de um lado, os documentos remanescentes e, de outro, a tradição oral. O objetivo desta enciclopédia é reduzir a uma forma útil a primeira dessas duas fontes, tabulando tudo o que pode ser conhecido de Boxen e do mundo boxoniano apenas a partir das fontes documentais. Os documentos incluem, além dos textos propriamente ditos, os vários mapas, planos e imagens. Com esse fim em vista, tornou-se claramente meu dever excluir tudo o que repousa sobre a tradição, não porque eu considere a tradição invariavelmente menos confiável do que os documentos, mas porque um resumo da tradição é obviamente um trabalho que não poderia ser realizado sozinho e, se realizado, não poderia ter autoridade indiscutível. Por razões semelhantes, tenho sido poupador de conjecturas e inferências. Extrair tudo o que pode ser deduzido dos textos, tentar a solução de todos os problemas e a remoção de todas as contradições à luz da probabilidade geral e hipóteses habilidosas, teria sido antecipar o futuro boxonologista em vez de fornecer-lhe suas ferramentas.

Uma limitação adicional ainda precisa ser notada e é uma que depende da natureza peculiar do assunto. Quando

Boxen

abordamos a história e a estrutura do mundo terrestre, não temos dificuldade em distinguir entre seu caráter externo ou fenomenal — seus eventos e condições naturais, que entregamos ao cientista — e sua fonte e significado finais, que atribuímos ao teólogo e ao filósofo. Um é questão de conhecimento, o outro de fé ou especulação. No mundo boxoniano, ao contrário, ambos são semelhantes, para nós, questões de conhecimento. Aqueles fatos fora do mundo que apareceram aos boxonianos, dos quais, no entanto, esse mundo dependia; suas origens e destino, e o processo pelo qual seus personagens ou "almas" surgiram; tudo, em suma, que para os próprios boxonianos (se soubessem) teria constituído sua religião ou sua metafísica, será mera questão de memória para os leitores dessa enciclopédia. E essa questão é de interesse cativante; traçar o processo pelo qual um sótão cheio de brinquedos infantis comuns se tornou um mundo tão consistente e autossuficiente quanto o da Ilíada ou os romances de Barsetshire, não seria uma contribuição pequena para a psicologia geral. Mas tal trabalho, novamente, exige colaboração. A memória solitária é defeituosa: e mesmo onde parece lembrar, não pode reivindicar autoridade. Portanto, limitei-me a um relato de Boxen como um boxoniano bem informado poderia ter feito.

II. Os documentos

Ao abordar o trabalho, minha primeira ocupação foi necessariamente elaborar uma lista exaustiva de todos os documentos remanescentes e estimar seu valor comparativo. Eu acreditava que apenas a memória era o suficiente para me fornecer a lista, mas a descoberta de *quatro* histórias fragmentárias de Terranimal, sendo que eu me lembrava de apenas duas, logo

Enciclopédia Boxoniana

me alertou sobre meu erro. Tendo sido forçado a abandonar a memória como um teste absoluto, fui reduzido à busca — um método que tem a desvantagem de nos deixar sempre incertos se algum documento não foi esquecido. Ao mesmo tempo, sou da opinião de que nenhum texto de primeira importância foi esquecido. Fragmentos e monografias curtas, desenhos individuais e mapas de esboço ainda podem esperar para serem descobertos e nos esclarecer sobre alguns detalhes. Um *Suplemento à Enciclopédia* pode, portanto, a qualquer momento, se tornar necessário, mas os principais contornos do mundo boxoniano (com uma grande exceção) estão estabelecidos de maneira incontestável.

A seguinte lista de textos também servirá como uma chave para as referências na enciclopédia. Prefixei a cada texto as letras iniciais pelas quais ele é referido, e o leitor deve se familiarizar com elas antes de prosseguir. (Os algarismos arábicos, que seguem as letras iniciais nas referências, indicam a página do texto em questão: os algarismos romanos, quando necessário, indicam o volume. Assim, "VG II 13" significa "Vida de Grande. Volume II. página 13". Referências a capítulos, ou (em peças) a atos e cenas, não são usadas na enciclopédia.)

Lista de textos

1. **AR** = *O anel do rei*. Encontrado em um pequeno livro com capas pretas rígidas. Quase certamente o texto mais antigo que temos, ele lida, de forma grosseira e arcaica, com o roubo das joias da coroa de Terranimal por James Golpino, no reinado de Benjamim I.

2. **TS** = *Tom Saga*. Dei esse nome, para fins de referência, a uma narrativa sem nome que trata das façanhas dos heróis Bob, Tom e Dorimie, contra os gatos. É muito

Boxen

arcaico em estilo e deve ter sido escrito não muito depois de AR. Está costurado dentro da capa de um livro de contabilidade de capa amarela e flexível junto com o próximo texto; na capa consta o título conjunto "Contos da Terra dos Ratos".

3. **OG** = *O objetivo glorioso*. Uma narrativa inacabada que trata das aventuras dos Jasper e de Benjamim I em Tararo. Mostra um grande avanço em estilo e poder estrutural e dá uma confirmação valiosa aos textos mais estritamente históricos.

4. **HA** = *História Antiga*. (Assim chamado para fins de referência; o manuscrito leva o título *História da Terra dos Ratos da Id' Ped a Bolhozo I*, ou seja, da Idade da Pedra até Bolhozo I.) Encontrado em um pequeno livro com capas pretas e flexíveis. Uma história inacabada da Terra dos Ratos. Não vai para antes do assentamento indiano, contradiz toda a história conhecida e é quase inútil. Em estilo, é tão arcaico quanto TS e pode ser anterior a OG.

5. **HP** = *A história perdida*. (Assim chamado porque foi inesperadamente descoberto no sótão em 1927. No manuscrito, o título é *História da Terra dos Ratos*.) Encontrado em um livro de exercícios com capas amarelas e frouxas. Ele se resume ao reinado de um apócrifo Bolhozo II e é geralmente inconsistente com as melhores histórias, embora registre alguns fatos valiosos. Em estilo e ortografia, sugere uma data um pouco anterior ao OG.

6. **HM** = *História Média*. (Assim chamado para fins de referência. O manuscrito tem o título ambicioso *História da Terranimal de 1327 a 1906*.) Encontrado em um livro de exercícios com capas amarelas e frouxas, muito desfigurado por rabiscos. O único entre nossos textos escrito a lápis. Fornece um relato claro e confiável da História

Enciclopédia Boxoniana

Terranimálica desde o desembarque dos indianos até a última metade do reinado de Benjamim I. Ele discorda de HA e HP, mas está em total concordância com NH, que às vezes o reproduz palavra por palavra.

7. **NH** = *Nova História*. (No manuscrito, *História da Terranimal*.) Encontrado em um livro de exercícios, muito pequeno in-quarto,[1] com capas de terracota e frouxas. Em alcance, estilo e credibilidade, é facilmente a melhor das histórias, e nos leva até a Lei das Lanternas. O escritor aparentemente tem AR, TS, OG e HM diante dele e tem alguma ideia do tratamento histórico das fontes. Em seu tratamento da Guerra Felina (NH 16–18), ele considera a si mesmo como dando um relato *histórico* dos mesmos eventos que TS trata de maneira épica e fabulosa.

8. **MX** = A monografia xadrês. (Sem nome no manuscrito.) Uma curta narrativa de quatro páginas, encontrada no mesmo livro com HA e descrevendo o ressurgimento do Xadrês sob domínio de Linácio, e a fundação dos primeiros Xadrizes. Está em quase total concordância com o relato dos mesmos eventos dados em NH 23 *et seq*[2] e parece ser um pouco anterior.

9. **CA** = *A crônica de Alegrete*. Apenas um número deste jornal foi descoberto. Consiste em uma folha de papel de carta que foi descoberta e contém um relato da origem e eclosão da Guerra de Pongee nos reinados de Hawki IV e Benjamim VI. Parece ter sido escrita depois de NH e MX.

---

[1] Livro composto por folhas que são dobradas duas vezes, resultando em um caderno de quatro folhas ou oito páginas. (N. T.)

[2] O leitor notará que AR, TS, OG, HM, NH e MX, por sua concordância substancial entre si, se estabelecem como textos de primeira classe e, ao mesmo tempo, degradam HA e HP ao nível de textos "ruins".

Boxen

10. **TNA** = *O telégrafo noturno de Alegrete*. Onze números deste jornal foram encontrados. Os números de 1 a 6 estão unidos com uma capa decorada com pinturas. Os números restantes estão soltos. Relata eventos diários nos reinados de Benjamim VI e Hawki IV no período logo após a Guerra de Pongee e é uma mina de informações valiosas. É certamente posterior a CA.[3]

11. **B** = *Boxen*. Encontrado em dois livros com capas de terracota e frouxas. Esta narrativa, na forma de um romance, trata principalmente da história da Liga de Orring nos primeiros anos de Hawki V e Benjamim VII, e da ascensão política de Polônio Verde. É muito posterior ao TNA.

12. **PT** = *A porta trancada*. Encontrado em um livro de Malvern com capas pretas meio frouxas. Este texto também está na forma de um romance e trata da Guerra de Tracidade. O escritor tem B diante dele e conectou os eventos que descreve com aqueles descritos em B.

13. **OM** = *Os marinheiros*. Encontrado em dois livros de exercícios com capas azuis frouxas. Um romance, lidando quase exclusivamente com a vida de oficiais navais no N.S.M. *Galgo* e, portanto, de menor valor do que B e PT para o estudo da vida e instituições boxonianas em geral. Muitos personagens, no entanto, são comuns a ele e a eles, e todos os três textos tendem a confirmar um ao outro.

14. **VG** = *A vida de Grande*. Encontrado em três pequenos livros (Malvern) com capas pretas frouxas. O autor,

---

[3] Em referências ao TNA, o numeral se refere ao "número" da edição, não à página. Duplicações descuidadas do número no original me forçaram a numerar os TNAs *soltos* assim; – 7, 7A, 8, 9, 9A.

342

Enciclopédia Boxoniana

começando em 1856, traz sua narrativa até 1913. Para grande parte de sua matéria, ele é nossa única autoridade, mas em outros lugares confirmam NH, CA, B, PT e OM.

15. **OBRG** = *Obri-gad*. Encontrado no mesmo livro que PT. Esta curta narrativa relata um episódio desconhecido da vida inicial de Grande.

16. **LSM** = *Littera Scripta Manet*. Encontrado em um livro de exercícios com capas amarelas e frouxas. Este texto dá em forma dramática um relato da reconciliação entre James Bar e Grande, e está de acordo com a história do mesmo evento dada em VG III 21 *et seq*.

17. **PI** = *Peça inacabada*. Encontrado em um livro com capas amarelas e frouxas, que desde então tem sido utilizado como o segundo volume de *Estudos Leeborough*. Ele lida com uma tentativa de Grande de induzir Passoveloz a se casar. Apenas um ato foi concluído. O episódio não é registrado em nenhum outro lugar: mas a estrutura geral e os personagens estão de acordo com VG, PT, B etc.

18. **EL** = *Estudos Leeborough*. Uma série de desenhos de todos os períodos coletados em dois livros com capas amarelas e frouxas. A seção boxonológica frequentemente representa episódios registrados nos textos e fornece retratos de muitos personagens importantes. (As referências usam numerais romanos para indicar o número da estampa.)

III. Os apócrifos boxonianos

Sob este título, agrupei vários textos que se referem ao mundo boxoniano, mas que não podem, por várias razões, ser considerados fornecedores de evidências confiáveis. Deve-se lembrar, no entanto, que todos esses textos podem ocasionalmente fornecer evidências escritas para eventos bem

Boxen

atestados pela tradição, ou tornados extremamente prováveis pelos melhores textos. Quando eles forem nossas únicas autoridades, suas declarações, se intrinsecamente prováveis, podem ser aceitas, embora com cautela. Os apócrifos incluem os seguintes textos:

1 O FRAGMENTO DO ESQUILO (FDE). Uma narrativa inacabada que lida com as aventuras de uma companhia livre sob a liderança do esquilo Strawbane contra os gatos. Seu estilo sugere uma data um pouco posterior a OG, e foi encontrado em um livro in-quarto.

[Uma página da *Enciclopédia* foi arrancada aqui. Há o suficiente dela para mostrar que continha escrita em ambos os lados. Além de perder uma lista dos apócrifos boxonianos, não temos mais quais eram as datas do "Período I" da seção "III – Cronologia". A *Enciclopédia* continua da seguinte forma:]

PERÍODO II ou GRANDE HIATO: Boxen antigo até 1856.
(Sem fontes.)

PERÍODO III: 1856–1913.
(Fontes: – CA, TNA, B, PT, OM, VG, OBRG, LSM, PI.)

PERÍODO I. — NH se abstém de qualquer tentativa de cronologia. As histórias restantes, do ponto de vista cronológico, se dividem em duas famílias:
(a) HA e HP, que atribuem o assentamento indiano e a unificação de Calicô ao início do século XIII.
(b) HM, que dá o ano de 1327 para a ascensão de Hacom e unificação de Calicô, e 1340 para a morte de Benjamim I.

Enciclopédia Boxoniana

Existem evidências a favor da cronologia B. Sabemos que a derrota dos gatos ocorreu no reinado do rei Rato, o Bom, que sucedeu Benjamim I (NH 15–17).

Também sabemos que o rei Rato estava "velho" e "desgastado de ansiedade" quando morreu "logo após" a conclusão da Guerra Felina (*ibid.*, 18). Podemos, portanto, assumir que ele teve um longo reinado. Se aceitarmos 1340 para a morte de Benjamim I e quarenta anos para o reinado do rei Rato, teremos 1380 para a morte do rei Rato e 1375–79 para a derrota dos gatos. Seria isso a cronologia B.

Se agora nós voltarmos para VG II 13, encontraremos que a derrota dos gatos ocorreu "mais de quinhentos anos antes" do Projeto de Lei de Emancipação de 1897; o que a levaria, digamos, a 1390. Assim, VG e a cronologia B concordam em quinze anos em sua data para a Guerra Felina, o que implica um acordo semelhante quanto às datas de Benjamim I e Rato, o Bom, enquanto a cronologia A discordaria de ambas por um século. Quando adicionamos a isso a inferioridade geral de HA e HP, nas quais a cronologia A é dada, não precisamos hesitar em aceitar a cronologia B.

Como HM não é de antes de Benjamim I e NH não fornece datas, não temos nenhuma cronologia oferecida para a história posterior da Terranimal Pré-Boxoniana. Não é impossível, no entanto, chegar a uma data aproximada para a União. Sabemos por VG I 10 que a Escola Danphabel foi fundada por Bolhozo II "trezentos anos" antes de Grande entrar nela em 1870, ou seja, em 1590. Também sabemos (*ibid.*) que o Pequeno Mestre Branco foi educado em Danphabel, e que o mesmo Branco (NH 32) foi Pequeno Mestre sob o comando de Bolhozo II na época da União. Ele, portanto, teve tempo para crescer e subir à cadeira de pequeno magistrado durante a vida do rei que fundou a escola na

Boxen

qual ele foi educado. Temos, além disso, o direito de assumir, na analogia da história terrestre, que a idade escolar era mais jovem no século XVI do que no século XX. Se Branco foi um dos primeiros alunos a entrar em Danphabel quando foi fundada, em 1570, e se ele tinha então seis anos de idade, não teria trinta até 1593. E como é muito improvável que ele se tornasse Pequeno Mestre em uma idade mais precoce, podemos, portanto, ter certeza de que a União ocorreu em 1593 ou depois. Novamente, Bolhozo II, que não nasceu na realeza e teve que lutar pela coroa, não pode ter estado em posição de fundar Danphabel antes de seu vigésimo quinto ano. Supondo que ele tinha 25 anos na época da fundação (ou seja, em 1570), 1630 — quando ele teria 85 — é o último ano que podemos, com alguma probabilidade, supor para sua morte. E como ele certamente sobreviveu à União por um ano ou mais (NH 33), sua data não pode ser posterior a 1628. Portanto, concluo que a União ocorreu em algum momento entre 1593 e 1628; 1610 pode ser considerada uma data conveniente que não pode estar seriamente errada.

Antes de deixar o primeiro período, uma palavra deve ser dita sobre o período Pré-Histórico, no qual pretendo incluir eventos aos quais os textos ocasionalmente aludem, que vieram antes do início da narrativa conectada nas histórias. O fato histórico mais antigo do qual os textos mantêm algum registro é a existência de um império pisciano, governado por um Pal-Amma e descrito por Grande (PT 21) como florescendo em um alto estado de civilização dois séculos antes da invasão pongeeana em Terranimal. NH, que é a única das histórias que sabe algo sobre o período pongeeano, não fornece datas, mas podemos trabalhar de volta a partir da cronologia B de HM. A expedição suína de Hacom ocorreu em 1329 (HM 2), logo após seu terceiro conselho anual (NH 3) e,

346

Enciclopédia Boxoniana

portanto, no quarto ano de seu reinado. Isso corrige a ascensão de Hacom em 1325. Os primeiros assentamentos indianos ocorreram cerca de um século antes (NH 2) e são descritos como sendo "o primeiro evento notável" após a evacuação pongeeana, o que sugere os primeiros anos do século XIII para a queda do império de Pongee em Terranimal. NH 1 e PT 21 deixam claro que os pongeeanos não apenas conquistaram o país, mas o mantiveram por algum tempo como parte de seu império. Como não temos meios de determinar a duração deste período e sabemos apenas que o império pisciano floresceu dois séculos antes de seu início, não podemos fornecer um *terminus post quem*[4] para Pal-Amma. O que podemos concluir é que ele não pode ter vivido depois de meados do século XI.

PERÍODO II. — Como o Grande Hiato começa imediatamente após os problemas que surgem em conexão com o Lei das Lanternas (NH 33), ou seja, nos primeiros anos do século XVII, e termina com o início do VG em 1856, agora podemos determinar sua extensão em aproximadamente duzentos e cinquenta anos. Na ausência de qualquer relato conectado desse período, somos reduzidos a coletar referências dispersas a eventos isolados dos textos do Período III e do apócrifo MCC. Estas, com suas datas, serão fornecidas na tabela cronológica.

PERÍODO III. — Para a maior parte deste período, temos simplesmente que copiar as datas fornecidas no VG. Após a ascensão de Benjamim VII e Hawki V em 1908, nosso

---

[4] Expressão em latim para se referir à data mais antiga possível em que um evento possa ter acontecido ou em que um objeto existia. (N. T.)

Boxen

problema cronológico é o comparativamente simples de encaixar na estrutura do VG os eventos registrados em B, PT, OM, OBRG, LSM e PI. A seguir, tentei elaborar uma tabela cronológica. As datas são amplamente baseadas no VG.

IV Tabela cronológica

PERÍODO I
Século XI Império pisciano de Pal-Amma.
  1200 Declínio do Império de Pongee. Evacuação pongeeana de Terranimal.
Assentamentos indianos na Terra dos Ratos.
Aliança de colonos indianos com os cosois.
  1325 Hacom coroado rei de toda Calicô.
Fundação do Damerfesk.
  1329 Guerra dos Porcos de Hacom; e morte.
  1330 Ascensão de Bolhozo I.
  1331 Assassinato de Bolhozo I. Ascensão de Benjamim.
Descoberta de Tararo.
Um "Hawkie" reinando na Índia.
União do Sul de Terranimal com Calicô.
Reforma do Damerfesk.
  1340 Morte de Benjamim I. Ascensão do rei Rato.
  1375 Supressão da revolta felina. Sanções felinas impostas.
  1380 Morte do rei Rato. Formação da Comunidade de Países.
Ascensão democrática e ditadura de Balkyns.
Ascensão do Perrenismo.
Morte de Balkyns. A Comunidade de Países continuou, mas o poder reverte para as classes médias.

Leppi I torna-se "governador".
Ascensão dos Xadrizes.
Perseguição do Perrenismo.
Morte de Leppi I. Ascensão de Leppi II.
Fundação da camarilha. Abolição da escravidão em Terranimal.
Ascensão monárquica no sul de Terranimal.
Morte de Leppi II.
Restauração da monarquia pelo Damérfesk.

1560–70 (?) Ascensão de Bolhozo II.
Fundação do cargo de Pequeno Mestre.

1610 União de Terranimal com a Índia.
Tentativa de abolição da escravidão na Índia.
A Lei das Lanternas.

Período II

cerca de 1790 Floruit, o Italiano Astuto em Terranimal.

1800 *Salários Hawk* de Floruit na Índia.

1801 Abolição da escravidão na Índia.

1848 Lei dos Servos Domésticos de lorde Robert Grande.

1854 Nascimento do Chutney mais velho.

Período III

1856 Nascimento de lorde João Grande.

1870 Ele entra em Danphabel.

1874 Deixa Danphabel.

1876 Entra em Grande Anglópolis.

1879 É chamado para o bar. (Visita Obri-gad?)

1881 Torna-se porta-bandeira dos Dragões.

1883 Morte de lorde Robert Grande.

1884 Lei do Horário de Funcionamento das Lojas.
Tumultos em Alegrete.

Boxen

1885 Indignação dos ferroviários em Pongee.
1886 (janeiro) Guerra com Pongee declarada.
(março) Expedição pongeeana parte.
Cerco de Fortressa.
1888 Socorro de Fortressa. Marcha sobre
Omar-Raam.
1890 A corrida de lorde João Grande para a costa.
1892 Ele se torna membro do Damerfesk.
1893 Paz com Pongee.
1895 Orçamento do marquês de Calcutá. O caso de
Bumper
1897 Projeto de lei de Grimalkan para a
Emancipação Felina.
1898 Debate no Damerfesk sobre a Emancipação
Felina.
1898–1901 A aposentadoria de lorde Grande nas
Tracidades.
1902 Os príncipes entram no Xadriz Real.
1903 Ameaça de guerra com a Prússia.
1904 Grande e os príncipes na Turquia. Derrota do
Partido da Guerra.
1905 Projeto de Lei de Exclusão.
1906 Os príncipes deixam o Xadriz Real.
1908 Morte de Hawki IV e Benjamim VI; ascensão
de Hawki V e Benjamim VII.
1909 Coroação de Hawki V & Benjamim VII.
Liga de Orring
Projeto de lei de P. Verde para nova camarilha.
Guerra com as ilhas Tracidades.

Enciclopédia Boxoniana

V Geografia

Embora uma crítica simples seja suficiente para esclarecer a cronologia do mundo boxoniano, o mesmo não pode ser dito sobre sua geografia.

Quanto à configuração das principais massas de terra, todos os mapas existentes mostram uma uniformidade notável, mas, quanto à escala, é completamente impossível conciliar qualquer um dos mapas com as distâncias implícitas nos textos nos quais as jornadas são descritas.

Sobre a orientação, surgem problemas insolúveis, os climas e produtos de muitos países sendo aparentemente incompatíveis com as latitudes às quais todos os mapas os atribuem. Até que ponto esse quebra-cabeça poderia ser resolvido assumindo para o eixo do globo boxoniano um ângulo diferente do terrestre, é uma questão que o presente escritor se sente incompetente para discutir. Ele é, portanto, relutantemente compelido a deixar todo o problema geográfico para algum futuro boxonologista.

A História de Boxen

Se Albert Lewis não tivesse mudado sua família para "Little Lea", nos arredores de Belfast, em 21 de abril de 1905, o atual Pequeno-Mestre de Boxen nunca teria nascido. Albert, um advogado do tribunal de polícia, mandou construir a casa para sua esposa, Flora, e seus filhos. Os filhos eram Warren, nascido em 16 de junho de 1895, e Clive Staples, nascido em 29 de novembro de 1898. Eles eram conhecidos por seus pais e amigos como Warnie e Jack, respectivamente. Anos mais tarde, Jack contaria sobre Little Lea no Capítulo I de sua autobiografia, *Surpreendido pela alegria* (1955):

> Aos olhos de uma criança, parecia menos uma casa e mais uma cidade inteira. [...] A Casa Nova é praticamente uma personagem de relevo na minha história. Sou um produto de longos corredores, cômodos vazios e banhados pelo sol, silêncios no piso superior, sótãos explorados em solidão, ruídos distantes de caixas d'água e tubos mormurantes, e o barulho do vento sob as telhas — além disso, de livros infindáveis. Meu pai comprava todos os livros que lia e jamais se livrou de nenhum deles. Havia livros no escritório, livros na sala de estar, livros no guarda-roupa, livros (duas fileiras) na grande estante ao pé da escada, livros num dos quartos, livros empilhados até a altura de meu ombro no sótão da

caixa d'água, livros de todos os tipos, que refletiam cada efêmero estágio dos interesses de meus pais — legíveis ou não, uns apropriados para crianças e outros absolutamente não. Nada me era proibido. Nas tardes aparentemente intermináveis de chuva, eu tirava das estantes volume após volume. Encontrar um livro novo era para mim tão certo quanto é, para um homem que caminha num campo, encontrar uma nova folha na relva. [...] Fora de casa, tinha-se "a vista" que, sem dúvida, fora o principal motivo para a escolha do local. Da porta da frente, descortinávamos lá embaixo os amplos campos que levavam ao canal de Belfast e, para além deles, a longa silhueta montanhosa da costa de Antrim. [...] Isso nos dias distantes em que a Grã-Bretanha era a locomotiva do mundo e o canal vivia cheio de embarcações; uma maravilha para mim e meu irmão, mas principalmente para ele.[1]

Naquela época, era comum que as famílias estabelecidas da Irlanda do Norte enviassem seus filhos para escolas inglesas. Warnie tinha sido ensinado até então por sua mãe, Flora, e por sua governanta, a srta. Annie Harper. Agora que chegara aos dez anos, ele tinha menos de um mês para explorar Little Lea antes de ser enviado para Wynyard School em Watford, Hertfordshire. Seus pais acreditavam que era uma boa escola. Mas aqueles que saberiam dos horrores que Warnie, e mais tarde Jack, sofreu lá encontrarão uma descrição dela no Capítulo II de *Surpreendido pela alegria,* onde é chamada de "Belsen".[2] Enquanto isso, Jack — para quem foi muito doloroso ficar longe de Warnie — estava aprendendo francês e latim com a sra. Lewis e todo o resto com a srta. Harper.

---

[1] *Surpreendido pela alegria.* Rio de Janeiro: Thomas Nelson Brasil, 2021. p. 20-1. (N.E.)
[2] Referência ao campo de concentração nazista Bergen-Belsen. (N.T.)

A História de Boxen

Jack reivindicou um dos sótãos para si, que se tornou conhecido como "seu escritório". Ele descobriu que sua escrita foi motivada por uma extrema inabilidade manual, pois tinha apenas uma junta em seus polegares. Por esse motivo, e porque todas as escrivaninhas da casa eram altas demais para ele escrever, seus pais mandaram fazer uma mesa para ele. A "Escrivaninha de Jack", como era chamada, tem 2 pés e 23 polegadas de altura. Foi nela que as primeiras histórias de Terranimal foram compostas, embora todas as histórias de Boxen tenham sido escritas nesse sótão.

Menciono a "Escrivaninha de Jack" por causa do valor sentimental que ela sempre teve para Jack e Warnie, e porque é a única peça de mobília que sobrou daquele quarto. Descrevendo "seu escritório" no Capítulo I de *Surpreendido pela alegria*, Jack disse:

> Ali escrevi — e ilustrei — minhas primeiras histórias, com enorme satisfação. Havia uma tentativa de combinar meus dois principais prazeres literários: "animais vestidos" e "cavaleiros em armaduras". Por consequência, escrevi sobre ratos cavalheirescos e coelhos que cavalgam em cota de malha para matar não gigantes, mas gatos. Mas cedo o espírito do sistematizador se fez presente em mim; o espírito que levou Trollope a elaborar infindavelmente seu Barsetshire. A Terra dos Bichos [Terranimal] que entrava em ação nos feriados em que meu irmão estava em casa era uma Terra dos Bichos moderna; precisava ter trens e navios a vapor para ser um país que eu pudesse partilhar com ele. Por consequência lógica, a Terra dos Bichos medieval na qual eu desenvolvia minhas histórias tinha de ser o mesmo país em um período anterior; e, é claro, os dois períodos deveriam estar devidamente ligados. Isso me levou do romance à historiografia;

355

Boxen

passei a escrever uma história completa da Terra dos Bichos. Embora ainda exista mais de uma versão dessa instrutiva obra, jamais consegui desenvolvê-la até os tempos modernos; os séculos exigem um pouco de recheio quando todos os acontecimentos precisam sair da cabeça do historiador. [...] Logo havia um mapa da Terra dos Bichos — vários mapas, aliás, e todos razoavelmente coerentes. E, como a Terra dos Bichos precisava ser geograficamente ligada à Índia de meu irmão, esse país teve de ser retirado de seu lugar no mundo real. Fizemos dele uma ilha, com a costa norte correndo ao longo da encosta setentrional do Himalaia; entre ela e a Terra dos Bichos, meu irmão rapidamente inventou as principais rotas dos vapores. Logo havia todo um mundo ali, e um mapa desse mundo, que exigia todas as cores de meu estojo. E as partes do mundo que considerávamos nossas — a Terra dos Bichos e a Índia — eram cada vez mais habitadas de personagens condizentes.[3]

Com o tempo, Terranimal e Índia foram unidas no estado de Boxen. Aqueles que se tornam tão apaixonados por Boxen quanto eu talvez compartilhem meu pesar de que apenas algumas das primeiras histórias sobreviveram. Mas tudo o que sobreviveu está neste livro. Para aqueles que acham os primeiros escritos tediosos, sugiro irem direto para o primeiro dos chamados "romances" — *Boxen: ou cenas da vida urbana boxoniana.*

Existem apenas três cadernos que contêm as primeiras histórias de Jack sobre Boxen e, por conveniência, os chamarei de Cadernos I, II e III. É impossível saber exatamente quando qualquer uma das histórias de Boxen foi escrita.

---

[3] *Surpreendido pela alegria*, p. 23-4. (N.E.)

A História de Boxen

No entanto, em sua incompleta *Enciclopédia boxoniana*, que Jack começou em 1927, ele menciona *O anel do rei* como "quase certamente o texto mais antigo". Considerando a posição dessa história no Caderno I, e comparando-a com algumas coisas que sei que foram escritas em 1907, estou bastante certo de que *O anel do rei* foi escrito bem no início de 1906. As aventuras de Sir Pedro Rato em *Homem contra homem* e *O alívio de Alegrete* fornecem uma ilustração da mudança do moderno para o medieval. Elas vêm do Caderno I e foram possivelmente escritas em 1906.

Rei Coelhinho — ou rei Benjamim I — é um dos personagens de Boxen inspirados por um brinquedo. O interesse em "cavaleiros em armadura" veio, entre outras fontes, de *Sir Nigel*, de Sir Arthur Conan Doyle, que foi serializado na *The Strand Magazine* de dezembro de 1905 a dezembro de 1906. Grande parte do vocabulário de *O anel do rei* — como utilizar *gossip* em vez de "colega" — e a decisão de torná-lo uma peça foi quase certamente uma imitação de Shakespeare. No Caderno I, Jack rabiscou: "Quem você acha que escreveu as melhores peças? Posso formar uma boa ideia de qual poeta escreveu melhor. Quando Shakespeare estava vivo, ele escreveu melhor, qual peça você acha que foi a melhor. Acho que foi *Hamlet*".

Os anos de 1906–1907 foram particularmente felizes para a família Lewis. Warnie tinha bons motivos para não gostar da Wynyard School, mas ele estava tão encantado quanto qualquer um com Little Lea. Em suas cartas a Jack, ele lhe implorava para que um campo de críquete fosse construído no quintal. E Jack, por sua vez, manteve Warnie informado sobre os acontecimentos em Boxen. Muitos anos depois, Warnie organizou os papéis da família em ordem cronológica e os digitou. Quando tudo ficou pronto, eles foram encadernados em onze volumes e receberam o nome de *Documentos de Lewis: memórias da família Lewis 1850–1930*. Foi dos *Documentos de Lewis* que tirei muitas das minhas informações sobre Boxen e preservei a grafia original das cartas de Jack e Warnie. Jack tinha o infeliz hábito de não colocar datas nas dele, mas em uma para Warnie, que provavelmente foi escrita em setembro de 1906, ele disse: "No momento, Boxen está *ligeiramente* em polvorosa. Tinha acabado de chegar a notícia de que o rei Coelhinho é um prisioneiro. Os colonos (que são, claro, o grupo de guerra) estão em maus lençóis: eles mal ousam sair de suas casas por causa das multidões. Em Tararo, os prussianos e boxonianos estão em terrível desacordo entre si e com os nativos. Essa era a situação recentemente: mas o hábil general Passoveloz está tomando medidas para resgatar o rei Coelhinho. (A notícia apaziguou um pouco os desordeiros.)"[4] Por anos, houve rumores de uma possível guerra com a Prússia, e era natural que, se o rei Benjamim I tivesse inimigos, eles também pudessem ser aqueles sobre os quais Jack tanto ouvia falar.

Os leitores das sete crônicas de Nárnia de C. S. Lewis saberão que, depois de escrever *O Leão, a Feiticeira e o Guarda-Roupa* e nas próximas quatro histórias, ele voltou para buscar as origens de Nárnia. Tendo-as encontrado, elas foram descritas em *O Sobrinho do Mago*. O mesmo aconteceu com Boxen. Alguém estava na Terraanimal antes do reinado de Benjamim I? Como eles conheceram o povo da Índia? Em uma carta a Warnie de junho de 1907, Jack disse: "Estou pensando em escrever uma História da Terra dos Ratos e

---

[4] *Documentos de Lewis*, vol. III, p. 76. *Documentos de Lewis* original se encontra em Wheaton College, Wheaton, Illinois, e também há uma cópia na Bodleian Library, Oxford.

A História de Boxen

cheguei até a inventar um pouco dela, foi isso que eu inventei. A Terra dos Ratos teve uma Idade da Pedra muito longa, durante a qual nenhuma grande coisa aconteceu, durou de 55 a.C. a 1212, e então o rei Bolhozo I começou a reinar, ele não era um bom rei, mas lutou contra a terra amarela. Bolhozo II, seu filho, lutou contra Indai sobre o ato das lanternas, morreu em 1377, o rei Coelhinho veio em seguida."[5]

A *História da Terra dos Ratos da Idade da Pedra até Bolhozo I*, publicada aqui a partir do Caderno II, não vai tão longe quanto o "ato da lanterna". Mesmo assim, acho que essa é provavelmente a história que Jack estava estruturando. As outras histórias mencionadas na *Enciclopédia* estão perdidas, com exceção do que é sobre a primeira metade daquela que Jack considerou a melhor. Ela é nomeada na *Enciclopédia* como a *Nova História* ou a *História da Terranimal*, e a forma como ela sobreviveu é um pequeno pedaço agradável da história terrena. Em 1953, o amigo de Jack Lewis, lorde David Cecil, revelou que seu filho de onze anos, Hugh, ficaria grato se Jack lesse a história de seu mundo inventado. Tamanha foi a sua satisfação no trabalho de Hugh que Jack lhe emprestou a *História da Terranimal*. Felizmente, Hugh copiou o máximo dessa história que pôde antes que o manuscrito tivesse que ser devolvido. Ele não pode se arrepender mais do que eu de não ter tido tempo para transcrever tudo. Mas, por causa de Hugh Cecil, muito do que nunca poderíamos saber sobre a Terranimal foi preservado.

Uma peculiaridade do sr. Lewis era que ele não gostava muito de sair de férias e geralmente alegava pressão do trabalho para evitar sair de Belfast. A sra. Lewis, por outro

---

[5] Ibid., p. 80.

Boxen

lado, gostava de viajar e, em setembro de 1907, levou Jack e Warnie para férias na França. Escrevendo para seu pai em 4 de setembro, Warnie disse: "Jacks começou um novo livro 'Raças que vivem na Terra dos Ratos', que será muito bom *quando* estiver concluído".[6] Ao enfatizar *quando*, Warnie quis dizer que Jack frequentemente começava histórias que nunca terminava. Há muitas evidências disso nos cadernos, mas é o que você esperaria de alguém dotado de uma imaginação tão viva e fértil. Quando, como neste caso, tantas das histórias concluídas desapareceram, fragmentos geralmente fornecem a iluminação necessária. No Capítulo IV de *A porta trancada*, o mais proeminente dos sapos, lorde Grande, homenageia o Pequeno Mestre Branco da ilha de Piscia como "o maior Pequeno Mestre já visto por Boxen". Ocorre-me que o seguinte fragmento do Caderno II intitulado *A Vida do Pequeno sr. Branco* pode ter sido a primeira coisa escrita sobre o Pequeno Mestre Branco e Piscia. E não é provável que a combinação de "pequeno" e "sr." tenha sugerido a Jack o título de "Pequeno Mestre"? O fragmento diz:

> Branco, como sabemos, tem boas qualidades como sapo, mas, por mais estranho que pareça, é de linhagem pobre. Muitas pessoas estão erradas quanto à história de sua família. Ele pode ser rastreado até os Grandes. Seus pais diretos eram fazendeiros no campo da Terra dos Sapos, mas seu avô era irmão do pai de Grande: assim, Marshel Bramco está conectado com o famoso *Sir* Grande, mas era muito mais jovem. O sr. Pequeno nasceu em Baía Gosmenta no reinado de "rei Rato, o Bom". Bramco deixou a escola aos 10 anos e

---

[6] Ibid., p. 82.

A História de Boxen

serviu Tom Anderson por 13 anos. (Tom Anderson era um moleiro.) Assim que deixou Tom Anderson, ele entrou para o Exército.

Durante as férias de Natal de 1907, Jack, de nove anos, começou o primeiro de seus diários. Ou, mais precisamente, sua primeira autobiografia, pois traz o título *Minha vida*. Como essa família feliz logo seria destruída, a *Vida* de Jack nos dá um vislumbre de como era em Little Lea antes de tudo mudar tanto. Os empregados de Little Lea incluíam uma empregada doméstica chamada Maude Scott e uma cozinheira chamada Martha ou "Mat". Jack pretendia que a *Vida* fosse lida por todos na casa e ela é dedicada "À srta. Maude Scott". Isso se provou muito embaraçoso porque no primeiro parágrafo ele afirma: "Eu tenho muitos inemigos, no entanto, há apenas 2 nesta casa, eles se chamam Maude e Mat, Maude é muito pior que Mat, mas ela pensa que é uma santa... Eu ODEIO a Maude". Ele continua dizendo: "Papai, é claro, é o dono da casa, e um homem em quem você pode ver fortes características dos Lewis, mau humor, muito sensato, legal quando não está de mau humor. Mamãe é como a maioria das mulheres de meia-idade, robusta, cabelos castanhos, óculos, tricotar é sua principal atividade etc. etc. Eu sou como a maioria dos meninos de 9 anos e sou como papai, mau humor, lábios grossos, magro e geralmente usando uma camisa". Depois de descrever seus animais de estimação (um rato, um canário e um cachorro), ele menciona seu avô paterno: "Deixei de fora um membro importante da família, ou seja, meu avô, que mora em um quartinho só dele no andar de cima. Ele é um velho simpático em alguns aspectos, mas tem muita pena de si mesmo, no entanto, todos os velhos fazem isso".

Boxen

Tão grande era sua afeição por Warnie que há uma seção da *Vida* intitulada "Parte IV. Como Warnie voltou para casa". Como, no entanto, Warnie ainda não havia chegado de Wynyard, Jack continuou escrevendo: "Ainda estou ansioso pelo retorno de Warnie, que é sempre um grande evento em nossa casa. Veja, eu tive que esperar que algo acontecesse antes de poder escrever sobre isso e coloquei a 'Parte IV. Como Warnie voltou para casa' sem pensar... portanto, terei que preencher a 'Parte IV' com outras coisas. Ainda deixei de fora outra pessoa importante que desempenha um grande papel na 'minha vida', a saber, 'srta. Harper', que é minha governanta. Ela é bem legal PARA uma governanta, mas todas elas são iguais. A srta. Harper tem cabelos claros, olhos azuis e feições bem marcadas, ela geralmente usa uma blusa verde e um vestido do mesmo tom". Incluído na *Vida* estava um desenho da srta. Harper com um "balão" saindo de seus lábios que continha as palavras "Não diga não pode para mim, Jacksie".[7]

A srta. Harper, uma presbiteriana de disposição bem séria, quase certamente leu a *Vida*. Como resposta, ela escreveu no Caderno I um discurso fortemente formulado sobre "Faça com os outros aquilo que você gostaria que fizessem a você". Essa flecha aparentemente atingiu seu alvo. O Caderno II se sobrepõe ao número I e Jack rabiscou nele "Eu frequentemente desejo estar levando uma vida mais útil".

Em 1908, a sra. Lewis começou a se sentir mal. Quando ela foi operada em Little Lea no dia 15 de fevereiro, descobriu-se que ela tinha câncer. Por um tempo, ela pareceu melhor. Mas não durou, e essa corajosa senhora morreu no dia 23 de agosto de 1908. Talvez suas virtudes e seu caráter

---

[7] Ibid., pp. 81–91.

A História de Boxen

não estejam em nenhum lugar mais bem resumidos do que no primeiro capítulo de *Surpreendido pela alegria*: "Com a morte de minha mãe, toda a felicidade serena, tudo o que era tranquilo e confiável desapareceu da minha vida. Estavam por vir muita diversão, muitos prazeres, muitas punhaladas da Alegria; mas nada mais da velha segurança. Agora tudo eram mar e ilhas; o grande continente afundara como Atlântida".[8]

Menos de um mês após a morte de sua mãe, Jack se tornou companheiro de sofrimento de Warnie em Wynyard. Eles não tinham mais ideia do que seus pais de que o diretor, Robert Capron, era louco. Além de sua crueldade, Jack ficou desapontado que o ensino de Capron consistisse em pouco mais do que "um oceano sem margens de aritmética". Anos mais tarde, quando eu era secretário particular de Jack, ele me deu os Cadernos I e III — o primeiro porque continha sua primeira história de Terranimal e o outro porque era um daqueles que ele usava em Wynyard para sua preparação. "Olhe para toda essa aritmética!", ele me disse. "Mas", eu disse, "isso não é álgebra?" "É?", ele exclamou. "Então era um oceano sem margens de aritmética *e álgebra!*"

Durante o feriado de Natal de 1908, Jack fez acréscimos consideráveis a Boxen. No Caderno II, há o que foi possivelmente o primeiro mapa da Terranimal e das outras partes daquele mundo. A Índia está situada ao sul da Terranimal com o Ceilão, onde está no mundo real. Ao norte da Terranimal está a Terra dos Golfinhos, e na mesma latitude e a leste da Terra dos Golfinhos está Pongee. Atravessando ambos os países está o "Círculo Ártico", além do qual se encontra uma vasta extensão de "Gelo Inexplorado". Também no Caderno

---

[8] *Surpreendido pela alegria*, p. 32. (N.E.)

II está a Parte I da *Monografia Xadrês*. A Parte II foi retirada do Caderno III, que Jack aparentemente ignorou quando estava compilando sua *Enciclopédia*. Foi descoberto que a Índia estava a uma distância inconveniente da Terranimal e, no mapa desenhado para acompanhar *A geografia da Terranimal*, no Caderno III, a Índia foi puxada para cima, de modo a ficar a leste da Terranimal, com a ilha de Piscia (antigamente Terra dos Sapos) entre elas.

Foi durante o ano em que passaram juntos em Wynyard que Warnie começou um jornal boxoniano, e embora nenhuma edição tenha sobrevivido, foi provavelmente durante 1908–1909 que o *A crônica de Alegrete* e o *O jornal da noite de Alegrete* de Jack começaram a ser "publicados".

E com os jornais vieram alguns dos desenhos mais detalhados de Jack de notáveis como lorde Grande, visconde Puddiphat e James Bar. Exceto aquelas imagens que foram desenhadas *nos* "romances", algumas das melhores ilustrações foram desenhadas em folhas soltas de papel e coletadas em 1926 nos dois volumes de *Estudos de Leborough*. Como a maioria é datada como tendo sido desenhada entre 1908–1910, parece que esses anos formaram um ponto alto na criação de Boxen. A pena é que não temos as histórias que os desenhos pretendiam ilustrar.

Warnie ganhou sua liberdade de Wynyard após o período de verão de 1909, e em setembro daquele ano ele entrou no Malvern College. Privado de seu colega entusiasta de Boxen, Jack começou um romance "medieval" intitulado *A Guerra Ajimywaniana*. Depois dos animais vestidos amigáveis de Boxen, o que ele escreveu dessa história em que todos os personagens são humanos é inesperadamente maçante. Foi copiado para os *Documentos de Lewis* (vol. III, pp. 162-164). Mais ou menos na mesma época, ele criou uma série de

A História de Boxen

pequenos territórios ao redor do "Mar Iloniano". O fragmento da história, com um mapa detalhado, sobre esses territórios do extremo leste é encontrado no Caderno III.

Mas não contém nenhuma das delícias de Boxen, e isso talvez explique por que nunca foi muito longe. Essas invenções, embora totalmente não boxonianas em caráter, encontraram um pequeno lugar em Boxen. O país em que a Guerra Ajimywaniana ocorreu foi Ojimywania, e o único mapa que temos de Clarendon (que fica nos "Mares do Sul" e a oeste de Tararo) é chamado de "Clarendon ou Ojimywania". Um dos territórios que margeiam o Mar Iloniano é Gleonarfia. Embora pareça um deserto, deve ter sido perfeito para o cultivo de tabaco. Quando, em *Littera Scripta Manet* (A palavra escrita permanece), lorde Grande oferece ao general Passoveloz um de seus melhores charutos (guardado em um cofre), é "um dos Gleonarfias".

Em abril de 1910, Robert Capron escreveu ao sr. Lewis para dizer que estava "desistindo do trabalho escolar". E quando Jack chegou em casa em julho, o sr. Lewis decidiu que, até que outra escola de inglês pudesse ser encontrada para ele, ele seria enviado para o Campbell College, em Belfast, para cursar o semestre de outono. No entanto, quando Jack voltou de Campbell, no domingo, 13 de novembro, ele estava com uma tosse tão terrível que o médico aconselhou um repouso completo. Desde que a mãe deles havia morrido, o sr. Lewis escrevia cartas semanais para seus filhos. Sua aversão a viagens o impedia de visitá-los em Wynyard, mas em outros aspectos ele era pai e mãe de seus filhos, a quem amava profundamente. Jack falou dos dois meses que passaria em casa como um tempo em que ele e seu pai "ficaram notoriamente próximos". Nunca seria tão "tranquilo e confiável" como quando a sra. Lewis estava viva, mas o amor fluía de muitos membros da

Boxen

família. Ninguém poderia ter sido melhor para Jack e Warnie do que os primos de sua mãe, Sir William e Lady Ewart, e suas três filhas adultas que moravam em Glenmachan House (chamada de "Mountbracken" em *Surpreendido pela alegria*). Glenmachan era um segundo lar para eles. Quando leio sobre aquele grande baile em *A porta trancada*, em que lorde Grande dança com a duquesa de Penzley, lembro-me do lindo salão de baile em Glenmachan House que vi quando ainda havia membros da família Ewart lá.

Mas não era esse lar gracioso que Jack tinha em mente quando, no Capítulo III de *Surpreendido pela alegria*, ele descreve aqueles bailes, que eram para adultos na verdade, para os quais os amigos de seu pai se sentiam obrigados a convidá-lo. Depois de reclamar sobre o "desconforto do terno justo e da camisa sufocante" e de "saracotear num piso polido até de madrugada", ele diz "Eu sentia verdadeiramente que poderia esquartejar minha anfitriã membro a membro. Por que ela insistia em me infernizar? Eu nunca havia feito nada de mal contra ela, nem jamais *a* convidara para uma festa". Se não fosse por aquelas anfitriãs de Belfast, eu me pergunto se os bailes no Palácio Riverside de Boxen poderiam ser a metade da diversão que são. Mas quando lorde Grande anuncia em *Littera Scripta Manet* que "meus dias de dança acabaram", ele fala por Jack tanto quanto por si mesmo.

Mais sério para Jack, ao trazer Boxen aos tempos modernos, era o que fazer com as roupas daquela época, tão engomadas a ponto de serem quase à prova de balas. Ele vinha considerando o problema há vários anos e está resumido em um pequeno tratado do Caderno II sobre *Como fazer imagens do homem*:

> Em seu estado atual, é quase impossível fazer tal coisa. Por exemplo: "O chapéu hediondo", "O casaco repugnante".

A História de Boxen

Das coisas bestiais, como o homem pode continuar a usá-las? As roupas com as quais os meninos geralmente se vestem não são muito melhores. O traje de marinheiro é horrível!! Terrível! PÉSSIMO!! A questão é que algum traje antiquado deve ser adotado, e eu realmente acho que *só então* o homem pode parecer em fotos.

O sr. Lewis conseguiu encontrar um lugar para Jack na Cherbourg House, a escola preparatória com vista para o Malvern College. Isso significava que os irmãos ficariam a menos de um quilômetro um do outro e partiram para Cherbourg e Malvern (chamados de "Chartres" e "Wyvern" em *Surpreendido pela alegria*) em janeiro de 1911. Isso seria um sucesso com Jack, e ele ficaria lá até julho de 1913, quando ganhou uma bolsa de estudos para o Malvern College.

Em uma carta a Jack de 29 de janeiro de 1911, o sr. Lewis disse: "Fui à Casa de Espetáculos ontem à noite para ver se ele aumentava meu barômetro interno em um ou dois graus".[9] O sr. Lewis sempre teve seu "barômetro interno" aumentado pelo espetáculo de variedades da Casa de Espetáculos de Belfast e do Teatro Empire, e era algo que ele gostava de aproveitar com seus filhos. Escrevendo sobre essas visitas ao hipódromo, Jack disse no Capítulo IV de *Surpreendido pela alegria*:

> Meu pai [...] muitas vezes nos levava sábado à noite à Casa de Espetáculos de Belfast. Hoje reconheço que jamais tive o gosto pelos espetáculos de variedades que ele partilhava com meu irmão. Naquela época, eu supunha estar gostando

---

[9] *Documentos de Lewis*, p. 227.

Boxen

mesmo do espetáculo, mas era engano meu. [...] O que me agradava eram meramente os acessórios do show: a agitação e as luzes, a sensação de sair à noite, o ânimo de meu pai em seu humor de feriado e — acima de tudo — a incrível refeição fria que nos aguardava quando voltávamos lá pelas dez da noite.[10]

Um tipo muito diferente de entusiasta do teatro era um jovem mestre que enfeitiçou Jack em Cherbourg. Em sua descrição de "Pogo" (o mestre), no mesmo capítulo de sua autobiografia, Jack escreveu:

> Pogo era espirituoso, Pogo era um homem bem-vestido, Pogo era um homem urbano, [...] Pogo era uma grande autoridade em teatro. Logo conhecíamos todas as canções mais recentes. Logo sabíamos tudo sobre as atrizes famosas da época: Lily Elsie, Gertie Millar, Zena Dare. Pogo era um poço de informações sobre a vida privada delas. Aprendíamos com ele todas as piadas mais novas; quando não entendíamos, ele se dispunha a nos ajudar. Explicava-nos muitas coisas. Depois de um trimestre na companhia de Pogo, tínhamos a impressão de estar não doze semanas, mas doze anos mais velhos.[11]

Li os "romances" de Boxen pela primeira vez durante aquela parte de 1963, quando eu estava trabalhando para Jack e morando em sua casa em Oxford. Quando ele descobriu o quão encantado eu estava pelo esplendor da indumentária do visconde Puddiphat (o dono de muitos salões de música

---

[10] *Surpreendido pela alegria*, p. 70-1. (N.E.)
[11] *Ibid.*, p. 80. (N.E.)

A História de Boxen

"Alhambra"), ele chamou minha atenção para as duas passagens citadas anteriormente. Também falamos sobre a absorção de tantos boxonianos pela política, que ele disse ter vindo diretamente de seu pai e dos amigos de seu pai. Mas o lado político da vida de Boxen não é explicado tão claramente em nenhum lugar do que nas excelentes memórias que Warnie escreveu para acompanhar sua edição de *Cartas de C. S. Lewis* (1966) e no qual ele disse:

> Na classe média-alta da sociedade da nossa infância em Belfast, a política e o dinheiro eram os principais, quase os únicos, temas da conversa de adultos: e já que todos os visitantes que vinham à nossa casa tinham exatamente as mesmas visões de meu pai, o que ouvíamos não era a discussão ou o confronto vivo de mentes, mas antes uma torrente unilateral infindável de resmungos e vitupérios. Qualquer pai normal teria mandado a nós, meninos, embora para brincar, mas não meu pai: tínhamos que ficar sentadinhos em silêncio e aguentar. O resultado imediato, no caso de Jack, foi de convencê-lo de que a conversa de adultos e política eram a mesma coisa, e que tudo que ele escrevia tinha que receber uma estrutura política: o resultado de longo prazo disso foi enchê-lo de desgosto e desprezo só de ouvir falar em política, antes mesmo de ele ter alcançado a adolescência.[12]

Quando Jack falou de si mesmo em sua *Vida* como tendo o "mau humor" de seu pai, ele quase certamente quis dizer que compartilhava o dom de seu pai para a oratória. Descrevendo esse aspecto do sr. Lewis no Capítulo II de *Surpreendido pela*

---

[12] *Cartas de C. S. Lewis*. Rio de Janeiro: Thomas Nelson Brasil, 2021. p. 31-2. (N.E.)

Boxen

alegria, ele disse: "Ele [...] tinha somente a língua como instrumento de disciplina doméstica [...] Quando abria a boca para nos censurar, sem dúvida pretendia apelar de forma breve e precisa ao nosso bom senso e à nossa consciência. Mas — ai de mim! — ele já era orador público bem antes de se tornar pai. Fora por muitos anos promotor público. As palavras lhe vinham à mente e o inebriavam". Jack percebeu que qualquer um que por acaso lesse sobre o domínio quase despótico que lorde Grande tem sobre o rei Benjamim VII e rajá Hawki V suporia que lorde Grande fosse um retrato do sr. Lewis. "O leitor", diz ele no Capítulo V de sua autobiografia,

há de adivinhar certa semelhança entre a vida dos dois reis sob o jugo do lorde Big [Grande], de um lado, e nossa vida sob nosso pai, de outro. E estará certo ao fazê-lo. Mas Big não era, originariamente, apenas nosso pai — primeiro batraquizado e depois caricaturado em alguns aspectos e glorificado em outros. Era, de certo modo, um retrato profético de *sir* Winston Churchill, como esse veio a se revelar na última guerra. [...] Os dois soberanos que se deixavam dominar pelo lorde Big eram o rei Benjamin VIII da Terra dos Bichos [Terranimal] e o rajá Hawki (VI, eu acho) da Índia. Os dois tinham muito em comum comigo mesmo e com meu irmão. Mas não seus pais, o velho Benjamin e o velho Hawki. Hawki V é uma figura obscura; mas Benjamin VII (um coelho, como o leitor já poderá ter adivinhado) é uma personagem redonda. Ainda posso vê-lo hoje — o coelho de bochechas mais pesadas e de constituição mais parruda, bastante gordo em seus últimos anos [...]. Sua vida pregressa fora dominada pela crença de que poderia ser ao mesmo tempo rei e detetive amador. Jamais se saiu bem neste último papel, em parte porque o principal inimigo que ele perseguia (o sr. Baddlesmere) não era de modo

A História de Boxen

algum criminoso, mas lunático — um complicador que atrapalharia os planos do próprio Sherlock Holmes. Mas ele era muito frequentemente sequestrado. [...] Certa vez, ao voltar de tal infortúnio, teve grande dificuldade em afirmar sua identidade; Baddlesmere o havia pintado e a familiar figura marrom reapareceu como um coelho malhado. [...] O julgamento da história não pode proclamá-lo nem bom coelho nem bom rei, mas ao menos não foi uma nulidade. Comia prodigiosamente.[13]

Jack Lewis provavelmente nunca imaginou que essas histórias seriam publicadas. E ele estava apenas se divertindo quando disse em sua *Enciclopédia* que certos problemas devem ser deixados para "o futuro boxonologista". Honrado como estou por ser nomeado para editar as histórias, suponho que meu velho amigo, com sua alegria habitual, me chamaria de futuro boxonologista. Ele poderia até ter me sugerido como o primeiro titular da cadeira Lorde Grande de Boxonologia. Se for assim, então acho que o inventor de Boxen consideraria meu dever apontar que os monarcas "dominados" por lorde Grande foram Benjamim VII e Hawki V. Ainda não houve um Benjamim VIII e um Hawki VI. Um dever muito mais doloroso é relatar que nenhuma das histórias do *Sexto* Benjamin que perseguiu o sr. Baddlesmere existe.

Como já mencionado, nenhuma dessas histórias pode ser datada exatamente. Nem mesmo Jack pôde me ajudar com isso. Ele disse, no entanto, que achava que a série chegou ao fim antes de ele entrar no Malvern College. Warnie também parecia pensar que tudo tinha sido escrito antes do outono de 1913. No entanto, alguns anos antes de Warnie morrer,

---

[13] *Surpreendido pela alegria*, p. 94-6. (N.E.)

Boxen

ele rabiscou algumas datas possíveis nos romances. Na capa de Boxen, ele escreveu: "Obviamente escrito em 1912 — veja p. 26". O que está naquela página é um convite de um dos personagens que é datado de 3 de abril de 1912. Warnie tentou datar os outros romances por esse mesmo tipo de "evidência interna" — os anos mencionados nas histórias. Considerando o quanto a caligrafia muda do primeiro ao último dos romances e, ainda mais, a qualidade da escrita, acho improvável que todos tenham sido escritos em pouco mais de um ano. As datas que aparecem nas histórias podem ser parte da invenção tanto quanto todo o resto. Parece improvável que dentro de um ano Jack pudesse, em sua *Vida de lorde João Grande*, esquecer que lorde Grande foi criado Pequeno-Mestre antes da expedição à Ilha Tracidade e não depois. Meu palpite é que o primeiro dos romances, *Boxen*, poderia ter sido escrito já no Natal de 1910.

Jack raramente relia qualquer uma de suas obras publicadas. Há, no entanto, muito que sugere que, de tudo o que ele escreveu, publicado e não publicado, as histórias de Boxen foram as que ele e Warnie leram com mais frequência. Era uma porta para uma das partes mais agradáveis de suas vidas. Não podemos conhecer Boxen como eles. Mesmo assim, o mais notável é a quantidade de prazer a que somos admitidos. Quando li *Ilíada* pela primeira vez, eu era menino e não sabia nada sobre Homero, não poderia ter adivinhado se Homero era "a favor" dos gregos contra os troianos ou se era o contrário. E quando soube mais sobre Homero, isso não mudou o que mais gosto na *Ilíada*: a admiração e a boa vontade do escritor para com todos e até mesmo para com *tudo* o que é verdadeiramente bom à sua maneira. O mesmo acontece com Boxen. Seria de se esperar que o jovem fizesse muito daqueles navios a vapor e ferrovias dos quais ele naturalmente gostava. Mas e aquelas conversas surpreendentes sobre política?

372

A História de Boxen

Ao serem mergulhadas em sua imaginação, as coisas de que ele não gostava no mundo real se tornaram, tanto quanto qualquer outra coisa, parte de um todo único e delicioso. Os personagens e suas ações têm suas excelências individuais e nada é desprezado. Finalmente, quando o adulto C.S. Lewis releu as histórias em preparação para começar sua *Enciclopédia*, ele escreveu ao irmão dizendo: "Suponho que seja apenas um acidente, mas é difícil resistir às convicções de que se está lidando com uma espécie de realidade". Talvez ele estivesse. Talvez nós também estejamos.

OS MANUSCRITOS DE BOXEN

❃ ❃ ❃

C.S. "Jack" Lewis escreveu o que há de sua *Enciclopédia boxoniana* na casa de seu pai, em visitas à Little Lea em Belfast, em setembro de 1927 e em abril de 1928. Albert Lewis morreu em 25 de setembro de 1929, e como Jack tinha uma casa em Oxford e Warnie estava no Exército, eles decidiram vender Little Lea. Em seu último dia lá, 23 de abril de 1930, eles providenciaram a transferência de todos os manuscritos de Boxen para Oxford. O baú contendo todos os brinquedos que serviram de modelos para vários personagens de Boxen foi enterrado no jardim da casa.

Acho que uma das razões pelas quais Jack não completou sua *Enciclopédia* é porque, ao esvaziar a casa de seu pai, ele se deparou com muitos manuscritos de Boxen anteriormente esquecidos. O fragmento ao qual dei o nome de *Tararo* é um dos manuscritos encontrados após a morte de Albert Lewis. Quando Jack e seu irmão escreviam um ao outro sobre as histórias, eles se referiam às obras mais longas ou "romances"

Boxen

como "aqueles que geralmente lemos". São os que eu leio na casa de Jack, The Kilns, em Headington Quarry, Oxford.

Jack e Warnie moravam em The Kilns desde 1930. Quando Jack morreu, em 22 de novembro de 1963, Warnie ficou com medo de não poder continuar morando lá e decidiu se mudar para uma casa menor. Um dia, em janeiro de 1964, eu saí para ver Warnie. Descobri pelo jardineiro, Paxford, que Warnie estava queimando vários papéis em uma fogueira nos últimos três dias. Naquele dia, Paxford foi instruído a colocar na fogueira muitos cadernos e papéis que ele reconheceu como sendo da caligrafia de C.S. Lewis. Ele sabia que eu gostaria de preservá-los e, quando ele mencionou isso a Warnie, foi-lhe dito que, se eu aparecesse naquele dia, poderia ficar com eles. Caso contrário, eles seriam queimados. E foi assim que cheguei a tempo de salvar muitas coisas das chamas. Entre os papéis que Warnie me deu estava o que chamei de Caderno II, o caderno de exercícios contendo a *Enciclopédia* e vários mapas de Boxen.

Pouco depois disso, Warnie disse em suas memórias para as *Cartas de C. S. Lewis* (1966) que "Depois de sua morte [de Jack], encontramos entre seus escritos quaisquer começos infantis, mas ambiciosos, de histórias, contos, poemas, sendo que quase todos lidavam com o nosso mundo de fantasia privada do Animal-Land [Terra dos Animais, Terranimal] ou Boxen". Exceto pelos dois cadernos que Jack me deu e aqueles poucos itens salvos do fogo, o que Warnie salvou foram aqueles "romances" que vão de *Boxen* a *Littera Scripta Manet* e os dois volumes de desenhos de família chamados *Estudos de Leborough entre 1905–1916*, vários dos quais aparecem neste livro. Ele gostava muito deles e, antes de morrer, em 9 de abril de 1973, providenciou que todos fossem para a Coleção Marion E. Wade no Wheaton College em Wheaton, Illinois.

Em algum momento antes da morte de Warnie, aquelas páginas do segundo volume dos *Estudos de Leborough* que continham o primeiro ato da *Peça Inacabada* (mencionada na *Enciclopédia* de Jack) foram arrancadas. Não se sabe quando isso aconteceu nem por quê.

Sou grato ao professor Lyle Dorsett, da Coleção Marion E. Wade, que permitiu que o Espólio de Lewis fotografasse as ilustrações dos "romances" de Boxen e os desenhos de C.S. Lewis contidos nos *Estudos de Leborough*. Existem cópias fac-símiles desses manuscritos de Boxen em posse do Wheaton College na Biblioteca Bodleian.

WALTER HOPPER
Oxford, 23 de maio de 1984

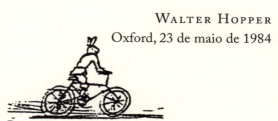

Boxen

Outros livros de C. S. Lewis pela THOMAS NELSON BRASIL

A abolição do homem
A anatomia de um luto
A torre sombria
A última noite do mundo
Até que tenhamos rostos
Cartas a Malcolm
Cartas de C. S. Lewis
Cartas de um diabo a seu aprendiz
Cristianismo puro e simples
Deus no banco dos réus
George MacDonald
Milagres
O assunto do Céu
O grande divórcio
Os quatro amores
O peso da glória
O problema da dor
O regresso do Peregrino
Prefácio ao Paraíso perdido
Preparando-se para a Páscoa
Reflexões cristãs

Reflexões sobre Salmos
Sobre escrever
Sobre histórias
Surpreendido pela alegria
Todo meu caminho diante de mim
Um experimento em crítica literária

Volumes únicos

Trilogia Cósmica (Além do planeta silencioso,
Perelandra e Aquela fortaleza medonha)
Clássicos Selecionados C. S. Lewis

Coleção Fundamentos

Como cultivar uma vida de leitura
Como orar
Como ser cristão

As Crônicas de Nárnia

O Sobrinho do Mago
O Leão, a Feiticeira e o Guarda-Roupa
O Cavalo e seu Menino
Príncipe Caspian
A viagem do Peregrino da Alvorada
A Cadeira de Prata
A Última Batalha
O Leão, a Feiticeira e o Guarda-Roupa, edição infantil cartonada
As Crônicas de Nárnia – Volume único

Conheça também

Cartas a uma igreja acanhada, Dorothy Sayers
O homem que nasceu para ser rei, Dorothy Sayers
Phantastes, George MacDonald
Lilith, George MacDonald

Este livro foi impresso em 2025, pela Ipsis, para a Thomas Nelson Brasil. A fonte usada no miolo é Adobe Caslon Pro corpo 12. O papel do miolo é pólen bold 70 g/m².